一士說掌故

《一士譚薈》

徐一士・原著
蔡登山・主編

敗，慈禧最恨康、梁，但康、梁都是被徐致靖引到光緒身邊的，因此慈禧對徐致靖的痛惡可以想見。徐致靖之所以能意外逃生，其外孫、梅蘭芳的秘書許姬傳認為是由於李鴻章的援手，徐致靖才能被判絞監候。庚子事變，慈禧太后西逃。八國聯軍入京，刑部大牢無人職守，請徐致靖回家。慈禧回京後，下詔赦免。徐致靖後歸隱杭州姚園寺巷直至一九一八年病逝。徐一士和其兄徐凌霄從孩提時起即接受變法維新和民主革命思想的教育與薰陶，並親身經歷當時社會驚天動地的巨變和家庭遭受的巨大打擊，促使他們決心利用自身的學識和文筆，積極投入關係國家命運的社會改革運動中去。徐一士在一九一〇年畢業於山東客籍高等學堂，一九一一年在北京前清學部複試，取得進士出身，任法部都事司七品小京官。辛亥後，在濟南任上海《民權報》、《中華民報》擔任特約通訊員，又擔任北京《新中國報》通訊員及編輯，又曾任《京津時報》、《京報》編輯，先後在《晨報》、《國聞週報》等處任特約撰述。一直從事文史掌故的研究和考證。一九二四年起在北洋政府農商部（後改實業部）礦政司任職，此期間還兼任平民大學新聞系、鹽務專科學校、北京國學補修社、北京國學書院講師、教授，一九二八年起在中國大辭典編纂處任編纂員，直至一九五五年退休。一九五八年經梅蘭芳先生推薦，進入北京文史館任館員，直至一九七一年十一月病逝。

徐一士初與胞兄凌霄合署在《國聞週報》連續發表《凌霄一士隨筆》，自一九二九年七月七日起，至一九三七年八月九日因日寇侵華影響而停止，連載八年有餘，其中操筆者為徐一士。洋洋一百二十餘萬言，被稱為民國年間掌故筆記的壓卷之作。與黃濬的《花隨人聖盦摭憶》、瞿兌之的

《人物風俗制度叢談》被稱為民國三大掌故名著。有趣的是他們三人彼此都熟悉，他們都出身晚清名門世家家學深厚，博涉新學，於前朝掌故及當時勢態甚為熟悉。學者張繼紅就指出「黃濬的《花隨人聖盦摭憶》五十餘萬言，以清代為中心，而不專於清代，以轉述掌故為主；瞿兌之的《人物風俗制度叢談》約三十萬言，資料豐富，尤集中探析人物情態及風俗制度之變遷，時間則兼跨明清，其筆法以排類資料、文尾點睛為特徵；徐一士的《凌霄一士隨筆》近一百二十萬言，是民國年間篇幅僅次於《清稗類鈔》的掌故巨著，其內容則集中理析清代，尤其是道咸以來至民初近百年的朝野掌故，尤矢志於此期著名人物、科舉制度及官制流變，其筆法則重在排比資料，連類縷析，探微析幽，甚具史學眼光。事實上，瞿、黃二人或以詩文，或以史著聞名，並且均涉足政壇，命運各異；而徐一士則是終身致力於清末民初掌故。」他並指出《凌霄一士隨筆》其內容主要，可分為三大類：一是甄別、排比大量史料，敘述近世重要的歷史人物。二是論述清代科舉制度的演變，以及名人科考故事等。三是以大量史實為依據，梳理了近世官僚派系鬥爭之脈絡。

金性堯筆名文載道，當年曾在《古今》雜誌寫文章的，在一九五〇年曾到北京拜訪過徐一士，他在文章中談道：「徐先生治掌故有三大優勢：健於記憶，善於綜合，精於鑒別。從他引用的史料來看，除了少量的手札等外，大都是常見的書。他的每一篇談掌故的文章，大部分是在做文抄公，自己著墨不多。看的人就需要耐性。然而凡所議論，卻頗為精到通達，通達是指不偏激不迂腐；特別是對前人記載中的謬誤而又有關典制的，他都能一一糾辨，這也是測量掌故學者功力的一個重要標誌，茶餘酒後的談助當然也不可廢，究非掌故之堂奧。」又說：「糾誤補闕之處，舉不勝舉。其隨手寫來，左鄰右舍，莫逆於心，熟極而流的特長，正是徐氏掌故的力度所在，故而讀來如飲醇醪。」

徐一士著作等身，然他對於出版卻極為慎重，他曾自言：「余學識譾陋，拙於文辭，故寫稿不敢放言高論，冀免舛謬。所自勉者，首在謹慎，所謂不求有功，但求無過。然『無過』不過『求』而已矣，豈易言哉？」因此終其一生只出版過兩部掌故著作分別是《一士類稿》（1944年上海古今出版社出版）和《一士談薈》（1944年上海太平書店出版）。那是在摯友掌故家瞿兌之、謝剛主（國楨）、周黎庵等人鼓勵敦促下，前者三十餘篇，「承朱樸之、周黎庵兩先生，收入《古今叢書》之三，略以類相從。仍各注明某年，以《一士類稿》之名稱出版。」後者凡三十篇，略猶前出《一士類稿》之例，以談述人物者為多。「復承柳雨生的太平書局願為印行，因檢理叢殘，更為《一士譚薈》之出版。」1983年5月，北京書目文獻出版社將《一士類稿》和《一士談薈》二書合併重排印行。此後二十餘年內，北京、上海、四川、山西、遼寧、吉林、重慶、台北等海內外十餘家出版社都曾翻印出版過。另有《一士類稿續編》是徐一士於三四〇年代發表於《古今》、《逸經》、《實報半月刊》、《中和月刊》等雜誌上而尚未整理結集的文章，重新校閱選輯成冊。其內容考明清典章制度，論晚近政壇、文壇重要人物，下筆徵引必有實據；辨晚清官僚政爭，記舊聞軼事等則如數家珍，文筆流暢優美，是瞭解晚近政治、軼聞不可多得的史籍。

《一士類稿》以記清末掌故為主，共計27篇，有19篇分別載於《國聞周報》、《逸經》等雜志，所寫人物多為文壇學界名宿。如王闓運、李慈銘、章太炎、陳三立、廖樹蘅、張百熙等，又記有靖港之役、咸豐軍事史料、庚辰午門案等，作者熟知清末掌故，所記故事，或為親身見聞，或為轉錄孤本，或雜錄各種記載而予以考證比較，對於研究近代歷史頗有參考價值。

其中對於清代的科舉制度更是熟稔，如談到「搜遺」，乃是科舉時代主考官在發榜前複閱落選的考卷，發現優異者臨時補取，稱之為「搜遺」。鄉會試後考官例得搜遺，惟往往習於省事，僅閱同考官所薦之卷，餘置不問。宣宗恐各省同考官屈抑人才，壬辰五年降諭云：「……各直省同考官，則年老舉人居多，勢不能振作精神悉心閱卷，即有近科進士，亦不免經手簿書錢穀，文理日就荒蕪。各省督、撫照例考試簾官，仍恐視為具文。全恃主試搜閱落卷，庶可嚴去取而拔真才」。這一年，湖南左宗棠參加鄉試，他的卷子本來已被同考官批以「欠通順」三字，沒有取中的希望了。幸好有道光帝上述一道諭旨，湖南鄉試考官徐法績（本來正考官有兩位，另一位胡姓編修不幸在這關鍵時候掛了）「獨披覽五千餘卷，搜遺得六人」，這樣，左宗棠才成了舉人，於是他對徐法績終身感激。吳士鑒參加壬辰會試，「卷在同考官第六房吳鴻甲手，頭場已屏而不薦，迨閱第三場對策，乃歎其淵博精切，深得奧窔，始行補薦，竟獲中試。鄉會試專重頭場（四書文），久成慣例。頭場不薦，二（五經文）三（對策）場縱有佳文，房考亦多漫不經意，難望見長。」這也許才是人們痛斥八股取士之害甚於始皇坑儒的原因吧。我們可以看下翁同龢（這科主考官，時以「矯空疏之習，每主試，必屬房考留意經策，於策尤重條對明晰，以瞻實學而勸博覽」而著稱）日記中記的策題：論語古注，新舊唐書，荀子，東三省形勢、農政。這怎麼可以說掄才大典不關心國計民生大事，僅以八股定高下呢？至少制度上還是非常注重真才實學的。又殿試，「故事，讀卷八人，依閣部官階先後為位次，各就其所讀卷分定甲乙。待標識即定，乃由首席大臣取前列十卷進呈御覽，然諸大臣手中各有第一，初不相謀，仍依憲綱之次序為甲第之高下。」這就是說，能不能成為三甲，和進士們自己的運氣也很有關係，若不幸和強人在一起，同處一個閱卷官之下，那成為三甲的難度大了很多。而且要首席閱卷大臣中的那位第一成為狀元的可能性才更大些。當然，最終的決定權在皇帝那裡，因為名字喜氣或長得帥的人被擢拔成狀元的也很多，反之丟掉狀元的也不少。還有因為地域平衡的需要也有可能改變狀元的歸屬。如趙翼就因為江浙狀元太多而被乾隆把狀元給了陝西的王傑（在王傑之前陝西在清代一個狀元也沒出過）。

另外書中將左宗棠與梁啟超並舉看來有些突兀，但其中卻有深意。徐一士說：「余以其均為清代舉人中之傑出者，早有大志。對於仕宦，則左氏志在督撫，梁氏志在為國務大臣，後各得遂其願。此點頗為相似，故並述之。」然而作者對二人的評價卻大不相同，他說梁啟超「其人不愧為政論家之權威者，筆挾情感，善於宣傳，每發一議，頭頭是道，其文字魔力，影響甚巨（晚年關於學術之作，亦多可稱），而政事之才，實極缺乏，故畢生之所成就，終屬在彼不在此耳。」他認為梁啟超無政治才幹，但有論政才華。至於左宗棠，他則大加推崇說：「若左宗棠之如願而為督撫，所自效於清廷者，武略則平靖內亂，戡定邊陲，政謨則盡心民事，為地方多所建設，自另是一種實行家之卓越人才矣。」

又柯劭忞以著《新元史》而聞名於世，而其人則大有趣，被稱為「書淫」。話說某年柯氏入京會試，同行者為母舅李吉侯豐倫，二人試畢回豫，不幸遭遇大雨，舅氏罹難，柯氏殆有天助而脫險歸。「叩見其父後，見案頭有某書一部，亟取而閱覽，於遭險之事，一語不遑提及也。其父檢點其行裝等，睹水漬之痕，詢之，而柯氏方聚精會神以閱書，其味醰醰然，未暇以對。其父旋於其攜回之書箱中，見有《蘿月山房詩集》一冊，李吉侯所作也，因問及李氏，柯對曰：死矣。而仍手不釋卷，神不他屬。父怒，奪其書而擲諸地，訶之曰：爾舅身故，是何等事！乃竟不一言，非呆子之呆，一至於此耶！」讀之真令人噴飯，書呆子之呆一至於此耶，未免太不盡人情矣！

《一士類稿續編》中徐一士寫有讀《崇德老人紀念冊》的長文，崇德老人為湘鄉曾文正（國藩）之季女，名紀芬，曾國藩一生帶過數十萬兵、用過數百名將領、推薦過十數位督撫封疆大吏，並以「識人之明」見稱。但在擇婿方面卻屢屢看走眼！因此他生前自嘆「坦運」不佳（「坦運」一詞，乃左宗棠所創，謂曾國藩對諸婿皆不甚許可）。也因此曾國藩對小女兒曾紀芬的婚事十分慎重，直到十八歲時才許配給了聶爾康之子聶緝槼（仲芳）。《崇德老人紀念冊》附有〈崇德老人自訂年譜〉，自一歲至八十歲止，八十以後事，由其壻瞿宣穎（兌之）撮要附述於譜後。其中所敘，可藉以考見曾、聶兩家之事，而有關乎政治及社會之史料至夥，皆足徵信，實治近代史者所不可不讀之書。

徐一士在讀《崇德老人紀念冊》提到「曾左夙交，後雖相失，舊誼仍在。」其實在曾國藩病逝後左宗棠是非常照顧曾國藩的後人的，同治十一年（1872）二月曾國藩病逝南京，左宗棠得知消息後非常悲痛。在寫給兒子孝威的信就說：「曾侯之喪，吾甚悲之，不但時局可慮，且交遊情誼，亦難恝然也。已致賻四百金，並輓之云：『知人之明，謀國之忠，自愧不如元輔；同心若金，攻錯若石，相期毋負平生。』蓋紀實也。見何小宋代懇恩卹一疏，於侯心事頗道得著，闡發不遺餘力，知劼剛亦能言父實際，可謂無忝矣。君臣朋友之間，居心宜直，用情宜厚。從前彼此爭論，每拜疏後，即錄稿諮送，可謂鉏去陵谷，絕無城府。至茲感傷不暇，乃負氣耶？『知人之明，謀國之忠』兩語，久見奏章，非始毀今譽。兒當知吾心也。」他並要兒子孝威能去弔喪：「過湘干時，爾宜赴弔，以敬父執；牲醴肴饌，自不可少；更能作誄哀之，申吾不盡之意，尤是道理。」同時也表明他和曾國藩有所爭執，全是為了「國勢兵略」，絕非「爭權競勢」，對於「纖儒妄生揣疑之詞，何值一哂耶！」。這信寫得感人肺腑，可謂字字皆由心窩迸出，真乃一生一死，交情乃見。

而在〈崇德老人自訂年譜〉中曾紀芬又記錄光緒八年時任兩江總督的左宗棠約她見面的情形。原來十年前，擔任兩江總督之任的正是曾國藩，那時候曾紀芬尚待字閨中，隨父母一同住在這座府邸裡。曾紀芬說：「別此地正十年，撫今追昔，百感交集，故其後文襄雖屢次詢及，余終不願往」。左宗棠知悉其意後，特意打開總督府的正門，派人把曾紀芬請進去。曾紀芬在其《自訂年譜》中云：「肩輿直至三堂，下輿相見禮畢，文襄謂余曰：『文正是壬申生耶？』余曰：『辛未也。』文襄曰：『然則長吾一歲，宜以叔父視吾矣。』因令余周視署中，重尋十年前臥起之室，余敬諾之。」左宗棠與曾紀芬這段對話，非常精妙。曾國藩長左宗棠一歲，左宗棠固久知之，此處顯然是故意說錯曾國藩的生年，然後借機搭話，向曾紀芬表達關照的意願，做得自然而然、不露痕跡。左宗棠因文正而厚其女及婿，談吐之間，亦見老輩風韻，佳話可傳。然後左宗棠很暖心地陪著曾紀芬找到了當年她曾經住過的起居之室。可以想像當時曾紀芬的內心，會是何等的溫暖。都說官場人情淡薄，而左宗棠卻在曾國藩故去多年之後，把他心底最溫情的父輩之情給了曾紀芬。後來曾國荃到南京時，曾紀芬還回憶道：「嗣後忠襄公（按：曾國荃）至寧，文襄語及之曰：『滿小姐已認吾家為其外家矣。』湘俗謂小者曰滿，故以稱余也。」——也就是說，左宗棠認為自己家就是曾國藩小女曾紀芬的娘家了。

另徐一士在〈《古今》一周紀念贅言〉一文中談到「文史不分家」，他說：「惟『文』與『史』雖若各有其分野，而『文』之含義本多，『史』之領域亦廣，二者實有息息相通之關係，固可分而不盡可分也。『文』『史』就其發生上言之，可稱為一對孿生子，其後雖漸分化，而關係仍屬密切。大史家每具文心，大詩人亦多史筆，司馬遷與杜甫即為最顯著之例證。史學家劉子玄、章實齋，於所作《史通》、《文史通義》中，論史衡文並重，尤足見兩者界域之不易劃分。迄於最近，盛唱以科學方法治史，史學乃與文學判為兩途，成為社會科學之一部門。此在學術上固為一種進步，然以過於重『事』而輕『人』，重常則而輕變象，充類至盡，幾將以歷史統計學為史學之正宗。流弊所及，『史』只剩留枯燥的名詞數字，『文』只剩留浮飄的感情。其實『文』與『史』畢竟均以人類生活為其對象，史書之佳者，特具意境，正與文藝無殊耳。要之，『史』不可無性靈，『文』亦不可無實質，否則治史將等於掘墳，學文亦將等於說夢，其影響殆可致民族活力與熱情之衰退，非細故也。是以治史者不宜僅以排此史跡為已足，尤宜注意於抉發史心。文藝作品之有資於史學者，有時或迂於碑版傳狀之類，因後者每只是事跡的鋪陳，前者每可見心情的流露，此杜甫、元好問、吳偉業等之作，所以稱為詩史歟！」

《一士譚薈》內容分別載於《國聞周報》、《逸經》等雜誌，所寫人物多為清末民初軍政要員。書中記述太平軍大敗曾國藩，以及左宗棠、彭玉麟、榮祿、岑春煊、袁世凱、陳寶琛等人逸事，取材於近人筆記、文集、函札、日記等，除廣集資料，詳加剖析，去偽存真之外，對臧否人物極為慎重，堅持客觀嚴正公平態度，絕不妄立一家之言，妄加褒貶，對研究中國近代史有參考價值。例如此書中之〈督撫同城〉和另篇〈首縣〉都是研究清代地方官制相當重要的參考資料，總督和巡撫同城，權位不相下，各以意見緣隙成齟齬，是有許多弊端的，徐一士就指出：「總督官秩較尊，敕書中又有節制巡撫之文，往往氣凌巡撫，把持政務。撫之強硬或有奧援者，間能相抗。其餘率受鈐制，隱忍自安，而意氣未平，齟齬仍時有之。」「至總督主兵事，巡撫主吏事，雖向有此說，而界限實不易劃分。」清之巡撫，固不同於明之巡撫，民國的省長（一長制）、省主席（合議制）或勉強可以比擬清之巡撫，但清之總督很難用民國的地方軍政長官來比擬了。

〈陸徵祥與許景澄〉一文談到「陸徵祥早任壇站，中陟中樞，晚作畸人，洵近世名人之自成一格者。以受知於許景澄，獲其裁成。」是的，陸徵祥的外交生涯完全得益於晚清外交家許景澄的言傳身教，是在具體的外交實踐中鍛煉成長起來的。光緒十六年（一八九〇）許景澄（文肅）任駐俄、德、奧、荷四國公使，他呈請總理衙門，調陸徵祥為隨員。於是陸徵祥於光緒十八年（一八九二）搭輪船出國，抵俄京聖彼得堡後，初任學習員，旋升四等翻譯；再升三等翻譯，加布政司理問銜，即選縣丞，後升二等翻譯。此後四年陸徵祥一直在許景澄門下「學習外交禮儀，聯絡外交使團，講求公法，研究條約」；許景澄也著意栽培，不僅培養訓練他作為一名外交官的基本技能素質，更注重對其道德人格憂國憂民情懷的陶鑄。馬關之辱後，他曾告誡陸徵祥「你總不可忘記馬關，你日後要恢復失地，洗盡國恥」。許景澄對陸徵祥的影響是深遠的，他總是以許景澄為榘範，亦步亦趨，甚至忘記其本鄉上海話而隨許景澄講嘉興話，因此駐俄使館同仁，稱他為「小許」。若干年後，陸徵祥仍然深情地提到「我一生能有今日，都是靠著一位賢良的老師」，其對許景澄的感恩之情，可說是溢於言表。

徐一士之著作豐富，《一士類稿》、《一士類稿續編》和《一士談薈》只不過是較為世人所熟知者，他的著作「除廣集翔實資料，詳加剖析，去偽存真之外，對臧否人物極為慎重，堅持客觀嚴正公平態度，決不妄立一家之言，妄加褒貶。」更如孫思昉在序中所言：「宜興徐君一士，當世通學也，從事撰述，多歷年所，先後分載雜誌之屬。凡所著錄，每一事，必網羅舊聞以審其是；每一義，必紃察今昔以觀其通。思維縝密，吐詞矜慎，未始有毫末愛憎恩怨之私，凌雜其間。於多聞慎言之道，有德有言之義，殆庶幾焉。而有清一代掌故，尤所諳熟。」而同為著名掌故學家瞿兌之也作了高度的評價：「他不是普通人所想像的那樣掌故家，就其治掌故學的能力而論，的確可以突破前人而裨益後人

序

東塗西抹，遂已多年，各稿散見歷歲刊物，為數頗夥。知交每勸出單行本，庶易保存，蓋舊稿之遺失者已不少矣。

民國二十四五年間，曾有輯印單行本之議。乃因人事牽率，卒卒少暇。逡巡有待，竟歸下止。亦以自揆學識拘墟，文辭弇陋；且多成於匆促，未能博考審思，難可遽以傳世，故弗亟亟於此也。

近歲以來，日趨老憊，友好尤時以此事不宜過延為言。於是承古今出版社之約，出《一士類稿》一部。印行之後，未為讀者所唾棄，良用愧幸。茲復承太平書局願為印行，因檢理叢殘，更為《一士譚薈》之出版。

此編略循前出《一士類稿》之例，所收凡三十篇，以談述人物者為多。如談靖港之役，述曾國藩治軍初期一大事，著者情狀，俾資研討國藩為人之一助。左宗棠等，亦附及焉。他如駱秉章、楊岳斌、彭玉麟、王鑫、朱洪章等，均咸同間立功將帥。崇實非長於武略，而與秉章同官雅故，並列於篇。〈咸豐軍事史料〉一稿，述洪楊起事後一重要階段之當時見聞，採自黎吉雲所錄。吉雲則道咸間名御史，其人其詩，可供揚推。至若倭仁、榮祿、張之洞、許景澄、陳寶琛、瞿鴻禨、張百熙、袁世凱、岑春煊、林開謩、陸徵祥、吳佩孚等，或聲著於同光，或名昭於民國，事迹有異，各有可傳。均略事敘述，以備覽觀。寶琛、鴻禨、開謩，卒於民國，而其人清末遺老也。因並收入清初之明末遺老萬壽祺一篇。李汝謙善詼諧，述其事借助興趣。對外趣談，則述清代關乎外交有趣味之故事。

光緒初年，有所謂清流黨，之洞、寶琛均與其列。庚辰午門一案，可見謇諤之風。民國庚辰述此作，作六十年之回憶也。彼年又有神機營事，並附述之。

後於此案三十年之宣統庚戌炸彈案，為清民遞嬗時期之重要史迹，關係之鉅，尤異恒泛。拙稿述其概略，治史者或亦有取焉。

〈督撫同城〉、〈首縣〉、〈裁縫與官〉各為一篇，關乎舊時政制及宦途之情態，同資考鏡。

李詳夙負文譽，拙稿錄其論文之書及遺文，均言之有物。又錄邵長蘅等書札，借見清初勝流之風致。

柳雨生先生函屬兼收關於梨園掌故之作。余於戲劇為門外漢，然亦嘗漫談及之，特不敢涉及腔調之類耳。人物方面，收入同光名伶梅巧玲一篇。說書與演劇，理可相通。明末清初之柳敬亭，以說書享名，且與巧玲均以豪俠見稱，因亦收入。又西人之中劇觀，亦有關掌故。並收入戲劇瑣話二十餘則，或屬考證之性質，或供助談之資料。

此編理輯之餘，粗舉其概。當代通人，幸予匡益！

民國三十四年一月，一士識。

（編者案：原書稿中〈梅巧玲〉一篇，已見於《一士類稿續編》，未免重覆，故刪之。）

目次 CONTENTS

督撫同城

督撫同城，勢分略等，體制平行，權限之區分復相沿不甚清晰，其能和衷共濟者不多見。胡林翼善處官文，俾委誠輸心，資以集事，所以傳為美談也。總督官秩較尊，敕書中又有節制巡撫之文，往往氣凌巡撫，把持政務。巡撫之強硬或有奧援者，間能相抗。其餘率受鈐制，隱忍自安，而意氣未平，齟齬仍時有之。同治五年郭嵩燾〈督撫同城急宜酌量變通疏〉有云：「大致以兵事歸總督，以民事歸巡撫，此國家定制也。而巡撫例歸總督節制，督撫同城，巡撫無敢自專者。於是一切大政，悉聽主持。又各開幕府，行文書，不能如六部尚書侍郎同治一事也，而參差杌隉之意常多。」蓋自道撫粵二三年之經歷。薛福成〈敘督撫同城之損〉一文（光緒十六年作）徵引事實以言其弊，云：

國朝例設總督八闕，巡撫十五闕，近又添設新疆巡撫一闕，而移福建巡撫於臺灣。當未移以前，凡督撫同城者四：閩浙總督與福建巡撫同駐福州；湖廣總督與湖北巡撫同駐武昌；兩廣總督與廣東巡撫同駐廣州；雲貴總督與雲南巡撫同駐雲南。厥初總督不常設，值其時其地用兵者設之。軍事既平遂不復罷，亦俾與巡撫互相稽察，所以示維制防恣橫也。然一城之中，主大政者二人。志不齊，權不一，其勢不得不出於爭。若督撫二人皆不肖，則互相容隱以便私圖，仍難收牽制之益。如乾隆間伍拉納、浦霖之事可睹矣。若一賢一不肖，則以小人忌君子力常有餘，以君子抗小人勢常不足。即久而是非自明，賞罰不爽，而國計民生之受病已深。如康熙間噶禮、張伯行之事可睹矣。又有君子與小人共事，不免稍事瞻徇者，如乾隆間孫嘉淦、許容之事可睹矣。若督撫皆賢，則本無所用其制。然或意見不同，性情不同，因而不相安者，雖賢者不免。曾文正公與沈文肅公葆楨，本不同城，且有推薦之誼，尚難始終浹洽，其他可知矣。郭侍郎嵩燾於去廣東巡撫任時，疏陳督撫同城之弊，謂宜酌量變通，言甚切至。茲余姑就見聞所逮者述之。

吳文節公文鎔總督湖廣時，粵賊勢方張，為巡撫崇綸所齮齕，迫令出省而隱掣其肘。軍械糧餉皆缺，文節由此死綏，武昌旋陷。厥後惟胡文忠公與總督文恭公官文相處最善，為天下所稱誦。文忠既歿，文恭劾巡撫嚴樹森去之。威毅伯曾公國荃為巡撫，又劾去文恭，曾公亦不安其位以去。迨伯相合肥李公總督湖廣，為巡撫者本其屬吏，諸事拱手受成。李尚書瀚章繼之，一循舊轍。又在位日久，自此巡撫幾以閒散自居，而督撫無齟齬，政權無紛撓矣。郭侍郎之巡撫廣東也，適故相瑞麟以將軍遷總督，頗黷貨賣官，治軍尤畏葸，侍郎心弗善也。上疏微糾其失，以無奧援罷去。蔣果敏公益澧洋為巡撫，英銳喜任事，瑞麟心憚之，嚴劾蔣公去職，因愈專橫無顧忌。其後英翰為總督，以允闈姓繳捐事為巡撫張兆棟所劾罷。近今張尚書之洞總督兩廣，與歷任巡撫皆不相能，朝廷至令兼攝巡撫以專其任。則督撫同城之無益，亦可概見矣。

咸豐、同治間徐之銘巡撫雲南，為回所制。復倚以自固，殺升任陝西巡撫鄧爾恒於境上。張尚書亮基為總督，至引疾求退，以速出滇境為幸。潘忠毅公鐸為總督，方圖以回攻回，之銘洩其謀，忠毅遂遇害。光緒初年，總督劉岳昭與巡撫岑襄勤公毓英不相能。輿論皆不直總督，浸至罷黜。潘鼎新巡撫雲南，盛氣陵總督劉武慎公長佑，頗蔑視之。劉公鬱鬱上疏求去，朝廷罷鼎新，慰留劉公。此皆督撫不能相容之明證也。

福建督撫之外又有將軍及船政大臣，政令歧出，尤不能劃一。自巡撫移臺灣，復裁船政大臣，而總督兼理船政及巡撫事，未始無裨於政體。余謂湖北、廣東、雲南三行省，皆可廢巡撫而以總督兼理，如福建之例。……

述督撫同城事頗詳。後湖北、廣東、雲南三巡撫均裁撤，如所主張。文中引噶禮、張伯行事，列諸同城，則噶禮為兩江總督，駐江寧；伯行為江蘇巡撫，駐蘇州。雖同省而與同城之官有間也。胡思敬《國聞備乘》（作於光緒季年及宣統間）卷一及卷二有云：

督撫同城，權位不相下。各以意見緣隙成齟齬，雖君子不免。兩廣總督那彥成與巡撫百齡相攻訐，百齡尋以失察家丁議遣戍。繼百齡者為孫玉庭，劾彥成濫賞盜魁，彥成亦被逮。及百齡再至兩廣，以玉庭葸懦，復劾罷之。此君子攻君子也。吳文鎔初至湖廣，與巡撫崇綸不協。崇綸百計傾陷，以孤軍無援死黃州（按死於堵城）則小人攻君子矣。郭嵩燾權粵撫，不一年，見事權盡被總督侵奪，戚然不安。疏請罷撫院，不報。雲貴總督魏光燾與法人議路礦約已定矣；巡撫李經義監臨入闈未知也。出則盡反前議，總督大恚。經義力求去，朝廷惡其奏辭不遜，遂削職。張之洞在粵與倪文蔚爭，在楚與譚繼洵又爭，但未露章相詆耳。戊戌詔罷雲南、湖北、廣東三巡撫，旋復設如故。諭旨言總督主兵事，巡撫主吏事。然總督位望較崇，之洞任兩廣時自言有節制巡撫之權，不能限其專治兵不問吏事也。至光緒三十年，復用前詔罷三巡撫，留總督，事權始一。然總督名實不稱，載之國史，徒滋後世之疑，雲貴總督駐雲南，未嘗問貴州事。兩湖總督駐武昌，未嘗問湖南事。推至兩廣、閩浙、陝甘，莫不皆然。江蘇幅員不及四川四分之一，總督駐江寧，巡撫駐蘇州。提督駐清江浦，兼兵部侍郎，專制淮南。同於督撫，江督名節制三省，其實號令不出一城，遑問皖贛。宜將六總督各正其名，如直隸、四川，斯得之矣。

張之洞督兩廣時，潮州府出缺，私擬一人授藩司游百川。而百川已許巡撫，遂壓置勿用。之洞大怒，即日傳見百川，厲聲責曰：「爾邈視我而媚撫院，亦有所恃乎！」百川曰：

督，陝甘曰甘督，均就所駐省分稱之，偏重可見也。兩江總督，情形又為特異。駐地為江蘇境內，卻與江蘇巡撫不同城，且自有江寧布政使受其直接指揮。（清初安徽布政使駐寧，後移安慶。另設江寧布政使，與駐蘇州之江蘇布政使分理各屬。）一省地方隱分督治撫治，故謔者謂兩江總督乃半省總督。特江督轄三省四布政司。當長江繁富之區，復兼南洋大臣，負對外之責，其地位及權力猶甚足重視耳。光緒三十年十二月改駐清江浦之漕運總督為江淮巡撫，督治地方歸其管理。兩江總督僅亦兼轄。翌年三月即復裁撤而設江北提督，加侍郎銜。淮揚海及徐州兩道，兼承節制。體制略侔開府，與舊有駐松江之江南提督不同。思敬所謂提督駐清江浦云云，指江北提督也；惟江北提督雖加侍郎銜，卻並無兵部字樣。劉永慶首任是職，刊關防，文有「欽加兵部侍郎銜」字樣。曾任淮揚海道護理江北提督之奭良，所撰《野棠軒摭言》中，譏其誤。

至總督主兵事，巡撫主吏事，雖向有此說，而界限實不易劃分。既均膺兵部都察院頭銜，又同有「提督軍務」字樣。似整軍察吏，二者咸有責任。（康熙時曾諭巡撫之不管軍務者，改加工部侍郎銜，後仍悉加兵部。）又如乾隆間所修《會典》有云：「直省設總督統轄文武，詰治軍民。巡撫綜理教養刑政。承宣佈政使司掌財賦，提刑按察使司主刑名，糧儲、驛傳、鹽法、兵備、河庫、茶馬、屯田及守巡各道核官吏，課農桑，興賢能，礪風俗，簡軍實，固封守。督撫挈其綱領，司道布其教令，以倡各府。」光緒間續修《會典》有云：「總督、巡撫分其治於布政司，於按察司，於分守分巡道。「總督何嘗不主吏事乎。有明設置總督之初制，至清而漸異，難一概而論。思敬之責之洞，蓋未足以服之。光緒三十年裁鄂滇二撫，三十一年裁粵撫，督撫遂無同城者。而三十三年設東三省總督及奉吉黑三省巡撫，奉天巡撫又與總督同城。新制東督權大，奉撫僅居佐貳地位（其後時由東督兼署，不簡專員），聊為督撫同城更作一尾聲而已。

（民國二十四年）

首縣

昔日知縣與知府同城者，號為首縣。府屬他州縣尊稱之曰首臺，以其居諸州縣領袖之地位也。而附郭知縣，每疲於肆應，實不易為。若首縣而在省會者，其地位儼為全省州縣之領袖。即長官層累，趨蹌倥偬，供億紛紜，尤有疲為於命之苦，而於民事不暇盡心致力矣。清梁章鉅《歸田瑣記》云：

小住衢州府城，西安令某極言沖途附郭縣之不可為。因舉俗諺「前生不善，今生知縣。前生作惡，知縣附郭。惡貫滿盈，附郭省城」云云。按此語熟在人口。宋漫堂《筠廊隨筆》已載之，云其先文康公起家陽曲令，常述此語，則其來亦遠矣。近時有作首縣十字令者：一曰紅，二曰圓融，三曰路路通，四曰認識古董，五曰不怕大虧空，六曰圍棋馬釣中中，七曰梨園子弟殷勤奉，八曰衣服齊整言語從容，九曰主恩憲德滿口常稱頌，十曰坐上客常滿樽中酒不空。語語傳神酷肖。或疑「認識古董」四字為空泛，不知南中各【大】省州縣交代，【全】憑首縣核算，有不能不以重物交抵者。余在江南，嘗於萬廉山郡丞承紀處見英德石山一座，備皺瘦透之美。中有趙甌北先生鐫題款字，云係在丹徒任內交代抵四百金者。又於袁小野郡丞培處見一范寬大幅山水，來【亦】係交代抵五百金者。使非認識古董，設遇此等物，何從判斷乎。若第十字所云，則亦惟南中沖途各缺有之，偏遠苦瘠之區尚攀躋不上也。[1]

首縣狀態之談柄也。袁枚〈答陶觀察問乞病書〉，痛論沖繁省會首縣之不可為，語尤警動。其說云：

凡人有能有不能，而官有可久與不可久。即以漢循吏論，桐鄉、渤海專城而居，此官之可久者也。龔遂、朱邑能之，至於久道化行，生榮而死哀。京兆三輔多豪強，兼供張儲偫，此官之不可久者也。趙廣漢、韓延壽能之，久果不善其終。江寧類古京兆，民事少，供張儲偫多，民事僕所能也，供張儲偫僕所不能也，今強以為能，抑而行之已四年矣。譬如渥洼之馬，滇南之象，雖舞於床，蹲於朝，而約束勉強，常有跅弛泛駕之虞。性好晏起，於百事無誤。自來會城，俾夜作晝，每起得聞雞鳴，以為大祥。每自念曰：苦吾身以為吾民，吾心甘焉爾。今之昧宵昏而霜露者，不過臺參耳，迎送耳，為大官作奴耳。彼數百萬待治之民，猶

1 據《歸田瑣記・首縣》校正。

齁齁熟睡而不知也。於是身往而心不隨，且行且愠，而孰知西迎者又東誤矣，全具者又缺供矣，憂人之先者落人之後矣。不踠膝奔竄，便瞪目受嗔。及至日昳始歸，而環轅號者老弱萬計。爭來牽衣，忍不秉燭坐判使寧家耶！判畢入內，薄領山積，又敢不加朱墨圍略一過吾目耶！甫脫衣息，而驛券報某官至某所。則又蘧然覺，鑿然行。一月中失膳飲節違高堂定省者旦旦然矣，而還暇課農巡鄉如古循吏之云乎哉！且一邑之所入有限，而一官之所供無窮。供而善則報最在是，供而不蓋則下考在是。僕平生以智自全，得不小小俯仰同異。然而久之情見勢絀，非逼取其不肖之心而喪所守。必大招夫違俗之異累而禍厥身，及今故宜早為計也。若得十室之邑，肆心廣意，弦歌先王之道以治民，則雖為遊徼嗇夫必泰而安之終身焉。

又〈復兩江制府策公問興革事宜書〉有云：

「左氏有之曰：非德莫如勤。尚書曰：六府三事惟勤。勤之益於政也如是。今公亦知州縣中有求勤而不得者乎！赤緊之地，四沖之衢，嚴上官之威以及其妻孥子姓，以及其傔人別奏，若行轅，若水驛，若廚傳酒漿，若闟錄雜賜，瑣屑繁重。其能得上意者稱賢，其不能得上意者稱不賢。其得不得又非上下之情相通也。為大吏者率皆盱衡厲色，矜矜自持。饋芻禾不受，饋牲牢不受。然而不受之費往往更甚於受者，何哉？在大府以為吾既不飲若一勺水矣，其應備之館舍夫馬當無誤也。而不知扈從之人所需不遂，則毀精舍而污之，鞭人夫而逸之，詭程途而誤之。入山縣則索魚，入水縣則取雉。臨行或並其供應之屋幕几巒銀盃象箸而滿載之。訴之長官而聽，未敢必也；訴之長官而不聽，是徒結怨於宵小拂上意也。雖忠直之士亦多畜縮隱忍為不與較之說以自寬，而不知為政之精神已消磨於無益之地矣。

其在會城者，地大民雜，事務尤多，不知每日參謁之例。是何條教。天明而往，日昳而歸。坐軍門外聽鼓吹者幾何時，投手版者幾何時，待音旨之下者幾何時。忍渴饑，冒寒暑，而卒不知其何所為。以為尊督撫耶？至尊莫如天子，而未聞在京百官終日往宮門請安者。以為待訓誨耶？一面不倖，何訓誨之有！而父之教子，亦無終朝嚾嚾者。及至命下許歸，而傳呼者又至。不曰堂廡瓦漏則曰射堂須圬，不曰大府宴客則曰行香何所。略一停候一籌劃，則漏冬冬下矣。雖兼人之勇，其尚能課農桑而理獄訟哉！不知當其雜坐戲謔欠申假寐之時，則鄉城老幼毀肢折體而待訴之時也；當其修垣輳治供具之時，即胥吏舞文匿案而逞權之時也。朝廷設州縣，果為督撫作奴耶！抑為民作父母耶！清夜自思，既自愧又自笑也。

則分論沖衢州縣辦差之弊習及省會首縣之難為，亦甚條暢，可參閱。明人之論此看，如唐順之〈贈宜興令馮少虛序〉有云：

麗省之邑，上承監司部使，而監司部使一省率數十人。此數十人者，滿其意，皆若欲得一令而為之役，而令以一身而役於數十人。拜跪唯諾之所承應，米鹽瑣屑之所責辦，率常以星出，以星入。燃炬而後視邑事，中夜而治文書。雞鳴而寢，睫未及交。耳聞鐘聲，而心已紛馳於數十人之庭矣。驛道之令，蚤夜飭廚傳，戒廩餼，走而候於水陸之沖，賓旋之往來者如織，迎於東而懼其或失於西，豐於眼而懼其或儉於北，以為得罪。幸其無呵望，歡然而出境，則騶馬而歸。未及脫鞅，而疆候又以賓至告矣。此兩者，煩文縟禮之疲其形，惕逸畏譴之鬥其心。雖有強干之資，剸割之才，且耗然而眊矣。何暇清筦庫，察獄訟，注意於刀筆筐篋之間，而為俗吏之所必為者乎！而又何暇蓄其力，精其思，翟翟然為百姓根本計慮，而出於俗吏之所不能為者乎！非其人之所不能，勢使之埶也。

與袁氏所論，殆若出一轍。省會首縣及沖衢州縣雖甚足厭苦，而巧宦任此之借供張趨奉見好於上。因得速化者，亦不乏。

（民國二十四年）

裁縫與官

梁章鉅《歸田瑣記》云：

縫人通稱裁縫，以能裁又能縫也。而吾鄉之學操官音者，因縫與房音近，訛而為房，眾口同音。余家婦女多隨宦者，自負為善說官話，亦復呼裁房不絕聲，牢不可破。余嘗笑之，則群辨曰：「司茶者為茶房，司廚者為廚房，則裁房亦同此例耳。」然則剃頭者亦當稱剃房，裱褙者亦當稱裱房，木匠亦當稱木房，泥水匠亦當稱泥房乎？縫人之拙者，莫過浦城；其倨傲無禮，亦莫過於浦城。浦人風尚節儉，士大夫率不屑豐食美衣，即素封家亦然，惟長年製衣不倦。余常往來一二知好家，廳事無不有裁衣棚架者。縫人見客過，皆堅坐不起。余偶以語門徒詹捧之，捧之曰某嘗呼此間縫匠為大王。蓋亦嫉其倨傲，且言家中婦女輩每奉之如上賓，惟所指揮。此風殆不可化也。

余歸為兒女輩述之，無不匿笑。因合家亦呼縫人為大王，而裁房之稱終不肯改。其偷竊衣料及皮絮之屬，又極巧而實拙，迥不在意計之中。余宅中偶製新衣，使僕輩督之，輒至喧呶不止。適余換製一皮馬褂，用月色綢為裡。甫製成，即擲出，令換鈕扣。且斥之曰：「一鈕扣尚且釘錯，似此本領，何喧呶為！」渠狠目熟視再四，大作京腔曰：「並無釘錯，何以冤我！」余指身上一翻穿馬褂斥之曰：「若爾所釘不錯，則我之舊衣俱錯矣！此係以月色綢為裏，非以為面也。自應照常左扣右絆，何得右扣左絆！」因使僕輩盡出翻穿之長褂及馬褂示之。並厲聲色痛斥一番，渠乃嗒然不敢辯。

自是之後，凡縫人之氣少衰，至余家者始稍謹默。夫一技雖細，而既專司其事，即未可掉以粗心。憶蔣伊《臣鑒錄》中有一條云：「嘉靖中，京師縫人某姓者，擅名一時，所製長短寬窄，無不合度。嘗有御史令裁公服，跪請入臺年資。」御史曰：「爾裁衣何用知此？」曰：「公輩初任雄職，意高氣盛，其體微仰，衣當後短前長。任事將半，意氣微平，衣當前後如一。及任久欲遷，內存沖挹，其容微俯，衣當前短後長。不知年資不能相稱也。」此雖讕言，卻有至理。又豈此間大王所與知乎！[1]

談裁縫，甚覼縷，亦頗有趣。所引蔣氏之紀縫人，則嘲御史之寓言。雖實際上不必真為縫人應俱

1 據《歸田鎖記·縫人》校正。

之知識，而談言微中，自是雋永可喜。獨逸窩退士《笑笑錄》引《敝帚齋餘談》云：

> 嘉靖季年，政以賄成。入貲即補美官，又告訐每得上賞，而大臣幸進者一失意立見誅夷。時人嘲之云：近日星士出京，逢舊知，問以何故南歸。曰：「術不驗，無計覓食耳。向者官印相生者方貴，今則財旺生官矣。向者正官正印方貴，今則偏官偏印俱處要地矣。向者身居祿命方貴，今則殺重身輕，即為大官，至死不顧矣。此所以棄業耳。」雖寓言，亦善謔矣。
>
> 近年科道各為上騰計，建白殊鮮。又有作裁縫問答者：一言官呼製袍服，輒問僕曰：「汝主為新進衙門耶？抑居位有年耶？抑將候升者耶？」呼者曰：「汝但往役，何用如此絮括。」縫匠曰：「不然。若初進者，志高氣揚，凌轢前輩，其胸必挺而高，袍宜前長後短。既據要途稍久，世態熟諳，驕氣漸平，則前後宜如恒式。倘及三考，則京堂在望，惟恐後生搜抉疵穢，遏其大用。惟俯首鞠躬，連揖深拱，又得前短後長方稱體。」此雖尖刻，而實酷肖。

借星士縫人以譏宦途，縫人一節，猶之梁氏所引蔣說。又錢泳《履園叢話》云：

> 成衣匠各省俱有，而寧波尤多，今京城內外成衣者皆寧波人也。昔有人持匹帛命成衣者裁剪，遂詢主人之性情、年紀、狀貌，並何年得科舉，而獨不言尺寸。其人怪之。成衣者曰：

「少年科第者，其性傲，胸必挺，需前長而後短。老年科第者，其心慵，背必傴，需前短而後長。肥者其腰寬，瘦者其身仄。性之急者宜衣短；性之緩者宜衣長。至於尺寸，成法也，何必問耶？」余謂斯匠可與言成衣矣。今之成衣者，輒依舊衣定尺寸，以新樣為時尚，不知短長之理，先蓄覬覦之心。不論男女衣裳，要如杜少陵詩所謂「穩稱身」者，實難其人焉。[2]

亦紀縫人，所指不專在言官。亦語頗有異同，大旨要為一類。至謂京城內外成衣者皆寧波人云云，蓋清中葉情事。而明末清初之寧波人周容（籍鄞縣）《春酒堂文集》中有〈裁衣者說〉，尤有致。其文如下：

崇禎初，帝京尚恬熙也，共矜體貌。有厲成者，以裁衣著名。非赫然右職不能得其一日暇，然指未嘗拈針紉云。每旦，攜剪以出，群工隨之。至一家，必請見主人而後下剪。剪如風生，剪已，指一工曰：「若完之。」出又至一家亦如是，以次畢。晚乃收群工之值，群工安焉。曰：「非若剪不適主人體。」若此十餘年，資以裕。乃借例參選，得司庫。冠帶將就道，群工醵錢是錢。酒酣，合座起曰：「衣非翁剪莫當意，是必有道，向固不敢請也。今翁

2 據《履園叢話·成衣》校正。

已就仕版矣，敢以請。」於是成乃曰：「予固未嘗為冗員外僚治衣也，治必右職。右職各有體，體不止修短肥瘠間也，須審其資。」眾曰：「何資？」曰：「官資。」眾愕然。成曰：「凡人初登右職，其氣盛。盛則體仰，衣須前贏於後。久之漸平矣。又久之，心營遷擢，思下人。前乃反殺於後，故衣之適體，在審官資之淺深。即觀其人之俯仰，予能一見而知之也。」眾皆悅服。獨一少年者起曰：「近日人情多意外者。吾鄉有初登右職，未習也，意自下。已而得勢，遂生驕，是與翁言反矣。且人不自為體矣，以所接之人之體為體。今日而接當塗，衣宜前殺後贏。明日而接冷曹，衣宜前贏後殺。或一日而當塗與冷曹參伍接焉，衣又將奈何？翁雖神於剪，亦將窮矣。」厲成大笑曰：「若言是也，予猶是行古之道也。予行矣，不可以宜於時矣。」周子聞之曰：厲成善用剪，而年少善用尺。不特以度衣也，能以度人。厲成司庫，彼可司銓。思二人言，則知當日京師右職，求端其躬，正其體，使裁衣者守其剪尺而無所短長其間者，不一二見也。世事安得不有今日哉！於是述之為〈裁衣者說〉。

亦當作寓言觀。其言厲成為少年所折，自謂不宜於時。與「餘談」星士棄業一節，機杼略同。

（民國二十四年）

靖港之役與《感舊圖》

曾國藩咸豐四年四月靖港之敗，幾以身殉。而部曲將塔齊布等適有湘潭之捷，國藩雖獲革職處分，塔齊布則超署提督，曾軍威名日隆焉。王闓運《湘軍志・曾軍篇》所紀云：

> 三月寇先由蒲圻犯岳州，……王珍縋城走，……甲子寇陷湘潭。是日國藩下檄塔齊布改援湘潭……四月己巳朔，……遂大破之，追至城乃還立營。其日長沙惴惴居賊中，人自以為必敗。國藩集謀攻守，皆曰：「入城坐困，宜親督戰。」或議先靖港，奪寇屯。或曰：「靖港敗，還城下，死地矣。宜悉兵攻湘潭，不利，保衡州。即省城陷，可再振也。」水師十營官皆至，推彭玉麟決所鄉，定鄉湘潭。五營先發，約明日國藩帥五營繼之。夜半，長沙鄉團來請師，曰：「靖港寇屯中數百人，不虞我，可驅而走也。團丁特欲借旗鼓以威賊，已作浮橋濟師，機不可失。」聞者皆踴躍；國藩亦忧湘潭久踞。思牽之，改令攻靖港。庚午平旦至，水急風利，炮船徑逼寇屯。寇炮發，船退不得上，纜而行。寇出小隊斫纜者，水師遂大亂。

陸軍至者，合團丁攻寇。寇出，團【丁】遽反奔，官軍亦退，爭浮橋。橋以門扉床板，人多橋壞，死者百餘人。國藩親仗劍督退者，立令旗岸上，曰：「過旗者斬！」士皆繞從旗旁過，遂大奔。國藩憤，自投水中。章壽麟負之還船。日午還至城下，而湘潭大捷報至。先所遣水師，距湘潭十里，聞陸軍戰勝，鳴角發炮直上。塔齊布軍三日三勝，壬申寇散走。水師盡燒所掠船，寇大敗，走靖港，遂俱走還岳州。湘潭既復，國藩以軍不精練，悉汰所部，留五千餘人。因留長沙造船，增調羅澤南、李孟群、陳輝龍將水陸軍，圖再舉。上奏自劾，而駱秉章及提督鮑起豹自上其功。文宗詰責提督，即日奪官，詔塔齊布以副將署湖南提督。方事之急也，布政使徐有壬繞室走達旦，明日與按察使會詳巡撫，請罷遣曾軍，語倨妄甚。巡撫語有壬且待之。及克湘潭，國藩猶待罪，俄而得溫詔，且超用塔齊布。文武官大慚沮，有壬詣國藩頓首謝。城中防兵，聞代大將，皆驚服，以為天子明見萬里。……平寇功由此起。[1]

又〈湖南防守篇〉云：

三月丁未，寇大上，圍岳州。國藩軍亦至，屯南津。戊申岳州軍潰退，寇從而上，軍還省

1 此段據《湘軍志・曾軍篇》（文苑出版社）校補。

城。寇踞靖港，再陷寧鄉，敗湘軍三營，甲子陷湘潭。省城上下皆寇屯。巡撫提督委戰守【事】於曾軍。四月庚午，國藩自攻靖港【寇】不利，布政使徐有壬、按察使陶恩培會詳巡撫，請奏劾侍郎曾國藩，且先罷遣其軍。巡撫不可，城中亦不復設備。（按郭嵩燾云：「徐有壬、陶恩培會詳上，駱文忠公言：『曾公已自請議處，何煩再劾。君等咎其敗，不顧寇勢之盛。非曾公一軍，誰與任城守者。』是時城守事宜，一委之曾文正公，未宜以不『不復設備』為巡撫咎也。」見嵩燾侄孫振墉所輯《湘軍志平議》）。辛未塔齊布大破寇於湘潭。丙子湘潭、靖港【寇】俱退走，踞岳州。巡撫提督上功，而曾國藩請罪。有詔詰責提督鮑起豹，以專閫大員，不聞出戰，惟會銳〔銜〕奏報，即日免官，以塔齊布署提督。塔齊布以都司署守備，僅二年超擢大帥。新從湘潭立功歸，受印之日，文武民士聚觀相歎詫。雖起豹傔從亦驚喜，以為皇上知人能任使，軍氣始振焉。……徐有壬【等】皆詣國藩賀，且謝罪。詔令國藩擇司道大員隨營主餉，有壬等惴惴恐在選中。國藩笑謝之；謂所親曰：「此輩怯，徒敗吾事。雖請同行，吾固當止之。況不欲乎。」[2]

敘次頗有致，可與當時奏報等參看。靖港之敗，國藩危甚，使無湘潭之捷，縱不身殉，必獲重咎而不

2 據《湘軍志・湖南防守篇》校補。

能立足矣。（時雖革職，未解兵符，仍許單銜專摺奏事。塔齊布已貴，而承指揮如故。故國藩自靖港敗後，而其勢反振。）至章壽麟事，自是關係匪輕。闓運於此僅著「章壽麟負之還船」一語，略而不詳。（王定安《湘軍記・湖南防禦篇》紀此，只云「左右負之出」並壽麟之名未著。）其所撰〈清故資政大夫江蘇補用知府章君墓志銘〉云：

> 君諱壽麟，字价人。長沙人也。……少孤貧，從舅氏彭嘉玉學，……彭舅奇壯其志，薦於侍郎曾公。俾從幕府，眾論訝之，君恂恂而已。時長沙孤危，寇屯上下。曾軍初集，自岳州敗退，還城自保。巡撫駱公不聽入城，曾公亦恥於依人。獨率水軍十營，散屯湘岸，與寇共水，皆半日可接。於是議率全軍並力湘潭；彭君獨議寇酋踞靖港，宜先攻堅。長沙鄉人亦來請軍，五營已上。其五營帥留自將，定翌午亦發，即夜改計下攻。君知倉促無陸軍相輔，賓察不從，未敢沮師，則潛身從往。師船乘流直逼寇屯，寇指笑坐待，眾不敢進。或從東岸浮橋濟師，則甕竿高低，橋壞板浮，於是退舟逆風恃纜而上。寇從岸斫纜者，舟眾潰奔。曾公立旗以收潰卒，眾皆繞旗旁走。五營敗績，曾公憤投水，眾無知者；君獨從舟出，赴水負公登岸。公怒問：「汝何為至！」徐曰：「方從城外來報湘潭捷音耳！」乃收眾還城南，其夜捷書至，遂不暇言死。聞者以此推君功，曾太公尤念之，手書慰勞焉。君遂從軍出征敘勞，累官至直隸州知州，留安徽補用知府。初試署江西新建令，安慶既復，曾公以江督開府

鎮焉，奏牧滁州。既克江寧，調綰營務。君起軍中，嫻於戎事，竭其髦髦，期有設施。會曾公卒，亦即引去。……以光緒丁亥八月己巳卒於泰州官署，年五十有五。……是用勒石銘幽……其詞曰：……幕府初開，終童典謁。蠢彼凶徒，敢涉重湖。巴陵左次，為水尸輿。我為魚肉，坐陷狼貙。在困思飛，詢謀並協。豈曰必勝，要以無怯。十營減竈，中宵擊揖，知死非勇，胡再不謀？掀公出淖，義激如虓。誠同赴火，信過踰溝。昔鮑拯胡，功超五等。孰謂斯人，浮沉簿領！功不上聞，嘉斯雅靜。……

亦有關史料，足供考鏡也。闓運詩集中有〈銅官行寄章壽麟題感舊圖〉云：

桂平盜起東南卷，唯有長沙能累卵。
三年坐井仰恃天，城堞微風動矛穳。
凶徒無賴往復來，潘張遷去駱受災。
閉門待死謚忠節，未死從容居憲臺。
曾家嶺枷偏在頸，三家村儒怒生癭。
勸捐截餉百計生，欲倚江吳效馳騁。
盧黃軍敗如覆鐺，盜舟一夜滿洞庭。

撫標大將縋樓走，徐公繞室趾不停。
省兵無人無守禦，舉付曾家一瓦注。
空船坐守木關防，直置當鋒尋死處。
軍謀兵機不暇講，盜屯湘潭下靖港。
兩頭張手探爸魚，十日淘河得枯蚌。
劉郭蒼黃各顧家，左生狂笑罵豬耶。
彭陳李生豈願死，四圍密密張羅置。
此時鮖簡求上計，陳謀李斷相符契。
彭公建策攻下游，搗堅擒王在肯膂。
弱冠齊年我與君，君如李廣默無言。
日中定計夜中變，我歸君去難相聞。
平明丁叟蹋門入，報敗方知一軍泣。
督師只擬從湘累，主簿匆匆救杜襲。
十營並發事全虛，從此舍舟山上居。
七門畫閉春欲盡，獨教陳李删遺疏。
板橋漂破帥旗折，銅官渚畔烽明滅。

豈料湘潭大捷來，千里盜屯湯沃雪。
一勝申威百勝從，塔羅如虎彭楊龍。
時人攀附三十載，爭道當年贊畫功。
駱相成名徐陶死，曾弟重歌脊令起。
惟余湘岸柳子條，猶恨前時嗚咽水。
信陵客散十年多，舊邏頻迎節鎮過。
時平始覺軍功賤，官冗間從資格磨。
馮君莫話艱難事，侂得侂失皆天意。
漁浦蕭蕭廢壘秋，遊人且覓從軍記。

此詩見於《銅官感舊圖題詠》者，字句頗有異同，並錄於次：

桂平盜起東南卷，唯有長沙能累卵。
三年坐井仰持天，仡仡孤城見穳。
群凶無賴往復來，潘張遷去駱受災。
閉門待死謚忠節，未死從容居憲臺。

曾家嶺枷偏在頸（曾滌公起義師，時論以為好事，且曰：「一枷在嶺，肩來在頸。」以嗤其不平已也），三家村儒怒生癭。

勸捐截餉百計生，欲與吳（文鎔）江（忠源）效馳騁。

江湖軍敗如覆鐺，盜舟一夜滿洞庭。

撫標大將（王壯武）縋城走，徐公繞室趾不停。

省城無兵無守禦，卻付曾家作孤注。

空船坐擁木關防，直犯頭刀報知遇。

兵謀軍勢盜不講，上屯湘潭下靖港。

兩頭探手擒釜魚，十日洶河得枯蚌。

劉郭蒼黃各顧家，左生狂笑罵豬耶。

彭陳李生豈願死，四圍密密張羅置。

此時鉆筒求上計（滌公設匭求謀策，或役紙書三十六「走」字），陳謀李斷相符契。

彭兄建策攻下游，擣堅擒王在肯綮。

弱冠齊年君與余，我狂君謹偶同居。

日中定計夜中變，我方高枕城東廬，

平明丁叟蹋門入，報敗遙聞一軍泣。

督師只欲泛湘累，主簿匆匆救杜襲。
十營並發計全虛，從此舍舟山上居。
七門不啟春欲盡，強教陳李刪遺疏。
板橋漂破帥旗折，銅官渚畔烽明滅。
誰料湘潭大捷來，盜屯奔進如崩雪。
一勝申威百勝從，陸軍如虎舟如龍。
時人攀附三十載，爭道當時贊畫功。
駱相成名徐陶死，曾弟重歌脊令起。
只餘湘岸柳千條，曾對當時嗚咽水。
信陵客散十年多，舊邏頻迎節鎮過。
時平始覺軍功賤，官冗間從資格磨。
憑君莫話艱難事，佹得佹失皆天意。
何況當時幕謀府，至今枉屈何無忌。（君舅彭笛翁猶以攻靖港為上策。）

斯蓋其原稿，集中所載則後經修改者耳。胡適《五十年來中國之文學》引闓運此詩，錄自集中，謂：「此詩無注，多不可通。」觀此可知原稿注雖不多，卻實有自注，入集時乃刪去之。（其〈圓明園詞〉原亦有注，後始刪卻。）至詩中本事，多可由《湘軍志》等印證。又闓運〈和易藩臺感事詩因成長歌示謀國諸公〉有句云：「憂勤不救靖港敗，唯向空灘搖帥旗。」

《銅官感舊圖》，壽麟於國藩已卒追憶舊事所繪而徵題者。歿後其家刊諸作為《銅官感舊圖題詠》。其所撰〈銅官感舊圖自記〉云：

> 湘鄉曾文正公以鄉兵平賊，抵觸凶鋒，危然後濟，其所履大危凡三：蓋湖口也；祁門也；與初事之靖港也。而予於文正惟靖港之役實從。……咸豐四年，賊由武昌上犯岳州，官軍禦之羊樓峒失利，遂乘勝進逼長沙。四月，賊踞靖港，而別賊陷寧鄉、湘潭。湘潭荊南都會，軍實所資，時公方被命治軍於湘，乃命水陸諸將復湘潭，而自率留守軍擊靖港賊，戰於銅官渚，師敗，公投水。先是予與今方伯陳公、廉訪李公策公敗必死，因潛隨公出，居公舟尾，而公不知。至是掖公登小舟，逸而免。公怒予曰：「子何來！」予曰：「師無然，湘潭捷矣。來所以報也！」已而湘潭果大捷，靖港賊亦遁去。公收餘眾，師復振。蓋嘗思之，兵者陰事。惟忍乃能濟，非利所在。敵詬於前，民疑於後，勿動也。公既盡銳以剿湘潭，若需之以俟其捷，而會師擊靖港之惰歸。賊雖眾可以立盡，惟不忍於靖港之逼，故知其不利而不能不出。又予輩三五書生，亦知其不利而出，而無術以止公。蓋非公之疏於計劃，實忍之心守久於軍者不能。尤非仁義之徒之所素有也。猶憶敗歸時，公惟籍甲兵儲待之屬以遺湘撫，

尚一意以死謝國，及聞捷乃不死。然當日即不捷，公固可以死乎！公死是役，固不與喪師失地窮蹙而死者同；且足使喪師失地窮蹙而不死者恧焉而有以自勵。然由今以現，其多寡得失之數為何如也！光緒丙子秋，予歸長沙，道靖港舟中望銅官山。山川無恙，而公已功成事賚，返馬帝鄉。惟時秋風乍鳴，水波林壑尚隱隱作戰鬥聲。彷彿公之靈爽呼叱其際，因不禁俯仰疇昔，愴然動泰山梁木之感。故為茲圖而記之，以見公非偶然而生即不能忽然而死。且以見兵事之艱，即仁智義勇如公者，始事亦不能無挫。而挫而不撓困焉而益勵，垂翅奮翼，則固非事之定力不及此。至於大臣臨敵，援桴忘身，其為臨淮之靴刀，與蘄王之泗水，均各有其義之至當焉。並以諗後之君子。長沙章壽麟自記。

記述當時情事，並抒其感想，足資瀏覽。而李元度、左宗棠兩序，於此役更各有敘紀論列，均為有關係之文，錄俾參閱：

〔李序〕……咸豐四年，曾文正公治水陸軍討賊，余與今浙撫陳公士杰暨價人入其幕，時价人年甫冠也。二月，賊自郢上犯，陷岳州、湘陰及寧鄉。文正檄儲君玫躬敗賊於寧鄉，賊遁。三月，水陸軍抵岳州，會王壯武進剿羊樓峒失利，賊追躡至岳州，圍其城。文正所部陸軍迎擊亦失利，文正乃退守長沙。賊仍道湘陰、寧鄉踞靖港，分黨陷湘潭。時會城晝閉，餉道斷，人情洶洶。文正檄忠武公塔齊布師陸軍千二百人攻湘潭，檄儲公汝航、夏公鑾、楊公岳斌、彭公玉麟帥水師夾擊之，所向並獲勝。而文正獨以謂賊勢盛，官軍必不支。懼旦莫不得死所，蓋久置死生於度外矣。靖港者，資水入湘之口，距會坡六十里，為一都會。地有銅官山，六朝置銅官於此，因稱銅官渚者也。時賊帆遍佈，游弋逼會城。文正憤甚，親帥留守之水陸營進剿。余亟止之曰：「兵之精老已調剿湘潭，早晚捷音必至。此間但宜堅守，勿輕動。」文正不許。余與陳公及价人並請從行，亦不許。瀕行以遺疏稿暨遺屬二千餘言密授余曰：「我死，子以遺疏上巡撫，乞代陳；遺囑以授弟輩；營中軍械輜重，船百餘艘，子善護之。」

四月朔，舟發，陳公固請從，峻拒之。余與陳公謀，令价人潛往匿後艙，儲緩急，文正不知也。明日戰，鄉團勇先潰，營軍隨之。所結浮梁斷，溺斃二百有奇。水師中賊伏亦潰，賊艘直犯帥舟，矢可及也。文正憤極投水，將沒頂矣。材官傔僕力挽。文正大罵，鬚髯翕張，眾不敢違。將釋手矣，价人自後艙突出，力援以上。文正瞠視曰：「爾胡在此！」价人曰：「湘潭大捷，某來走告！」蓋權辭以慰公也。乃挾登魚艇。南風作，逆流不得上。賴劉君國斌力挽以免。明午抵長沙。文正衣濕衣，蓬首跌〔跣〕足。勸之食不食；乃移居城南妙高峰。再草遺囑，處分後事，將以翌日自裁。遲明捷報至，官軍撥湘潭。燔賊艅數千，殄滅無遺種；靖港賊亦遁。文正笑曰：「死生蓋有命哉！」乃重整水陸軍，未十年卒蕆大勳，固繇國家威福所致。然當是時文正生死在呼吸間，間不容髮，脫竟從巫咸之遺，則天下事將誰屬哉！

江寧既撥，湘軍自將領以至廝養卒，並置身通顯。獨价人浮沈牧令間垂二十年，倘所謂不言祿祿亦弗及邪？抑曲突徙薪固不得為上客邪？先是曾太封翁曾書示文正曰：「章某國士，宜善視之。」且令馮公卓懷傳其語。戊午己未間，余數從容言及价人。文正憮然曰：「此吾患難友，豈忘之哉！」竊窺文正意，使遽顯擢君，是深德君以援己，而死國之為偽也，然亦決不憖置以負君，蓋將有待耳。光緒丙子，余客金陵，文正薨四年矣。晤价人，握手話舊。价人出《銅官感舊圖》屬題，余諾之而未及焉。越五年价人宅憂歸，乃得補書其簡首。嗚呼！援一人以援天下，功在大局不淺。价人雖不自以為功，天下後世必有知价人者，遇不遇烏足為价人加損哉！……光緒辛巳長至後三日，平江李元度撰。

〔左序〕……湘鄉曾文正公時以禮部侍郎憂居在籍，詔起討賊，集鄉兵水陸東下。公在朝以清直聞，及率師討賊，規劃具有條理。卒克復江東枝郡，會師金陵，殲除巨憝。顧初起之軍，水陸將才未集，閱歷又少，往往為猾寇所乘，時形困躓。公不變平生所守，用能集厥大勳；中興事功，彪炳世宙，天下之士皆能言之。推事功之所由成，必有立乎其先者，而後以志帥氣，歷艱危險阻之境而不渝。是故明夫生死之故者，禍福之說不足以動之。明夫禍福之理者，毀譽之見忘。吉凶榮辱舉非所計，斯志一動氣，為其事必有其功矣。志士仁人成其仁，儒者正其誼，功且在天下萬世，奚一時一事之足云乎！而即一時一事言之，則固有堪以共喻者。

咸豐四年三月，金陵賊分黨復犯長沙。先踞長沙城北七十里之靖港，憑水結寨。步賊循岸而南，潛襲上游湘潭縣城。縣城繁富，市廛鱗比，賈船環集，賊速至據之。文正聞賊趨湘潭，令署長沙協副將忠武塔齊布公等率陸軍，楊千總岳斌、彭令玉麟等率水軍往援。偵賊悉銳攻湘潭，靖港守虛寨之賊非多，遂親率存營水陸各營擊之。戰事失利，公麾從者他往，投湘自溺。隨行標兵三人，公叱其去。章君瞰公在舟時書遺囑寄其家，已知公決以身殉也，匿舟後，躍出援公起。公曾戒章君勿隨行，至是詰其何自來，答以適聞湘潭大捷，故輕舸走報耳。公徐詰戰狀，章君權詞以告。公意稍釋。回舟南湖港。其夜得軍報，水陸均大捷，殲悍賊甚多。毀余之敗船斷槳，蔽流而下。湘潭人始信賊不足畏而氣一振。其晨余縋城出省公舟中，則氣息僅屬，所著單襦沾染泥沙，痕迹猶在。責公事尚可為，速死非義。公嗔目不語。但索紙書所存炮械火藥丸彈軍械之數，屬余代為點檢而已。時太公在家寓書長沙飭公，有云：「兒此出以殺賊報國，非直為桑梓也。兵事時有利鈍，出湖南境而戰死是皆死所；若死於湖南吾不爾哭！」聞者肅然起敬，而亦見公平素自處之誠。後此沿江而下，破賊所據堅城巨壘，克復金陵。大捷不喜，偶挫不憂，皆此志也。

夫神明內也，形軀外也，公不死於銅官，幸也。即死於銅官而謂蕩平東南誅巢馘讓遂無望於繼起者乎，殆不然矣！事有成敗，命有修短。氣運所由廢興也，豈由人力哉！惟能尊神明而外形軀，則能一死生而齊得喪。求夫理之至是，行其心之所安，如是焉已矣。且即事理言之，人無不以生為樂死為哀者。然當夫百感交集，拂鬱憂煩之餘，亦有以生為憂為苦而速死為樂者。觀公於克復金陵後，每遇人事乖忤鬱抑無聊，不禁感慨系之。輒謂生不如死，聞者頗怪其不情。余比由陝甘新疆移節兩江，亦覺案牘之勞形，酬接之紛擾。人心之不同，時局之變易，輒有願得一當以畢餘生之說，匪惟喻諸同志，且預以白諸朝廷。蓋凜乎晚節末路之難，謠諑之足損吾素節，實則神明重於形軀，誠不欲以外而移其內，理固如是也。而論者不察輒以公於章君不錄其功，疑公之矯。不知公之一生死齊得喪，蓋有明乎其先者，而事功非所計也。論者乃以章君手援之功為最大，不言祿而祿弗及，亦奚當焉。余與公交有年，晚以議論時事，兩不相合。及莅兩江，距公之亡十有餘年。於公所為多所更定，天下之相諒與否，非所敢知。而求夫理之是，即夫心之安，則可告之已，亦可告之公也。章君壽麟出此卷索題，識之如此。光緒九年癸未秋七月左宗棠書。時年七十有二。

李序寫壽麟赴援暨國藩其時情態特詳，就事論事，為壽麟鳴不平，而隱咎國藩之寡恩，蓋兼寓自傷之意焉。左序則述往之外，更藉以發抒胸臆，意態軒昂，所謂高踞題顛也。（彭玉麟以湘潭之捷，始以附生奏保知縣，楊岳斌，時名載福，則以千總保守備。率師赴援時，玉麟尚非「令」，左序中稱「楊千總」「彭令」，稍未諦。李序中稱國藩之父曰「曾太封翁」，「太」字或「封」字可省。又謂湘潭之役，「燔賊艅數千」，按國藩奏報，此後所燒敵船，計千餘隻，無數千之多。）

吳汝綸〈銅官感舊圖序〉，作於章壽麟既沒之後，所論別有見地，文云：

> 曾文正公靖港之敗，發憤自投湘水。幕下士長沙章君，既出公於湘之淵，已而浮沉牧令間餘二十年，乃追寫靖港之事為圖。名流爭紀述之。或曰：「章君一舉手，功在天下，而身不食其報，茲所為不能嘿已於是圖也。」或曰：「不然，凡所云報功者，躋之通顯而已。自軍興以來，起徒步，解草衣，從文正公取功名通顯者，不可選紀也。其處功名之地，退然若無與於己者一二人而已耳，人奈何不貴一二不可多得之人，而貴其不可選紀者哉！」夫有功於人而望人之報我，不得則鬱鬱焉，悄悄焉。寓於物以舒吾憂，非知道君子所宜出也。且章君固不自以為功也。夫見人之趨死地，豈預計其人之能成功名於天下而後救之哉，雖一恒人無不救矣。見人之趨死地而救之，豈必有膽智大勇而後能哉，雖一恒人能之矣。事機之適相值而不能自已焉云爾，夫何功之足云。聞有功而不求報者矣，求聞不自以為功而猶望人之報者也。
>
> 然則是圖何為而作也？曰：文正公之為人，非一世之人，千載不常遇之人也。吾生乎

千載之後，而遠望千載之前，有若人焉，吾不能與之周旋也，吾心戚焉。吾生乎百載數十載之後，而近在百載數十載之前，有若人焉，吾亦不能與之周旋也，猶之戚焉。並吾世而生，而有若人焉，而或限乎形勢，或間阻乎千里百里之遠，吾仍不能與之周旋也，吾心滋戚。若乃並吾世而生，無千載百載數十載之相望，而又不限於形勢，不間阻乎千里百里之遠，而獲親其人，朝夕其左右而與之周旋，則其為幸也至矣。雖其平居燕閑遊娛樂登覽之迹，壺觴談笑偶涉之樂，一與其間，而皆將邈然有千載之思也。而況相從於憂虞患難之場，而親振之於阽危之地者乎。此章君所以作是圖以示後之旨也。妄者至謂使文正公顯擢章君，是深德君援己，而死國為偽，此則韓公所謂兒童之見者矣。章君既沒，其孤同以汝綸與其先人皆文正公客也，走書屬記是圖，為發其意如此。圖曰銅官感舊者，靖港故銅官渚也。光緒辛卯八月桐城吳汝綸拜序。

竭力推尊國藩，主旨在為之釋不錄壽麟功之疑。論自闊大，然亦稍近膚廓，未盡切於事情也。所斥「妄者」，即指李元度。（此文亦曰〈銅官感舊圖序〉，從《銅官感舊圖題詠》所載也。汝綸集中則稱〈銅官感舊圖記〉，並改定數字；「且章君固不自以為功也」句作「且章君安得自以為功也」，末句作「光緒辛卯八月汝綸記」。）汝綸並有〈答章觀瀛書〉論此，於左李之序，均加評騭，其文云：

前接惠書，奬飾過當，而意思肫懇，使讀者不知所以為報。某老荒寡學，辱命以文事見推，非所敢任也。至述及賢尊靖港之役，又有不可以不文辭謝者。承示左文襄公、李方伯元度二文，以二公皆親見其事，所言必翔實。某讀之，亦尚有未盡當者。文襄時時欲與文正爭名；李方伯之於文正，蓋不能無稍宿憾。文襄之言曰：「靖港守虛寨之賊非多。」此妄也；意殆謂文正短於將兵耳。當是時，賊大舉源湖南，以靖港為巢穴支黨分竄寧鄉、湘潭，謀夾攻長沙。使靖港為虛寨，無多人，則賊為無謀；主帥親帥師出全力以爭賊虛寨，則文正為無謀，此皆必不然之勢也。且是役也，水軍敗於風，固不論賊眾寡也。文襄又曰：「公即死，謂蕩平東南無望於繼起乎。」是則然矣。凡功名之成否存乎時，規模之廣狹存乎量，流風漸被之遠近則存乎學。天祚盛清，賊雖劇必滅。遇當其會，功固必成。乃若兼包群才，遐邇慕賴，簡撥貽餉，逮及後世。量足容之，學足師之，寥乎邈乎，微文正吾誰適歸乎！此殆難概望之繼起矣。凡此皆文襄之言之未當者也。

李方伯之言曰：「文正既免，猶不食，移居妙高峰。再草遺令，將自裁。會湘潭之捷，乃笑曰：『生死蓋有命哉！』此決非事實。文正公生平趣舍，一不以利鈍順逆攖心，其治軍一不以勝負為憂喜。靖港之役，至憤焉取決於一瞑，固烈丈夫所為不欺其意者，業以遇救不死。又聞湘潭捷書，則固將審己度世，不欲為匹夫之小諒矣。然亦安有方決志自裁，驟聞

> 一捷，遽粲然發笑，自慶更生者哉？吾決知是言妄也。文正草遺疏遺令，文襄謂是既敗後在舟時事，李方伯則謂出師瀕行以遺疏遺令相授，是未敗時作。二公皆言一事，而權枒不合如此。以理測之，似文襄是而方伯小失也。此皆於文正事未合者。其於尊公，則李方伯似為之發憤，亦傳所謂淺之乎為丈夫矣。某之事文正也後，不及親靖港之戰，不能深知當時軍中曲折，承命撰一文，題跋是圖。且告之以不能久待，謹依尊旨草草報命，未識有當萬一否，伏望財幸。

謂宗棠時時欲與國藩爭名，良然。蓋自負高出國藩一頭，而世咸極推國藩，意不能平。故論及國藩，每有意著貶抑之語，以示縱無國藩，有己在，自可奏平亂之績耳。謂元度之於國藩，不能無稍宿憾，亦頗在情理之中。元度早從國藩於患難，關係最深。自徽州之役，屢被國藩嚴劾，遂至乖離。後雖重歸於好，為師弟如初，自終不免自傷蹭蹬，因之介介之懷，未能悉泯。其為壽麟鳴不平，固不無隱咎國藩寡恩之意焉。（元度〈哭太傅曾文正師〉詩有云：「記入元戎幕，吳西又皖東。追隨憂患日，生死笑談中。末路時多故，前期我負公。雷霆與雨露，一例是春風。」又曾祠落成，作詩有云：「嗟我昔從公，中蹶良自作。未遂鯤溟化，甘同鮒轍涸。何幸拜崇祠，屠門過而嚼。樗材愧蔓芩，怕說籠中藥。」均自攄斯人憔悴之感。汝綸以為宗棠、元度敘遺疏遺令一事「權呀不合」，細按之，似兩人所敘本非一事也。元度敘國藩聞捷音而笑謂死生有命，汝綸斥為「決非事實」，未免太執。國藩雖善鎮定自持，然不能大遠乎人情。湘潭大捷，關係特鉅。喜極而笑，作快心語。或流露於不自覺，蓋未宜遽斷為必無。若必過執「文正公生平趣舍，一不以利鈍順逆攖心，其治軍一不以勝負為憂喜」。）則充類至盡，並其因靖港之敗發憤投水，亦可云「決非事實」矣！憶嘗閱施愚所撰筆記，述鮑超軼事，有云：當曾國藩困於祁門也，敵盛勢孤，危甚。一時幕中僚佐，帳下健兒，咸惴惴不寧。而國藩不改常度，神色自若。會報至，大隊敵軍由某處來攻，將至矣。此眾益惶駭萬狀，而顧視大帥，則神色仍自若，毫無驚戚之容。既而續據諜報，來者非敵軍，乃鮑超統師來援也。超著威名，號虎將，為敵所憚。眾狂喜相慶，歡聲若雷。而國藩無喜色，依然常度。超自率前驅數十騎來大營謁帥，眾迓之於營門，國藩亦從容而出。超下馬，將行禮，國藩遽趨前抱持之。曰：「不想仍能與老弟見面！」言已下淚，蓋喜慰之極，不復能自持矣。（原文不能盡憶，大致如此。）斯時國藩在軍閱歷較久，鎮定自持之工夫益進。而人情所不能已者，固仍有流露於不覺之時也。汝綸對此「千載不常遇之人」，過向不同常人處求之，致失之迂執。

《銅官感舊圖題詠》印成後，續為詩文者尚不少。（未知曾刊印續編否）章士釗為壽麟族弟，民國十五年三月所撰〈銅官感舊圖記〉，亦頗可觀。文云：

> 吾宗曩有賢士，名壽麟，字价人，於愚為兄弟行。而年較愚父且長，又兩人者相處甚得也。……愚年十六七，習為八股文於家。愚父喜夜談，每津津為示价人君家事，盡漏不息。

以此知君嘗從曾文正出征，文正兵敗靖港，憤投於江，君潛曳之起。文正殊自執，不肯歸。君固多力，則強負之以奔於營。知者眾，文正因無法自輕其生矣。其後師出克捷，文正以一身繫天下安危，人以此多君功，君絕無自伐意。文正亦弟畜君，意氣逾篤。名位則別為一事，終文正之世，君沉浮牧令而已。可見老輩相與之際，別有真處。非世俗櫌耡間報施之道所得妄度，兩賢相忘無形，其神交尤不可及云云。

銅官者，文正自沉地也。《感舊圖》為君返鄉重經時所造，翼留餘迹以勵方來。鄉賢自左文襄以下，均有題記。……因索所題詩文數十篇讀之，反復盡卷。惟江西胡瘦唐所言，用思與愚父前訓差合。文襄意直悻悻，頗若以當時救死為多事。嗚呼！君一援手間，六十年興亡大局，於是乎定。而其中文章隆替，思想通局，亦幾於是圖盡得驗之。誠不禁盡然心傷，而嘆瘦唐所稱婦嫗簞豆之見，深植於人心。興衰垂德，抉危救難，無所為而為之者，事例太少，不足以開發恒人之思理。一旦有之，因相與震其迹而全昧其義。號為大人，言亦爾爾。然則世德之不進，人道市道之不辨，宜哉！以悻悻斥宗棠，略同吳汝綸所譏欲與國藩爭名，而於名位一層，持論處較汝綸為圓適。

汝綸為曾國藩門人，兼師事李鴻章，忠且謹，鴻章亦雅重之。而自以內閣中書經國藩奏改直隸州知州，需次直隸。鴻章繼國藩督直，俾歷知深、冀二州（其間曾一署天津知府）久於一牧，以迄引退，未得遷擢。其〈鄭筠似八十壽序〉有云：「畿輔自曾文正公，今相國合肥李公，相繼為政，勸厲吏治，州縣賢有名者，大抵簡拔薦擢以去。有起而秉節開府，得重名於京朝者。……往余在官時，嘗戲語人曰：事貴能持久，吾人官二十許年，不遷一階，不加一秩，出視同列，如立衢街觀行路，來者輒過，無肩隨者，不可謂能久矣乎！」似不無牢騷之意，然對鴻章傾服推崇，始終無間。風義之篤，世所共知。殆亦如士釗記中所云「相與之際，別有真處」「意氣逾篤，名位別為一事」歟。（汝綸〈祭李文忠公文〉有云：「不佞在門，或任或止，疏疏意親，謂公知己。」）

宗棠雖不免「悻悻」「爭名」，而所論亦有中肯處。如謂國藩初起之軍，閱歷少，往往為敵所乘，時形困躓。以國藩不變平生所守，用能成功，固道實也。後幅生死之論，感慨激楚，想見此老晚年孤憤之態。國藩晚境怫抑（辦理天津教案，見摒清議，精神上所受苦痛最深）致損天年，衷懷蓋實有不能喻諸人人者。若宗棠，似差勝矣。而既揚威萬里以歸朝，在軍機為同列所擠，督兩江亦不盡如志，對外侮則尤忿恚難忘。癸未二月（作序之前五月）初十日家書（與子孝寬等），述以江督赴滬視察海防情形，有云：「值此時水師將領弁丁之氣可用，懸以重賞，示以嚴罰。一其心志，齊其氣力。我與彭宮保乘舢板，督陣誓死，正古所謂並力一向千里殺將之時也。……彭亦歡愜，並稱：『如此布置，但慮外人不來耳！』諸將校亦云：『我輩忝居一二品武職，各有應盡之分。兩老不臨前敵，我輩亦可拚命報國！』答云：『此在各人自盡其心，義在則然，何分彼此！但能破彼船堅炮利詭謀，老命固無惜！或者四十餘年之惡氣，借此一吐。自此凶威頓挫，不敢動輒挾制要求，乃所願也！』宮保亦云：『如此斷送老命，亦可值得！』」寫其與彭玉麟敵愾之情，凜然可睹，序中「願得一當以畢餘生」，謂此也。（時中法之役已將作矣。）未幾以中法之役，宗棠督師福建，玉麟督師廣東，迄中法和議之成，均未獲躬親戰事。王闓運為玉麟撰墓誌銘，所謂「晚遘海氛，起防南越。自謂得其死所，乃復動見板纏」也。吳光耀（湖北人）〈紀左恪靖侯軼事〉云：

> 清泉左全孝言：左文襄晚年，法蘭西入寇，詔督師閩海。出天津，與直隸總督李鴻章爭協餉，弗諧，中道謂所親曰：「老矣，不能復如往年擡槓！到天津與李二擡槓不中用，到江西不得與曾九擡槓。」通俗稱強梁爭事曰擡槓。是時曾國荃總督兩江，既見，執手欷歔，相顧鬚鬢，曰：「老九認得我邪？我乃認不得老九！老九哥哥死矣，我便是老九哥哥！」曾喻意曰：「此行閩海，協兵協餉是小弟事。」退而讌談，問：「老九一生得力何處？」曰：「揮金如土，殺人如麻！」左大笑曰：「我固謂老九氣勝乃兄！」到防，憂憤時事，有如心疾。日在營中呼：「娃子們快造飯，料理裹腳草鞋，今日要打洋人！」諄諄不絕口。左右請看戲，演忠義戰事。如岳飛大勝金兀朮等出，乃欣然不言。
>
> 會元日，問是何日，曰過年。曰：「娃子們都在福建省城過年邪？」曰然。曰：「今日不准過年，要出隊！洋人乘過年好打廈門，娃子們出隊，我當前敵！」總督楊昌濬賀年。謂：「洋人怕中堂，自然不來。中堂可不去。」左曰：「此言哪可靠？我以四品京堂打浙

江長毛，非他們怕我！打陝甘回子，打新疆回子，都非他們怕我！還是要打。怕是打出來的！」楊沮之不已，左哭曰：「楊石泉竟不是羅羅山門人！」將軍穆圖善亦賀年來。左右報將軍來，曰：「穆將軍他來何事！他在陝甘害死我劉松山。我還有好多人與他害！」且詈且淚流沾襟。將軍曰：「中堂在此一軍為元戎，宜坐鎮；便去，當將軍總督去。」左曰：「你兩人已是大官矣！你兩人去得，我去得，還是我去！」將軍言：「我們固大官，要不如中堂關係大局。」左無聲，徐言：「如此，便你兩人亦不必去，令諸統領去；諸統領不得一人不去！」

先是，洋人詗廈門距福建省城極西無重兵。乘元日以大隊兵船擾廈門。未至廈門五十里，用遠鏡見廈門沿海諸山皆紅旗恪靖軍，知有備而遁。曰：「中國左宗棠利害，不可犯也！」……和約定，左右不敢言和約。忽咄咄自語：「今日大喜事，娃子們何不燈彩？」既燈彩，則又曰：「何無人賀！」將軍、總督以為真有喜事，相率入賀。問曰：「今日賀中堂，中堂是何喜事？」曰：「許大喜事都不知，未免時局太不在心！我昨日滅洋人，露布入告矣！許大喜事都不知，未免時局太不在心！」將軍、總督退，使人出視和約，氣急而戰，不能成讀。太息曰：「閻中堂天下清議所歸，奈何亦傅會和約！」然猶不時連聲呼：「呵呵，出隊！我還要打！這個天下，他們久不要，我從南邊打到北邊。我要打，皇帝沒奈何！」顛而嘔血，遂至於薨。

> 嗚呼！如左文襄之辦夷務，則信乎古之人所謂忠也。初奉命，從親兵二十人出都，曾無告示，而各國商船不敢入海口。英人噪總理衙門除海禁，左置信箱中軍帳側，令總理衙門公私文書盡投其中，不得啟鎖。邵陽姚炳奎言：左初入關見李，言關外辦事之艱苦。李曰：「君在西方，尚得道好；我在畿輔，言官罵得不成人。」左曰：「關外辦事，同是不免言官掊擊；此是朝廷紀綱要如此。」其意謂督撫當如胡文忠言，包攬把持，不得因人言避事，蓋諺語「打攏說話」，思以用李，而不知其道不同也。

寫得栩栩欲活。雖有過度之渲染，類小說家言，未可概據為典要。而宗棠烈士暮年「願得一當以畢餘生」之情緒，似亦頗能表見其略，故錄供談助。

若就一時名位論，宗棠自屬甚為得意。長沙陳銳《袌碧齋雜記》有云：「文襄治軍二十年，自陝還朝，授軍機大臣，出督兩江，乞假一月回湘省墓。出將入相，衣錦榮歸，觀者塞途。一日，就婿家宴飲，婿為安化陶文毅公子，謂之曰：『兩江名總督，湖南得三人，一為汝家文毅公，一為曾文正公，其一則我也。然渠二人皆不及我。文毅時未大拜，文正雖大拜而未嘗生還。但我亦有一事不及二人，則無其長鬚耳。』合座囅然。」一良趣。蓋在國固孤憤之難伸，在家亦晝錦之足誇耀鄉閭也。

士釗〈銅官感舊圖記〉，於題圖詩文數十篇中，獨稱「江西胡瘦唐所言」。胡思敬（字漱唐，亦作瘦唐，清末名御史）之作亦《銅官感舊圖題詠》刊本未及載入者。頃於其《退廬文集》檢得所撰

〈銅官感舊圖記〉移錄如下：

資湘交匯之區，有山曰銅官，故相湘鄉曾文正駐師地也。靖港之敗，章价人太守脫文正於厄。越十餘年，文正薨，疆事大定。太守刺舟過此，追憶曩時患難，作為此圖，遍徵名流題詠。當時李次青、吳摯甫二先生皆未達其意，疑太守浮沉牧令間二十餘年，戚戚不安於懷，聊假寓於物以寫其蹉跎失意之悲。左文襄稍知言矣，又牽及老氏一死生齊得喪之旨，幾中而復失之。予與太守子曼仙樞部交，獲見此圖。感念事物艱難之會，賢人君子崎嶇補救之心，蓋有不能已於言者。

當髮逆初起，楚南先被其患。眾推文正練鄉兵，保境殺賊。苟以自救，非有經營天下之志也。其後率師東下，困於彭蠡，阨於祁門，岌岌如落陷井。即金陵合圍之初，猶日夜憂懼，恐諸將幸進徼功，致蹈和、張故轍。亦非有奇謀勝算，自信必能挈東南數千里已失之地還之朝廷也。夫兵者陰事，不濟則以死繼之，君子所自盡者只此而已。同時與文正並起相頡頏者，無若胡文忠。奓山之衄，文忠索馬赴敵死，圉人救之，馬反馳，臨江遇鮑忠武，乃同歸。其幸而不死，亦猶銅官山之志也。余嘗私嘆，軍興以來，陸建瀛畏死而江寧陷，何桂清畏死而蘇常又陷。文正、文忠欲死而不獲死，奔走支柱其間，堅峙滅賊之機，未嘗一日忘殉國之志。迨左文襄出，上游根本漸固，兵事稍稍順矣。文襄謂文正即死，誅剿或援，不患無繼起之人，亦安知始事之艱。非積誠不能挽天下之極弊，雖才智無所措手乎？文正嘗自言之矣：躬履艱諸艱而不責人以同患，浩然捐生，如遠遊之還鄉而無所顧悸，由是眾人效其所為，亦皆以苟活為羞，以避事為恥。嗚呼！湘軍之所以興，洪楊之所以滅，此數語盡之矣。淺見者不知，顧謂中興人才，萃於湘楚，衡嶷鎮峙之靈，鬱數百年，閎極而一泄。此不特墮四方志士奮發有為之氣，又使一二老成扶持世教之苦心。不見白於後世，何其言之誕也！

髮逆既平，湘中士習漸驕。文正再出剿捻，嘗太息咨嗟，謂楚軍暮氣不可用。太守從文正久，習知兵間利害，觀其自記之詞，頗惜文正畏逼輕發，不能如異日之堅忍。聊追述倉促遇難之狀，以勵鄉人敢死赴敵之氣，俾知士大夫出任軍國大事，唯一死足恃。余皆付諸天命氣數，而不敢自墮其修，此作圖之本旨也。夫文正以道德郁為文章，播為功業。即不幸下從咸彭，其可誦可傳者自在。大塊勞我以生，逸我以死。文正驟獲死所，方幸息肩以趨於逸，而太守必欲力任其勞。太守於天下信有功矣。論者並欲以此責報於文正，是婦嫗箪豆之見，非太守所以自待，亦非文正相待以國士之意也。

文有內心，饒意致，宜為士釗引重也。所述胡林翼欲赴敵死一節，為咸豐五年事。《湘軍志·湖北篇》記此云：

咸豐五年三月乙丑，詔胡林翼署湖北巡撫。……林翼念相持無巳時，八月壬辰自將四千人渡江，思合水師取漢陽，不能進，屯奓山。戊戌寇至，林翼督軍出，士卒要餉，出怨言。強之戰，未交綏，噪而大奔。林翼憤甚，索馬欲赴敵死。圍人見巡撫意色惡，反旋馬四五轉向空野，乃鞭之。馬馳不能止，臨江乃遇鮑超船。諸營官聞巡撫在，集潰卒，調王國才，合屯大軍山。辛丑荊州運餉銀三萬至，乃嚴汰疲羸。奏調羅澤南軍，令更增二千人，還攻武漢。[3]

取與曾國藩靖港之事並論，是絕好陪襯，似即本之王闓運。闓運為章壽麟撰墓誌銘，有「昔鮑拯胡，功超五等」之句，以鮑超後來膺子爵之封也。超謚忠壯，思敬曰鮑忠武，誤。（薛福成〈書霆軍銘軍尹隆河之役〉，稱超曰鮑武襄公，亦誤。）

鄭孝胥有〈題章价人太守銅官感舊圖〉，見《海藏樓詩》，為丙申（光緒二十二年）所作。詩云：

> 曾公靖港敗，章侯救以免。功名震一世，雲泥隔歲晚。
> 歸舟近長沙，父老話兵燹。山邱易零落，銅官長在眼。

3 引文據《湘軍志・湖北篇》校正。

作圖名感舊，自記極微婉。文襄耄年序，奮筆亦殊健。
未如王翁歌（壬秋），放浪情無隱。曾章今往矣，意氣固同盡。
時髦論紛騰，何事挾餘慍？道高迹可卑，子賢身不泯。
報恩賤者事，豈以律貴顯？彼哉李子言，徒示丈夫淺。
（李元度序，有「不言祿，祿亦弗及」之語。）

推闓運之詩，而於國藩似亦有微詞。

宗棠序中，引國藩父麟書之語，甚壯邁。麟書以老諸生為封翁，正國藩督師時，自撰一聯，命國藩書之。文云：「有詩書，有田園，家風半讀半耕，但以箕裘承祖澤；無官守，無言責，時事不聞不問，只將艱巨付兒曹。」（麟書應童試十七次，始於道光十二年以府考案首入湘鄉縣學，年四十三矣。國藩是年隨父應試，獲以佾生註冊，年二十二。明年相繼入學，又明年鄉試中式。遂於道光十八年成進士，入詞林；而麟書則入學之後，未克再進一步也。）

國藩「會奏湘潭靖港水陸勝負情形摺」（咸豐四年四月十二日）敘靖港之敗云：

臣曾國藩以潭城逆賊被官軍水陸痛剿，專盼靖港之賊救援，亟應乘機攻剿，俾逆賊首尾不相能顧。明知水師可恃者均已調赴湘潭，陸路各營，除塔齊布、周鳳山兩營正在潭城剿賊，升用同知林源思一營駐防平江。此外岳州、寧鄉兩次失利，陣亡鄉勇約七八百名，又淘汰遣散湘勇已千餘名。現存營者僅及千名，難期得力。而事機所在，又不敢不急切圖之。是日卯刻，親率大小戰船四十隻，陸勇八百，馳赴靖港上二十里之白沙洲，相機進勦。午刻西南風陡發，水流迅急，戰船順風駛至靖港，不能停留。更番迭擊，逆賊在炮臺開炮，適中哨船頭桅，各水勇急落帆收泊靖港對岸之銅官渚。賊眾用小划船二百餘隻，順風駛逼水營。水勇開炮轟擊，炮高船低，不能命中。戰船被焚十餘隻，隨風漂散。各水勇見勢不支，紛紛棄船上岸。或自將戰船焚毀，恐以資賊，或竟被逆賊掠取。臣曾國藩在白沙洲聞信，急飭陸勇分三路進撲靖港賊營，翼分賊勢。陸勇見水路失利，心懷疑怯。雖小有斬獲，旋即卻退。臣曾國藩見水陸氣餒，萬難得手，傳令撤隊回營。

此又初二日靖港勦賊失利之實在情形也。又〈靖港敗潰自請治罪摺〉（同日），自陳調度乖方之失謬，繼謂：

臣整軍東下，本思疾趨出境。乃該逆大舉南犯，臣師屢挫。鄂省危急不能速援，江面賊氛不能迅掃，大負聖主盼望殷切之意。清夜以思，負罪甚大。愧憤之餘，但思以一死塞責。然使臣效匹夫之小諒，置大局於不顧，又恐此軍立歸烏有，我皇上所倚以為肅清江面之具者，一旦絕望，則臣雖死，臣罪更大。是以忍恥偷生，一面俯首待罪，一面急圖補救。……一兩月間，水師尚有起色；但微臣自憾虛有討賊之志，毫無用兵之才。孤憤有餘，智略不足。仰累聖主知人之明，請旨將臣交部從重治罪，以示大公。並籲懇皇上天恩，特派大臣總統此軍。臣非敢因時事萬難，遂推諉而不復自任；未經赴部之先，仍當竭盡血誠，一力經理。如船隻已修，水勇可恃，臣亦必迅速馳赴下游，不敢株守片刻。

前摺為與湘撫駱秉章會銜所上，後摺為單銜所上，摘錄用資並覽。

（國民廿五年）

附志：《銅官感舊圖題詠》諸作，聞另有石印本，曰《銅官感舊集》，係就原迹影印，與刊本或有異同，容俟覓閱比勘。

王鑫

咸同間，湘軍崛起鄉里，震耀一時。諸將中，王鑫雖以早亡未獲大顯，而所部最號節制之師，聲譽甚者。其軼事流傳，為人所樂道焉。如歐陽昱（江西宜黃人）《見聞瑣錄》記其軍令之嚴肅云：「王壯武下令軍中，一人積銀十兩者斬。所有月餉及賞賚資，交糧臺，每月遣人分送其家，取書回。將士得書無不感服。左侯號令最肅，獨不禁飲酒，無事則聽其盡歡極醉。壯武軍中，嚴絕樗蒲。並謂酒足誤事，禁之，有提壺挈榼者斬。暇則習超躍拳擊之技，立格賞罰，無日不然。故兵少而精，使竟其討賊之志，勳名當在左彭諸公上。惜積勞成疾，自林頭戰後，未幾即薨。弟貞介方伯統其軍，勇智遂稍殺矣。壯武之行軍也，微功必錄，微罪必罰。不避嫌，不避親。剿賊廣東時，姊子某犯令，諸將爭救，不應，揮淚斬之。其號令之嚴，予親見二事。時予避亂石灰唅山中，地界宜樂，山下十里為樂安走宜黃孔道。偶步至此，見所遣偵探九人入店中，呼主人具飯。食畢，每人給錢二十枚。主人不敢受。九人曰：『主將令：沿途強陷人飯不給錢，及取名一物值百文以下者，斬。』主人遂受之。予聞林頭賊敗，曉登嶺遠望。日未午，見官軍二十餘人，自山下追賊二百餘上山。至予所居門首，盡斃之，但次第割其耳。賊所遺財物，無一拾取者。予歸，見二十餘人汗濕重衣，覺疲甚，急呼予備飯。山中米粟無多，蒸薯蕷進之。食畢，每人給錢二十枚即行。予曰：『天將晚，人已倦。離城又五十餘里，盍止此一宿。』曰：『軍令復命逾酉刻者斬，我輩善走，尚可及。』予聽而太息曰：『兵遵將令，乃若是乎？非平日恩威足以畏服之，曷克至此？』」其治軍之嚴，斯亦可備參考。左宗棠夙重鑫，而頗謂其待部將過刻。如光緒戊寅致劉典書有云：「大咨加給蒓農薪水，兼司三營帳目，鄙見頗不謂然。營帳由營官自行經理，本是舊章，亦使其稍霑餘潤。若改歸營務經理，則營官未免觖望。當時王壯武雖曾如此辦理，所部亦勉從之，卻不可為訓。弟猶記易普照曾向弟親說：『大人待我輩恩誼最重，惟總不准我們得錢。』其詞亦頗令人心惻。易普照乃璞山所稱如手如足者，厥後先璞山陣亡，其家固貧乏如故也。……璞山治軍，為吾湘一時巨擘，獨於此等處全不理會。」宗棠器局恢宏，有非鑫所及處，而鑫治軍之嚴，益可見也。蒓農者王詩正，鑫嗣子。

關於鑫戰略者，《瑣錄》記林頭戰事云：「王壯武敗賊吉安，追至樂安。偽目蓋天侯楊國忠最桀黠，號統賊二十萬，實六萬，盤踞吾邑南境，寧都小田一路，謀犯贛州。壯武遣九人至吾邑偵探。賊中素震王名，有『斑虎』之目。聞其兵至，不暇辨多少，皆驚曰：『王斑虎來矣！』邑賊千餘，盡奔往小田告急。楊恃眾，欲挫王威。即遣前鋒五千，至樂安十里屯住，大隊繼至。樂安有鄉團，諸紳聞之，入見壯武，請發兵，拒不見。明日賊愈增，又請，又不見。壯武兵僅三千，自是日減一日，不知何往。諸懼，謂畏賊強將遁矣。四日賊盡入樂安界。有一大村曰林頭，楊督後隊至此，擬宿一夜，明日悉師進戰。自謂此地離王軍五十里，前後左右皆其兵，萬無他慮，遂皆酣寢。至半夜，忽四面炮聲震天，火箭數十，射入村中。村屋燒壓，如崩崖裂石。賊在睡夢中驚起，不知此軍從何而降。而風猛火烈，出門稍遲，即圍焚無逃路。時值秋末天寒，多不及披衣者。須臾火箭一枝射燒楊臥榻，楊急走，而村外東西北俱重重圍住。惟空南一角，為回宜黃孔道，遂從此奔竄。前有大河，有長橋，橋北水極深，板已毀，賊不知也。前者墜水，後者擁擠而上，為官軍槍炮追迫，不敢回顧。賊精銳近萬，盡在此地而凍死、燒死、溺死、殺死，無一脫者。天剛曙，官軍分一半救火，而是夜四更城中兵亦出，攻賊之前鋒。當初更時，壯武急召諸紳至曰：『天明賊必敗，東西必竄某小路，可速引鄉團據守山口，多張旗幟。賊至但擊鼓喊殺，勿出戰，勿令竄入谷中，則君等功也。如違，以誤軍情論。』諸紳愕然，然不敢不遵。及日出，前鋒賊果竄至小路，不敢走。遂由大路奔回宜黃，而後路賊又紛紛思竄下樂安。一往一來，自相踐踏者不計其數。是時前攻後殺，左右僻徑又為鄉團所堵截。五萬賊斬戮幾盡，得脫者才數百人而已。戰捷後，諸紳莫解其故，爭求壯武指示。壯武曰：『諸君始請時，予知戰必勝。然恐在後者聞而奔散，則此六萬賊蔓延各縣，又不知何日方能剷除。予故示弱不出，使賊知予怯。必歸隊前來，然後可一戰殲之。此地往宜黃，夾道多大山。予初至，即命數十人遍探各山小徑，出入遠近，了如指掌。予兵日減者，蓋每夜半遣數百人，帶乾糧，偽為樵夫山民，往林頭左右山中藏伏，料四日內楊賊必宿此地。先殲此賊，餘如破竹也。天幸不出所算，又得諸君為聲援，成此大功。從今撫建二郡，可望收復矣。』諾〔諸〕紳聞之乃歎服。」寫來頗生動有致，亦談鑫戰略者之好資料。鑫與曾國藩始合終乖，而歿後國藩每稱道之。舉其治軍之法以詔人。金陵下後裁軍，留精銳使鑫部將劉松山統之，所謂老湘營。左宗棠剿捻及西征，最賴其力。

（民國廿二年）

王鑫（古珍字）為湘軍驍將，以善於治軍著。其初起以勇毅為曾國藩所器賞，後乃相失，蓋以矜張見疑也。《駱秉章自訂年譜》（光緒乙未張蔭桓重刻本）咸豐三年有云：

調任總督吳甄甫八月到長沙，住數日，即起程赴鄂。八九月田家鎮兵船失利，張署督已交卸矣。吳制臺接印，帶兵赴堵截禦賊，兵敗陣亡。（按「堵截」當是「堵城」刻誤，吳文鎔殉難堵城也。）賊復上竄，長沙又辦防堵耳。

先是王璞山珍帶勇一營，是時營規三百六十名為一營，往興寧縣剿辦土匪。全股殄滅，奏以同知補用。時曾滌生住衡州，伊言於曾曰：「若令我募勇三千，必將粵匪掃蕩。」曾遂致信省城，言：「王璞山有此大志，何不作成之？」我復信請其到省面商。後王璞山偕從九吳坤修來見，備言先發口糧二萬兩，硝磺各一萬，回湘鄉招勇三千，必能不負所委。王璞山操湘鄉土音，多不甚曉，吳坤修代達。我謂：「暫且招二千，因經費支絀。若不敷調度，再招。」即發札，並飭局發口糧及硝磺等項。王璞山遂借吳坤修回湘鄉去矣。聞曾滌生致書伊座師吳甄甫先生，極言王璞山之能。不數日，即得吳甄甫咨函，請調王璞山招勇三千赴鄂。遂發札與王璞山，招足三千之數。

不數日，吳坤修到省求見，言：「王璞山回鄉招勇，出入鳴鑼擺執事，鄉人為側目。其人如此，實不可用。」我言：「伊得保舉同知，初回家鄉，不過榮耀之意。我粵新科舉人回鄉，亦是如此，似不足怪。」吳坤修無詞而對。翌日，伊又來求見我，言：「王璞山所招之勇，多是匪類。又不發口食，連夜在縣城偷竊，賴令不勝其苦，又不敢言。將來帶勇到省，難免騷擾。」我言：「汝同王璞山回湘鄉招勇，又是至好，何以不為規諫？」吳坤修云：「伊凡事不由我管理，是以難進言。」我云：「伊一切皆不交汝管理，是以爾說他。」吳坤修見我不信其言，辭去，即往衡州見曾滌生。兩旬間，吳甄甫即有咨函，言王璞山之勇恐靠不住，止其不必來鄂。不數日，王璞山帶勇到省。我以吳制軍之咨示之，著其留勇二千四百人，其餘六百名作長夫，囑其日日訓練，以備調遣。吳制軍若調王璞山帶勇赴鄂，有此得力之將，恐不致有田鎮（按應作堵城）之敗。「利口覆邦家」，信然！

不滿國藩之信讒，而深咎吳坤修之中傷焉。（坤修，江西新建人，字竹莊，後以軍功起，官至安徽布政使，署巡撫。）又按國藩是年與鑫各書有云：

僕素敬足下馭士有方，三次立功。近日忠勇奮發，尤見慷慨擊楫之風。心中愛重，恨不即游揚其善，宣暴於眾，翼為國家收澄清之用。見足下所行未善，不得不詳明規勸。又察足下志氣滿溢，語言誇大，恐持之不固，發之不慎。將來或至僨事，天下反以激烈男子為戒，尤不敢不忠告痛陳。伏冀足下細察詳玩，以改適於慎重深穩之途。斯則愛足下者所禱祀求之者也。（又與駱秉章書有云：「王璞山自興寧歸來，晤侍於衡，見其意氣滿溢，精神上浮，言事太易。心竊慮其難與謀大事。」又云：「璞山血性可用，而近頗矜誇。恐其氣不固，或致僨事，特作一書嚴切規之。」又與吳文鎔書有云：「璞山馭士有方，血性耿耿，曾邀吾師賞鑒。惟近日氣鄰盈溢，語涉誇大，恐其持心不固，視事太易。曾為書規之，茲錄呈一覽。吾師用其長並察其不逮，俾得歸於深穩之途，幸甚。」）

接到手書，改過光於日星，真氣塞於戶牖，忻慰無極。前者足下過衡，意氣盈溢，視天下事若無足為。僕竊憂其乏惕厲戰兢之象，以握別匆匆，將待再來衡城時乃相與密語規箴，以求抵於古人敬慎自克之道。自足下去後而毀言日至，或責賢而求全，或積疑而成謗，僕亦未甚深慮。逮吳竹莊書來，而投梭之起，乃大不擇，於是有初入奉規一函。僕函既發以後，又接家嚴手諭，道及足下忠勇勃發，宜大蘊蓄，不宜襮露。然後知足下又不理於梓里之口，向非大智慧轉圜神速，痛自懲艾，幾何不流於矜善伐能之途！古人謂齊桓葵邱之會，微有振矜，而叛者九國。亢盈悔吝之際，不可以不慎也。比聞足下率勇三千，赴援鄂渚，僕既幸吾黨男子有擊楫聞雞之風，又懼旁無夾輔之人。譬如孤竹千霄，不畏嚴霜之摧，而畏烈風之搖，終虞足下無以荷此重任。

近日在敝處攻足下之短者甚多，其來尊處言僕之輕信讒謗棄君如遺者亦必不少。要之，兩心炯炯，各有深信之處。為非毀所不能入，金石所不能穿者，別自有在。今欲多言，則反以晦真至之情，古人所謂窗櫺愈多則愈蔽明者也。

當時鑫之見識物論及為國藩所規切，有如此者。蓋坤修而外，嫉之者頗多也。國藩取人，以多條理少大言為主。鑫則意氣特盛，大言無所詘，故終難水乳耳。（鑫之盛氣凌人，左宗棠亦嘗與書誡之。）又國藩與秉章書有云：

侍日內心緒極為煩惱，……王璞山本是侍所器倚之人，今年於各處表襮其賢。蓋亦口疲於讚揚，手倦於書寫。其寄我一函，曾抄示師友至十餘處。（按其與江忠源書有云：「敝友王璞山忠勇男子，蓋劉琨、祖逖之徒。昨二十日僕以一書抵璞山。璞山亦恰以十九日為書抵我，誓率湘中子弟，慷慨興師，即入江西。一以憤二十四之役，為諸人報仇雪恥；一以為國家掃此逆氛，克復三城，盡殲群醜，以紓宵旰之憂。其書熱血激風雲，忠肝貫金石。今錄一通往，閣下試觀之。洵足為君添手足之助矣。」可見一斑。）近時有向侍譏彈璞山者，亦與之剖雪爭辨，而璞山不諒我心，頗生猜嫌，侍所與之札飭言撤勇事者，概不回答。既無公牘，又無私書。曾未同涉風波之險，已有不受節制之意。同舟而樹敵國，肝膽而變楚越。

相乖之情畢見矣，鑫不樂受國藩羈鈐也。王闓運〈桂陽直隸州泗州寨陳侍郎年六十有九行狀〉

有云：

咸豐……三年，從文正軍下湘援湖北，而湖南巡撫先遣王壯武出岳州，至蒲圻遇寇敗退。曾軍新集，營岳州城外，寇乘勝追奔。將士力戰不能支，遂水陸追走。壯武自以為違文正誡致敗，恥與俱退，獨入空城死守。文正憤懣，將士莫敢為言。侍郎獨進曰：「岳州薪米俱絕，明日必潰，宜遣救璞山。」璞山者，壯武字也。文正慍不應。侍郎自以建議為公，不宜逢顏色，退臥。頃之，自計曰：「為千人請命，奈何計小禮數？」復入請曰：「璞山軍宜往救。」意色愈和。文正方環走，遽停步。曰：「救之如何？吾頃遣偵之，城中無人，但外有燎火。」即召偵者兩人質之。侍郎詰之曰：「若等畏賊不敢往，若城中人出，寸斬汝矣。」兩人俱伏虛誑。文正因問計。侍郎具言賊無戰船，宜遣水師三板傍岸舉炮為聲援。壯武因得縋城走出，免者九百餘人，其後平浙克新疆大將皆在其中。壯武後為名將，號無敵，數同壁壘，意以為桂勇倚己乃能戰，有自功之色，未嘗與言前事也。

國藩以不快於鑫，微陳士傑一再進言，幾坐視其殆而弗援，斯蓋闓運聞諸士傑者。如所云，國藩不亦已甚乎？

（民國廿四年）

朱洪章

曾國荃之下金陵，部將論功以李臣典居首，獲封一等子。蕭孚泗次之，封一等男。朱洪章僅得世職，未邀爵封。後之紀述其事者，頗言洪章實首功，為之不平。如沈瑜慶〈懷朱軍門洪章〉詩云：

……
一為楚將亦冠軍，遷地為良敢雌伏？
屯兵堅城勢欲絀，連營百里氣轉蹙。
忽驚地道隳垂成，四百兒郎糜血肉。
即今豐碑龍脖子，空使詩人嘆同谷。[1]
破敵收京誰第一？再接再厲瘡垂復。

1 陳衍《石遺室詩話》云：「同谷句與此題無涉，似宜改用陳濤斜事。」

兄主之，實幕客李某所為高下也。盍刃之！」公笑而罷。湘中王闓運成《湘軍志》，乖曾氏意。威毅使東湖王定安改訂之，亦緣官書，未改正公前事。時承平日久，公感髀肉之生，不能無望於威毅，因論其書，至抵幾而罵。威毅雖優容之，新進排擠，幾不能自全。公悲懷慷慨，乞余為文為詩訟之，久之不就。甲午東海事起，南皮張公移節江南，……令募十營守吳淞。……公久廢驟用，又嚄唶宿將，同事者輒訾議牽制之，使不得行其意，未幾傷發卒。南皮屬余草疏，請恤於朝。遂得以所聞於公，略敘曲折，得旨賜謚建祠，飾終典禮備焉。……

又李岳瑞《春冰室野乘》云：

> 曾忠襄之克秣陵也，大將李臣典、蕭孚泗咸膺上賞，錫封子男，而不知悉黔將朱洪章一人之功，李蕭皆噲伍耳。……忠襄部下皆湘將，洪章以黔人孤立其間，每有危險，輒以身當其衝，以此知名，忠襄益倚重之。初開地道於龍脖子，垂成而陷，健兒四百人殲焉，皆洪章部下也。二次地道成，忠襄集諾〔諸〕將問孰為先入者，眾皆默無言。洪章憤，願一人為前驅，從煙焰中躍上缺口，以矛援所部，肉薄蟻附而登，諸將從之入，城遂復。臣典於次日病卒，忠襄好語慰洪章，使以首功讓臣典，而己次之。洪章慨然應諾。及捷報至安慶，文正主稿入奏，乃移其次第，以洪章為第四人。於是李蕭皆封子男，而洪章乃僅得輕車都尉，殊不

平。謁忠襄語及之，忠襄笑而授以佩刀曰：「捷奏由吾兄主政，實幕客李鴻裔高下其手耳，公可手刃之。」洪章一笑而罷。……

岳瑞蓋即取材瑜慶所紀，惟指實幕客李某為李鴻裔耳。其助臣典張目而駁沈說者，如李詳〈李忠壯公家傳書後〉云：

……時蘇常俱復，忠襄恥獨後，憤欲死之。再鑿龍脖子地道，募死士先登，公與諸將誓如約。地道火發，城揭二十餘丈，公冒煙火磚石直進，傷及要害。城克而病，病遂死，去城破僅十餘日。曾文正上公首功，奉上諭：「李臣典誓死滅賊，從倒口首先衝入，眾軍隨之，因而得手，實屬謀勇過人，著加恩錫封一等子爵，賞穿黃馬褂，並賞戴雙眼花翎。」而公已先殞，不及拜受恩命。……一時公私記載，咸無異同。余兒時聞村優敲鉦唱克復金陵歌，亦首及公。大功在人口，宜無沒沒也。雲南鶴麗鎮總兵朱公洪章者，先登九將之一也……在江南久，鬱鬱不自得。念昔與李公誓死登城，李獨膺懋賞，身猶碌碌與偏裨伍，所奉主帥及同列諸將，無一在者。思傾李公以為己地，昌言於人，謂：「曩者之役，余實先登。李資高，適卒死。主帥與朝廷務張之以厲將士，故李獨尸大名。」此語一出，好事者爭歌詩慰朱。且述其語云：李克妒心城次日傷殞，忠襄慰己，以李列首。後謁忠襄，語稍不平。忠襄出靴刀授

> 之曰：奏名易次，吾兄主之，實幕客李某所為，盍刃之。又言王氏闓運《湘軍志》，乖曾氏意，後屬王氏定安改訂，亦緣官書未改云云。其盡屏文正原奏及公私記載，為此繫風捕景不可蹤迹之詞，熒惑視聽，甚可駭怪。夫攻金陵，提鎮死者甚夥，何獨子公以死旌伐？文正手書日記云：「至信字營，見李臣典。該鎮為克城第一首功，日內大病，甚為可閔。」又云：「聞李祥雲病故，沅弟傷感之至。蓋祥雲英勇異常，克復金陵，論功第一。」據此則奏名列首，固忠襄意。幕客李者，中江李鴻裔也。論功之奏，核及殿最，李安敢以私見撓之？又王氏定安修《湘軍記》時，忠壯子孫不在顯列，無所顧忌。湘潭之志，既乖曾意，本非官書。東湖覬再起，一意媚曾，又何不可改正之有？凡此皆不考情實之過也。忠壯之子諱義信字蔚廷者，從忠壯軍中，共勞苦。予見此事，時告其子，為異日容貌祖德之述。……余謂忠壯與朱公冒炮火，投軀死地，徇主帥旨，豈復有毫末富貴想，會有天幸不死，命也。忠壯爵賞不逮生前，其亦已矣。朱公侘傺失志，黃金橫帶，未嘗一日稍厭其望。嚄唶大言，用以自豪，亦人情耳。奈何竟據為實錄邪？

與瑜慶之說，針鋒相對。洪章以黔將處湘軍中，待遇之間，稍有偏枯，於事或亦不免。惟瑜慶謂臣典死於克城之次日，以是獲列首功，則殊非事實。考同治三年六月十六日清軍轟陷金陵城垣，衝殺入城，曾國荃即日馳奏大概情形；是夜攻克內城，搜殺三日夜。曾國藩據國荃十九日咨，於二十三日馳奏詳細情形，立功人員，列單請獎。二十五日國藩由安慶抵金陵，七月初二日臣典乃卒。故國藩猶及見之，何謂「於京城次日以傷殞」云云乎？詳所云「去破城僅十餘日」，是也。此為瑜慶所紀中最顯之錯誤。詳如就此直駁，不必言「何獨於公以死旌伐」云云矣。賞功之諭，於七月初十日奉到，國藩七月二十日為臣典奏請優恤（報國荃咨）謂：

> ……年方二十七歲，竟有名將之風。六月十五日地洞口受傷，十六日克復金陵城池。十七日因傷增病，醫治無效。二十日舁雨花臺營次，醫者謂傷及腰穴，氣脈阻滯，不久恐變喘症，加以冒暑過勞，難期痊可。二十三日國荃親往省視，李臣典不肯服藥。自云此次萬無生理，……即於七月初二日巳刻出缺。其胞弟李臣榮、李臣章料理後事，即日將歸原籍，擇立繼嗣。欽奉六月二十九日上諭，有錫爵之曠典，有黃馬褂雙眼花翎懋賞，李臣典竟不克親拜寵命，感聖恩之優渥，嘆該員之數奇，國荃私心痛悼，寢食難忘。……

臣典卒於拜命之前，或即緣是而誤傳為死於奏獎之前耳。（朱孔彰《中興將帥別傳》傳臣典，於其病卒，謂：「公夜戰過勞，明日病熱。或曰，公恃年壯氣盛，不謹，疾之由也。」有微詞焉。）詳所稱臣典之子義信，蓋即卒後立為繼嗣者也。王闓運作《湘軍志》於諸將帥多以微文貶抑，國荃等大恚。《湘軍志》嘗因以劈板，王定安之《湘軍記》，乃承國荃之旨而作。瑜慶云「乖意」「改訂」，蓋即謂是，言兩書均未特表洪章之功而已。詳謂定安「一意媚曾，又何不可改正之有」，不免誤會。臣典功首，既國荃意，「媚曾」者何以必可改正乎？瑜慶所述奏名易次，指臣典以下者而言，詳謂「奏名列首，固忠襄意，李安敢以私見撓之」。又將臣典牽入，實欠分曉。洪章於是役所獲世職，乃騎都尉；瑜慶輩謂輕車都尉，非是。

至洪章自敘身任首隊及京城諸狀，其《從戎紀略》云：

……九帥調各營隊伍已齊，命章往問何營頭敵，何營二敵。再三詢之，無人敢應。章曰：「我輩身受皇上厚恩，今日正當報效，請以職分定先後何如？」時蕭統領孚泗已補福建陸路提督，寂無一言。次及李祥雲，已補河南歸德鎮。祥雲要章撥精兵一二千與之。章曰：「既撥我軍，不如我當頭隊。」眾乃隨聲鼓動。劉南雲乃言願作二隊。餘依次派定，分為三路。當時相商，同到九帥前具軍令狀，畏縮不前者斬。章將各情復稟，九帥壯之，命章速準備。乃回營派頭隊四百名，二隊一千名，餘隊隨在後，各弁勇聞打頭敵，無不奮然自振，一以當百。

至龍膊子，章令頭二隊勇各頂生草一捆，以便填壕，倘不遵者以軍法從事。適信字李營官來，告藥已安好，請示放火。章復轉至偽天保城，稟知九帥。九帥指章看曰：「城中賊如此之多，務須小心。」章稟曰：「只要轟開城，得入其穴，任他賊眾，勿怯也。」當是時，我各營隊伍亦齊，布列龍膊子崗上。章至，乃下令放火。只看火線燃過，霹靂一聲，煙塵迷天，磚石飛崩，軍士無不人人惴栗。章乃奮身向前，左手執旗，右手執刀，奮勇登城，大呼而進。各隊勇始紛忙齊上。賊約三四百，由太平門出來抵章，爭先手刃數賊，各隊奮然並進，賊大潰。我軍追殺至老城埂太平門，用連環槍炮轟去，賊又敗。轉進灩房，忽伏逆四出，萬炮轟來。章戰馬中槍，乃下馬手持長矛，向為首騎馬賊兜頭殺去。賊首落馬，章乃奪其馬而跨之。各營勇見，慌忙向前。章令兩路放火，頃刻火起，賊不能支，遂又敗北。九帥聞章失馬，乃遣人送坐騎來。章曰：「馬已得，請速催大隊來。」

先是九帥進城時，至老城埂，遇節字營哨官敗回，九帥怒，即令正法。各勇悚懼，始奮身向前，四路掩殺。各路分攻城門，無不踴躍爭功。賊抵禦不住，於是九門皆破。聞敗賊大股聚於五臺山，章令長勝營跟蹤追之。章自督眾往攻偽天王府，正遇偽王次兄，見我軍即走。章令羅沈二營官佯敗誘之，得以生擒。時日已暝，章乃衝入偽王府，搜其黨而殲之。令將轅門緊閉，以兩營守之。餘皆分紮前後，封其府庫，以待九帥。惟地道沖塌之處，無人看守。夜半賊結隊偷出，九帥隨派馬隊武營官追殺。章知之，即督長勝軍追至雄黄鎮，將偽忠王李秀成搜獲，九帥連調始回。章一路見我陣亡兵弁，目不忍視，不禁淚下。

甫至營，各軍士皆痛哭連聲。往尋地道崩處，我四百奮勇當頭陣軍士，盡被火藥轟死，無一得生。章心慘裂，捶胸痛哭，更不能止。各幕友來勸曰：「死生有定，幸大功告成，亦足慰各忠魂於地下。」章哭曰：「我自領軍以來，從未有傷亡如此之多，如此之慘者。此數百勇士，皆同余十有餘年，血汗辛苦，一旦成功盡喪，屍骨無存，追念前勞，能無痛傷。」各幕友泗淚力勸方止。

次日九帥復令各處搜賊，忽貢院前陰溝火起，賊匿其中，以洋槍傷我親兵數名。章令撤火藥燒之，賊冒火亂逃，章追而殲之，乃回稟九帥，時派弁兵沿街搜捕，並出示安諭百姓，嚴飭各營不許滋擾。賞恤諸傷亡軍士有差。以生擒逆首瀝血祭我各將士，並延僧超度之。捷聞，朝野相慶。時同治三年六月十六日也。九帥乃敘功具奏，七月十八日奉上諭：「提督銜記名總兵朱洪章，克復江南，首先登城，生擒偽王次兄洪仁達、偽忠王李秀成二逆者，異常出力，遇有提鎮缺出，請旨先前簡放，賞穿黃馬褂，世襲騎都尉罔替。欽此。」

所敘頗詳，可與當時奏報參閱。奏報或難免不實不盡之處，洪章自述亦間有誇侈失實，要其先登之勇，不愧驍將耳。國藩原奏，謂：「李臣典報地道封築口門，安放引線。曾國荃懸不貲之賞，嚴退後之誅，遂傳令即刻發火。霹靂一聲，揭開城垣二十餘丈。武明良、伍維壽、朱洪章、譚國泰、劉連捷、張詩日、沈鴻賓、羅雨春、李臣典，皆身先士卒，直衝倒口而入。……」所謂先登九將也。若國荃攻克外城原奏，係謂：「十五日李臣典地道告成，十六日午刻發火，衝開二十餘丈。當經朱洪章、劉連捷、伍維壽、張詩日、熊登武、陳壽武、蕭孚泗、彭毓橘、蕭慶衍率各大隊從倒口搶入城內。悍賊數千死護倒口，排例〔列〕逆眾數萬，捨命抗拒。經朱洪章、劉連【捷】、伍維壽從中路大呼衝，奮不顧身，鏖戰三時之久，賊乃大潰。……」則臣典不在先登九將之列，而洪章實冠諸將焉。李蕭封爵，張詩日、彭毓橘亦得一等輕車都尉，洪章僅騎都尉，其觖望良非無因。張之洞請恤之奏，推為功首，亦非羌無故實也。孚泗之獲封男爵，以擒李秀成等。雖秀成之擒，孚泗功蓋幸致（參看秀成供狀及薛福成《庸庵筆記》），然未聞有謂秀成、仁達為洪章所擒者。洪章乃亦引為己功，且不惜竄改上諭以實之，未免離奇之甚矣。其騎都尉世職亦且無「世襲罔替」字樣。此役之獲「世襲罔替」者，惟國藩之侯、官文之伯而已。賞功之諭，係云：

……記名提督李臣典，於槍炮叢中，搶挖地道，誓死滅賊，從倒口首先衝入，眾軍隨之，因而得手，實屬謀勇過人，著加恩錫封一等子爵，並賞穿黃馬褂，賞戴雙眼花翎。蕭孚泗，督辦炮臺，首先奮門而入，並搜獲李秀成、洪仁達巨逆，實屬勳勞卓絕，著加恩錫封一等男爵，並賞戴雙眼花翎。記名總兵朱洪章、武明良、熊登、伍維壽均著交軍機處記名。無論提督總兵缺出，儘先提奏，並賞穿黃馬褂，賞給騎都尉世職。記名按察使劉連捷，著交軍機處記名，遇有布政使缺出請旨簡放，並賞加頭品頂戴，賞給騎都尉世職。提督張詩日，著以提督遇缺提奏，並加恩賞給一等輕車都尉世職。記名道彭毓橘，著交軍機處記名，遇有布政使缺出請旨簡放，並賞給一等輕車都尉世職。……

洪章胡竟漫為抉易其詞乎！（臣典時為記名提督實缺河南歸德鎮總兵，孚泗則已為實缺福建陸路提督。上諭於孚泗，若亦為記名提督者，殆降諭時未及致詳耳。）

朱孔彰《中興將帥別傳》傳洪章云：

……同治三年夏，忠襄攻江寧城久不撥。提督李臣典建議於龍膊子山麓堅石最多處重開地道，日列隊伍環攻。積濕蘆沙填壘，欲平接而前，與城齊，以疑寇使多備。六月十五日甲申，地道告成，議推前鋒未決。有營務處朱雲章者，楚人也，以不得統軍為恨，大言於公前曰：「若輩自命天下壯士，今趣臨大敵，便如鼠子卻縮探頭穴中，吾知若無能為也。」公怒曰：「孰畏死者而汝為是言乎？攻守未奉帥令，若使某為先登，有不蹈萬死以取洪酋生致闕下者，如皎日！」兩人爭論於營幕中。忠襄聞之，亟召諸將入，署名具軍令狀。於是公遂署第一，武明良第二，劉連捷第三。其他以次署畢，凡得九將。李臣典實主地道事，雖列名，未嘗任頭隊也。乙酉日中發火，城崩二十餘丈，公率所部長勝煥字三營千五百人首先登城，從倒口衝入。是時煙焰漲天，磚石雨下，賊復擁大眾謀堵築，從城頭擲火藥傾盆下，燒死者四百餘人。公摧鋒務進，所向披靡。仰登龍廣山，結為圜陣。外傳與賊排擊，諸將畢登，乃分軍為三並馳，公趨中路，直攻偽天王府之北，大戰一日夜，俘擒偽王次兄洪仁達以獻。

江寧平，論功李臣典居首，公最四三間。或代為不平，說公往刺幕府。公謝曰：「是何言之鄙也！寇亂方平，而為將者爭功相殺害，此與賊黨何異，不將垂笑萬世乎。公止矣，吾義不肯為也。況吾由行伍擢至總兵，今幸東南底定，百戰餘生。恩簡實缺，已叨竊非分，又何求！」光緒十四年以雲南麗鎮總兵入覲，道過金陵，謁見曾公，憑吊死事諸人，立石瘞所。曾公為之識曰：「同治三年閏六月十有六日，龍膊子地道告成火發，轟開城垣二十餘丈。磚石雨下，長勝煥字營首先登城，前隊奮勇死者四百餘名，同瘞於此。嗚呼慘矣！亟志之以表忠藎云爾。」

亦足參閱，而于洪仁達之擒，惟未言李秀成耳（《別傳》中無蕭孚泗傳）。同治四年洪章始簡授湖南永州鎮總兵。攻下金陵之歲，尚未「恩簡實缺」也。《清史稿》洪章傳，亦著其先登之績，而於紀賞功之後，有云：

初，敘入城功，李臣典以決策居第一，洪章列第三，眾為不平。洪章曰：「吾一介武夫，由行伍擢至總鎮，今幸東南底定，百戰餘生，荷天寵錫，已叨非分，又何求焉！」

似即就《別傳》中語，略加點竄，以簡授在後，故刪「實缺」之句。（洪章部曲前隊四百人盡死於破城時，沈瑜慶詩序李岳瑞《野乘》所敘有誤。）

署兩江總督張之洞光緒二十一年為洪章請恤之奏（據瑜慶所云，即彼代草），謂：

……金陵敘收復功，該故鎮固應第一。乃以李臣典積勞先歿，蕭孚泗名位居前，該故鎮抑而為次。或諷其向幕府自陳，該故鎮夷然不屑也。有功不伐，時論尤多之。三年七月十八日奉上諭：「提督銜記名總兵朱洪章，克復江南，首先登城，生擒偽王洪仁達、偽忠王李秀成二逆首，異常出力，遇有提鎮缺出請旨先前簡放，賞穿黃馬褂，世襲騎都尉罔替。欽此。」是該故鎮為首功，已在先朝鑒照之中矣。……

所引上諭，竟一如洪章《從戎紀略》所書，蓋接統章字營記名提督譚會友等呈請奏恤，錄自《紀略》。之洞即漫焉據以入告，實笑柄也。疏中「臣念該故鎮天性忠勇，智略無倫，起家邊徼，無里閈援引之功。資性木彊，落落難合」等語，即瑜慶懷洪章詩及序之意。之洞疏上，洪章獲優恤，予諡武慎，為《別傳》未及載入者。

《紀略》刊有曾國荃手書弁言云：

余伯兄太傅文正公雅號知人，於諸將中獨偉視煥文。煥文忠勇性成，戰績半天下。甲子金陵之役，於槍炮叢中搶挖地道，誓死滅賊。從城缺首先衝入，因而削平大難，焜耀史編，厥功偉矣哉！己丑冬，煥文京旋。余溯念金陵為煥文立功之地，遂奏留兩江，權篆福山鎮。庚寅夏因公來寧，出視《從戎紀略》，歷述其生平艱苦，了如指掌。其文樸實，頗肖其人也。庚寅八月朔威毅伯曾國荃識於兩江節署。

庚寅為光緒十六年，國荃即卒於是歲十月也。所云「於槍炮叢中搶挖地道」，當時奏報及上諭，以功屬李臣典，或洪章亦與有力歟。《紀略》謂：

……章曰：「……以沐恩愚意，明日派隊往採生松來穿成木排，用木滾推近城腳。上面厚堆土泥，任賊用火藥來燒，萬無一失。然後依城再紮營壘，開挖地道，不過離十丈之遙。請大人派信字李營官同往，沐恩任三五日必成功也。」九帥曰：「恐又多傷士卒。」章曰：「事已至此，不得愛惜。」九帥時還猶豫，忽一日報昆字營以搬草填壕傷亡千餘。乃喚章曰：「還是閣下所議不錯，縱傷當亦不多。」章曰：「紮營近城可保無傷，只搬運出入間有難保。沐恩今夜告李營官，將擋牌立土堆，不過片時可將營之前面修好。再築一小炮臺堵禦，使賊不能近。然後開挖地道。只城中賊一夜不來攻，即可以成。」九帥仍以傷人為慮。章素知九帥慈心體恤，見士卒傷必不忍。乃曰：「自古殺人一萬自損三千，請大人回營，五日之內可不必到此，以免見之惻然。沐思以五日定奏功也。」語畢，九帥回營。章乃往視龍膊子前炮臺，有逆首帶數十隊前來，直列於挖壕紮壘上。忽然用火藥擲下，沿燒我先鋒營。幸木排堆土甚厚，燒而不入。章忙令開放洋莊大炮，群子如雨。賊站不住，乃收隊回。章即商祥雲曰：「我軍地道今夜定要挖成，久恐洩漏。」祥雲曰：「硐口業已開矣，請派隊益之。」章乃令每營以六貹隊去，限一夜成功。至更時果已挖成。章復商祥雲曰：「地道雖成，地硐何日能就？」祥雲曰：「只要挖處無石峽，三日可成，五日可以裝藥。」章即將各情稟九帥。

次日……九帥問地道成否？章曰：「再三日可以裝藥。」九帥驚曰：「何如此之速？」章稟曰：「自六月初八日迄今，已開挖七日。請大人分派，隊齊即日進兵。」……九帥因約往看龍膊子先鋒炮臺，旋轉至偽天保城。問曰：「昨夜炮聲不絕，至一夜不得安枕。貢營堵賊，未知傷亡若干。」章稟曰：「賊分五路吊城來攻地道，被沐恩先令優兵截擊。該賊亂逃至信字、嚴字營壕邊並山腳一躲避，天明出搜，盡殲之。我軍傷不過三十餘人。」九帥曰：「明日地硐可成，今夜弟即宿此，以便派調各營。」乃令軍裝局預備布袋六千個裝藥。信字營來語搬運松木三百株，以作硐口押條。乘夜將各物具送至。……

如所云，此次地道之開挖，洪章與臣典共任其事也。至《紀略》中失實處，如上諭之杜撰，國荃何以未加糾正，非閱時並未諦審。即《紀略》印行時原稿復經改動耳。（吾所見《紀略》，署「光緒癸巳秋七月紫陽堂刊印」。國荃卒三年矣。）

洪章之籍貫，《紀略》自謂家於黎平府。《別傳》及《清史稿》均謂黎平人，是也。瑜慶詩序謂鎮遠人；岳瑞《野乘》如之，實誤。洪章初從胡林冀，在林翼官黎平知府時；而林翼又嘗官鎮遠知府，蓋誤傳洪章籍鎮遠之由。之洞請恤之奏謂黎平府開泰縣人，開泰即黎平府同城首邑。惟各有分地，猶之貴陽府與貴築縣也。

（民國廿四年）

崇實與駱秉章

咸豐十一年駱秉章之統湘軍入川，崇實方署四川總督，開誠延接。其自撰《惕庵年譜》紀是年事有云：「六月駱籲門制軍統萬八於人入境，予設糧臺於夔州府，以濟其軍，並奏請事權歸一，意在推讓。奉硃批：『朕自有定見。』」王闓運《湘軍志・川陝篇》「公忠推賢」許崇實。謂：「崇實見蜀事日棘，度己材不足濟。虛心待秉章，頻上奏，欲假朝命促之，且自言旦夕竭蹶，恐誤國事。當是時，封疆大臣雖見危敗知死，莫肯言己短。曾國藩所至見齮齕，秉章親遘之，至欲資餉地主，則撓詘百方。唯獨崇實懇懇推賢能，常若不及。秉章在道，頻奏訴餉匱，初不意四川能供其軍。比至，未入境，總督公文手書殷勤通誠，遣官候問，冠蓋相望。悉發夔關稅銀資軍，湘軍喜過所望。」稱美甚至，《年譜》蓋猶言之未詳也。迨秉章受任川督，崇實為成都將軍，相助為理，亦能和衷，無滿漢畛域之見。秉章在川建績享大名，頗亦有賴共事者之得其人云。同治六年秉章以久病卒官，《年譜》所紀云：

四年……秋，駱老求退。奉旨：賞假四月，安心調理。所有四川總督，著崇實兼署。九月初八日接篆視事。……冬夜予親自巡城。近年駱老年高，不能受此辛苦，外間不免懈弛。至是文武悉努力從事，附省一帶竟無一劫案。省中幾至夜不閉戶，大有升平景象矣。

五年……春正月，駱老請開缺之摺批回，再三慰留，寬予假期，令其安心調理。所以總督篆務，仍著崇實兼署。二月，派人赴粵省為駱老延醫。……九月，由廣東延請針治目疾之閻姓到川，駱老仍無大效。予屢勸其銷假。

六年……開篆後，予勸駱老出而視事，擇三月初三日將督篆交還。凡緊要公事與大典禮，皆許相代。駱老奏明遇事商辦，並將本年文武科場皆歸予料理。……冬月……初七日，駱老猶過我面議南北防務，並請十二日代主鷹揚宴，孰知其歸去即不能起床。迨十二日，予往視，已言語不清。隨侍並無眷屬。予雖與之事事和衷，然究為其精神不振，不忍令其煩心。自本年三月後，名為銷假，而一切之事端予代辦。至是老翁自料不起，即命仍將總督關防送歸予處。予力持大局，不能不先為接管。正擬出奏，而老翁即於是日溘逝。只族侄孫一人在側，真令旁觀不忍。因將其歷年政績詳為奏明，並請格外加恩，於蜀湘兩省建立專祠。督同司道親視棺斂。川民感其戡定之功，合街縞素。予挽以一聯曰：「報國矢丹忱，古稱社稷之臣，身有千秋公不愧；騎箕歸碧落，氣引星辰而上，自營四海我何依！」總之，駱老為人，第一不可及曰清操，而才略尚在其次。最能推誠用人。前在湖南，幕中有左季高諸賢，則東蕩西除。初到川省，有劉霞仙亦能籌巨款，滅大寇。後來幕中多不如前，加之神明已衰，幾至聲威稍減。

秉章清操最著，其勳業之建，則緣推誠用人。雖福命特優，亦正有不可及處也。晚年老病，崇實蓋時為分勞焉。薛福成《庸庵筆記》云：

……駱公既薨，成都為之罷市。居民皆野哭巷祭，每家各懸白布於門前，或書挽聯，以志哀思。適文勤公崇實以將軍署總督，謂為不祥，遣使禁之。蜀民答曰：「將軍脫有不諱，我輩決不敢若此！」聞者為之粲然。迄今蜀民敬慕駱公與諸葛武侯相等。駱公專祠，蜀民亦呼之為丞相祠堂。雖三尺童子，入其祠，無不以頭搶地者。或謂駱公生平不以經濟自命，其接人神氣渾穆，人視之固粥粥無能。而所至功成，所居民愛，在楚在蜀，自有諸賢擁護而效其長，豈其大智若愚耶？抑旗公之旗常俎豆早有定數，大功之成不在才猷而在福命耶？余謂駱公之當享勳名，固由前定。然其德器渾厚，神明廉靜，推誠以待賢俊，亮直以事朝廷，斯其載福之大端也。

可與崇實所云合看。《湘軍志．川陝篇》謂：「秉章薨，省城士民如喪私親，為巷哭罷市。其喪歸，號泣瞻慕者所在千萬數，自胡林翼、曾國藩莫能及也。」亦極言川人之愛悼。左宗棠咸豐十一年答毛鴻賓書，謂：「籲門先生之撫吾湘，前後十載，德政既不勝書，武節亦非所短。事均有迹，可按而知。而其遺愛之尤溥者，無如剔漕弊罷大錢兩事。其靖未形之亂，不動聲色而措湖湘如磐石之安，可謂明治體而識政要，非近世才臣所能及也。……宗棠以桑梓故勉佐帷籌，九載於茲，形影相共。惟我知公，亦惟公知我。……外間論者每以籲公之才不勝其德為疑，豈知同時所嘆為有德者固不如籲公，即稱為有才者所成亦遠不之逮乎！……」尤深致讚嘆，為辯才短之世論。至相傳崇實以禁民縞素遭反脣相譏，而崇實同治十年離蜀時情事，如《年譜》所紀云：

……接奉批回，准實來見。成都將軍一缺，交〔吳〕仲宣制府兼署。實即於三月二日起程。通省紳民悉具呈懇留，仲宣制府欲據情入奏。實聞之，竭力阻止。竊思在川十餘年，有何功德足洽民心，而紳民日來泣留，實更加惶愧。就道日，香燈結彩，沿途跪送，竟有放聲痛哭者，實亦淒然不能自已。留詩贈別，以志民情。

亦頗見川人對彼之好感。雖出自述，揆之似非全無事實漫自詡飾耳。又姚永樸《舊聞隨筆》述秉章事有云：

公薨時室中止一布帳，篚存百金。詢之司會計者，乃知公廉俸所入，多以周窮困之人。嘗有廉吏罷官不能自存，為張羅千金，群不知所自來，至是乃知皆出諸囊橐云。公薨於蜀，民罷市縞素，喪車所過，哀音相屬。至有以「如喪考妣」四字榜於門者。同官因語嫌國恤禁之。民大呼曰：「使公等他日為川督而死，民必不爾！」其功德入人之深，即此可見矣。左文襄公平回疆後，勳望益崇，一日謂人曰：「君視我何如駱文忠？」其人對曰：「不如也。」文襄曰：「何以知之？」曰：「到駱公幕府人才有公，公幕府人才乃不復有公。以此觀之，殆不如也。」文襄大笑曰：「誠如子言，誠如子言！」

諸家記載，類多褒譽；沃丘仲子（費行簡）《近代名人小傳》傳之，則加以譏斥。據云：

……名震海內，莫不擬以諸葛，其實則驕蹇庸碌人也，左宗棠處其幕中，雖操軍權，而每計事，秉章坐聽之，送迎未嘗起立。接屬僚，益傲倨。雖起甲科，而俗鄙不能文。臨歿自為挽聯，出語則「由翰詹科道而轉京卿」；丁寶楨見而笑之曰：「此履歷也！」當官不飭吏治，軍謀更非所長，而任將甚專。且果殺戮，遂薙蜀寇。生平廉素，及歿，布帳一，銀百兩，破筒二而已。家無田屋以處子孫。然好男色，有薙髮匠其嬖人也。瀕死，執其手以屬臬司楊重雅焉。……

如所云，秉章除廉素一節外，幾一無可取矣，而當時能厚邀人望深得民心如此。（《小傳》亦謂：「其卒也，蜀人白衣家祭，如遏密八音然。」）疑費氏之言不免過刻也。至自挽之直敘履歷，誠似過陋，然其履歷實有與眾不同處。蓋清代由翰而詹，尋常事也。由科而道，亦尋常事也。若遍歷翰詹科道四項，則大非常例。以編檢開坊即不能為御史，入臺即不能官坊局，二者不可得兼耳。秉章以編修歷御史遷給事中、鴻臚寺少卿、奉天府丞，坐事落職。旋起為庶子，於是翰詹科道備矣，非故事也。（其詹實在京卿後。）自挽舉翰詹科道為言，當以此。（原聯云：「十載忝清班，由翰詹科道而轉京卿，奉使遍齊州、汴州、吳州，回首宦途如夢幻；廿年膺外任，歷鄂黔滇湘以蒞巴蜀，督師平李逆、石逆、蔡逆，殫心戎務識時艱。」）

（民國廿四年）

彭玉麟與楊岳斌

曾國藩湘軍之成功，甚得水師之力。楊岳斌（原名載福，同治元年改）彭玉麟同為水師大將，累著戰績，以驍勇齊名。金陵之下，曾國荃先會二人前銜，飛章報捷。比國藩奏入，清廷頒賞功之典，錄水師之勞，二人同膺太子少保銜一等輕車都尉之錫，蓋楊彭並稱久矣。其後岳斌在陝甘總督任，當艱難之會，兵餉兩絀，黯黮而去，聲譽為之驟損；而玉麟則於國藩既卒，應詔起巡長江，眷畀甚隆，風猷遐布。疆帥參案之屢命查辦，不法將弁之立予誅懲，朝野想望丰采，婦孺欽懾威棱，天下惟知彭宮保，無人更道楊宮保也。法越事起，玉麟以本兵治軍嶺表，敵師未犯粵東，粵西則奏諒山之捷，世亦以威望多之；岳斌幫辦閩防，渡臺助戰守，迄和議之成，罷歸，未獲大有展布，晚節復無以自見焉。玉麟餘事，更與一時文人學者唱酬，賦詩作畫，興致不淺，其聲氣之廣，亦異岳斌之沒沒閭里，惟論者亦有揚楊而抑彭者。文廷式《知過軒隨錄》有云：

十年之春，海防甫急，朝旨命彭督師駐瓊。彭急極，請督撫將軍會銜留之。督撫又恐朝廷責其擁兵自衛，未敢輒請。彭次日與張靖達手書云：「朝命赴瓊，玉麟本當遵旨前往，而無如粵中紳士，自卯至酉，糾纏不清，不得已躬親不去。」余時在靖達幕中，閱畢怒不可忍。此人負海內重名，余亦素重之。然此一節之謬，不可掩也。

瑞麟為兩廣總督，貪劣無比。其死後十年，為鄧承修所糾，命彭玉麟查辦，乃盡為洗刷，遂逃法網。此公頗負重望，其實好諛惡直，不學無術處甚多。取其大端可矣，必謂韓岳之流，則去之何啻天壤！

彭剛直不及楊厚庵遠甚。厚庵樸直忠篤，有大臣之風。余在湘時，與之晤談四五日，蓋李西平一流人，未易求之晚近也。厚庵六十喪母，舉動必依於禮，廬墓三年，非祭祀之日，不歸城市。訪余於旅店，多徒步而來。談及渡臺一役，惟引咎自言無功而已。

楊彭軒輊，所論若是。廷式固不滿於玉麟也。對玉麟責備似嫌太苛。惟駐瓊既勢所不可，即可直言其故，不必著重於粵紳挽留之糾纏耳。「不要命」為玉麟自誓三「不要」之一。恥以畏葸遺譏，故必以粵紳力阻為根據，不免稍有氣矜之嫌，要於大體無傷。旨謂：「瓊州備禦空虛，著派彭玉麟迅速前往，擇地駐紮，即飭所部各營，與鄭紹忠一軍，會合吳全美師船，扼守瓊州。」又謂：「彭玉麟威望素著，務當相機調度，不必親赴瓊州，以期慎重，毋稍疏虞。」蓋命其勿專顧省防，而駐於控制瓊州較便之處，督飭所部等以扼守，而非責其親駐瓊州，特語氣未甚清晰。玉麟與粵督張樹聲等會銜復奏，謂正擬親率所部湘軍前赴瓊州駐紮，以省城士紳力阻，乃委候補道王之春率四營赴瓊會同防堵。疏中引士紳之言，謂：「廣東為南洋首衝，尤以省城為根本，未便專守瓊州偏隅一郡之地。」亦事理之當然也。（此光緒九年十二月初四日之旨，由總理衙門電寄；玉麟等於初十日復奏。廷式謂「十年之春」，稍誤。光緒九年十一月，給事中鄧承修奏請罰令在粵贓私最著之故總督瑞麟等十四人捐輸鉅款，以資要需，玉麟奉旨查復瑞麟等居官聲名若何，於十年正月復奏謂：「故大學士兩廣督臣瑞麟，公事明白。當紅匪肆亂，能次第剿平。洋務大端，亦能堅持定議。在粵十一年，俸入本自優厚，雖未能峻絕餽遺，此外實無貪迹。……瑞麟曾邀謚法，並祀賢良。聖朝寬大，保全臣子令名，似應無庸置議。」對於其餘各員，亦率為開脫，謂：「其餘已故及去位各員，無丁書可訊，無專案可推，亦難確指其贓私之實據。然經奉旨飭查，則大小臣工益知簠簋當飭，否則已故已休之後，指摘仍不能辭，自當秉公潔己，大法小廉，於吏治不為無益。臣不敢徇隱，亦不敢過事吹求。」）玉麟易名之典，得「剛直」二字，稱其生平，眾無間言，而有時蓋亦不免有近於瞻顧之處，要難以一二事掩其大端而已。醒醉生（汪康年）《莊諧選錄》卷七云：

楊勇恪（按當作愨）公起自行間。其居鄉里，循謹孝義，里中人至今稱之。……聞其持行有他將所不及者。法越事起，公奉特旨募勇援臺。時龐省三為巡撫，重公名，先為公募勇數營。公至省，見多市井不可用，改募之。龐又薦某為將，某乃舊隸公債事者，公告以不可用。龐拜之。適是月居太后萬壽期，文武官紳應慶祝。初所司置拜墊，公與紳士伍。公先時至，銜位列大府後。藩司某至，見公拜墊居第三，曰：「公昔為總督，今為欽差，朝廷班次宜有序。」公謙不肯。藩司固請之，乃親移公拜墊於巡撫之左。龐至即行禮，不知公前之謙也，更恨之。乃日催其撥隊，陰持餉不給。藩司請示，不置可否。長沙民習於兵，見鄉兵至，輒欺侮之。兵怒，數鬥詈，或延燒民間草房一間。龐遂命閉城門，且榜示民得誅亂兵，格殺勿論。陰欲激變，即日以縱兵焚掠入告，且謂彭公受命即行，而楊乃逗留長沙，久不去，於是公部將多憤懣不平，幕府亦慫公疏辨。公慨然曰：「朝廷方憂邊，何忍更以瑣屑煩聖慮耶。降罪我自當之！」然朝廷知公，卒未下龐奏。公至閩，與守官等議辦防守機宜。幕府欲公入告，公曰：「此守臣事，吾特助為之耳。若我入告，是占守臣顏面也。」卒不奏。時須渡臺，而我海軍悉已為法人所殲。督臣等意欲留公省中，因問公渡臺事。公曰：「我奉朝命渡臺，是須即行。」問行期，公未語。翌日，公巡閱炮臺，提軍方留宴。公起如廁，久不出，眾候不敢散。逾日始知已改裝附舟渡海矣。後和議成，公遂歸。公在家與諸鄉紳齊列，出門但坐平常肩輿。至鄉即乘竹轎，與田夫野老問答如平交。中興以來，諸將帥純篤無過公者，人多以是稱之云。

亦極道岳斌之善，（所敘以法越之役再起治軍諸情事，有尚待再考處。）蓋其性行良有足多。關於渡臺一節，吳光耀〈紀左恪靖侯軼事〉有云：

他日欲渡海至臺灣，楊載福請行。或愛好楊，謂臺灣危險。楊曰：「中堂碩德重望，請行，吾安得不行。」左曰：「去善甚，要機密。」左假他事造楊以送。俄而楊使人以病告。左拍膝曰：「厚庵病矣，若何好！」使人省視，返命曰：「病甚，不許外人入，裁留一子供藥餌在側。」左又拍膝曰：「厚庵去矣！」楊著洋布舊衫，攜一子，趁漁船渡海。幫辦欽差關防釘船底，奸細搜之無所得。佯令其子按摩，相私語：「臺灣亂如此，我們生意太野，不知本錢收得多少。」支首而呻吟不輟。

所敘頗有異同，則緣行時甚秘，外間因之傳說不一耳。

鮑超嘗以哨官隸岳斌水營，受知賞，後改將陸軍，遂為一時虎將。（與多隆阿齊名，有多龍鮑虎之目。）以提督膺爵封焉。於岳斌師事頗謹，不忘本也，光耀〈紀鮑子爵軼事〉有云：

楊載福封侯，歷總督，罷歸乾州廳，貧不能生。念舊部唯可乞超，走千里，棹小舟，造夔門訪超。門者見其布衫，老農也。弗為通曰：「第通，爵爺當知之。」超問狀驚其為楊侯，倒履出迎曰：「老師何孤身遠遊？」情話達旦，就小舟歸；家人曰：「超遣人饋萬金到家矣。」

岳斌僅與玉麟同膺世職，何嘗封侯。其以提督遷陝甘總督，改武為文，時稱異數。前乎彼者，楊遇春之督陝甘，亦自提督遷，而有封侯之榮，光耀殆以同姓而誤記耶。岳斌之至蜀訪超，是同治八年事。超有所饋遺，亦在意中。惟為數是否果為萬金，蓋弗可詳矣。（光耀紀事諸作，甚有興會，而浮誇臆斷之病不免。）

沃丘仲子（費行簡）《近代名人小傳》傳岳斌有云：「岳斌仁厚敦篤，寡言語，治水師十餘年，指揮應敵，優於玉麟。既歸，家僅中產，怡然奉親。初起末弁，晚漸通文學，能詩。江寧捷後還鄉口號曰：『借問歸來何所有，半帆明月半帆風。』時諸將多擁厚資歸，蓋以此自明也。」岳斌雖未若玉麟之以「不要錢」形諸奏牘，而軍中自律之嚴，亦足齊名。李壽蓉挽岳斌聯有云：「聽野外輕雷送雨之吟，嘆藎臣安不忘危，廊廟江湖，總關憂樂。」自注：「公時退歸林下，曾題《雨後耕野圖》一絕，末二句云：『勸君且慢收蓑笠，猶恐輕雷送雨來。』」均見岳斌雖起自武夫，而亦能為詩。又按王先謙撰〈岳斌神道碑〉有云：「公自少即能詩，軍務旁午，不廢翰墨，感時撫事，輒流篇什。有集若干卷，尤善書，臨閣帖書譜皆極神似，得者寶之。然未嘗以文章自喜，其意度宏遠矣。」其入之非椎魯無文，尤可概見。

當國藩之卒，玉麟被命巡閱長江，繼復起岳斌同任此役。以國藩創水師以建績，楊彭並為大將，功最。長江既設經制水師，提鎮而下，均楊彭舊部。故政府欲二人共領江防也。光緒元年四月二十日李鴻章致玉麟書云：「厚帥蹌踉入覲，行李蕭條。然幸而兩宮眷念舊勳，委以巡閱長江，令吳楚歲籌公費，稍資祿養。厚公亦喜與麾下廿載同袍，一朝共檝，相助為理，尤相得益彰。此瘡痍赤子，患難友生，所同聲欽慰者。我兄聞之，當更拊掌軒渠。以後互替往來，公私可兼盡矣。弟留厚公在此盤桓數日，渠即由運河南下。先詣金陵一商，望公於江干回棹相待。」亦見岳斌由陝甘總督歸里後之清貧。

統師多年，身經百戰，作督兼圻，位躋正卿，而一寒至此，殊為難得。巡江新命，就楊彭與長江水師之關係論，誠應如鴻章所云「相助為理，相得益彰」，且前此岳斌離水營而改統陸師，說者頗謂用違其長。（國藩同治七年十二月十六日召見，於太后「楊岳斌他是水師的將，陸路何如」之問，亦以「楊岳斌長於水師，陸路調度差些」為對。）茲仍令督治水師，可云光復舊物。故是年到防後七月二十八日與玉麟會銜陳奏會商江防情形一折，亦有「臣等受恩愈深，報稱愈難。惟有力戒因循，亟圖振作，期無負皇上慎重江防之至意」等語。而其後常請假，旋復乞罷回籍，事仍專於玉麟。蓋兩帥齊名已久，地位等夷，相處之際，有難焉者。玉麟正勇於負責，推讓亦所以免相撓之嫌耳。昔二人同領水師作戰時，固嘗發生齟齬矣。方宗誠〈柏堂師友言行記〉有云：

溧陽陳作梅觀察鼐為予言胡文忠之公忠體國，其調和諸將，刻刻為國求才，出於至誠。時彭

> 雪琴侍郎、楊厚庵提督分帶長江內湖水師，偶因事不和。文忠知之，乃致書楊公、彭公，請其會商要事。楊公先至，歡談。而彭公至，楊公即欲出。文忠強止之，彭公見楊公在坐，亦欲出，文忠又強止之；兩人相對無語。文忠乃命設席，酌酒三斗，自捧一斗，跪而請曰：「天下糜爛至此，實賴公等協力支撐；公等今自生隙，又何能佐治中興之業邪！」因泣下沾襟。於是彭楊二公皆相呼謂曰：「吾輩負宮保矣！如再有參差，上無以對皇上，下無以對宮保！」遂和好如初。……其苦心維持大局蓋如此。

此等處為胡林翼特長，故國藩於其卒，興「赤心以憂國家，小心以事友生，苦心以調護諸將，天下寧復有似斯人者哉」（見國藩咸豐十一年九月日記）之嘆也。而當時楊彭齟齬，蓋幾影響軍事焉。王闓運《湘軍志・水師篇》有云：

> ……楊載福自外江來會師，同出江，屯沙口。沙口者，武昌下游三十里，至沌口六十里。還沌口，當從武昌、漢陽城下過。載福之出也，寇無備，而玉麟從漢口渡江，距兩城遠，故寇炮不甚相及。既空屯沙口，不能助攻戰，乃議還。眾議由漢入沌，雖迂遠，其避炮宜易。載福懊之，曰：「丈夫行何所避，浮江下，泝江上，乃為快耳！」玉麟恥後之，張帆先行。寇先已密備，規我還路，艬舟傍中流，及城上縣炮並發。諸軍但冒進，不知誰生死。炮丸飛

鳴，船倉群子以斗計。擊沉四船，中炮死者三百人。炮擊玉麟桅折，不能進。望見載福，自呼之，載福船瞬息已去。成發翔三板過，玉麟躍入，得免。知其事者皆不直載福，而玉麟曰：「風急水溜，呼固宜不聞。」載福先已不樂玉麟，林翼親拜兩人，和解之。

此敘咸豐五年胡林翼攻武昌時事也。二將之勇及負氣爭勝不相下之狀，寫得極生動有致。其時岳斌曾以見危不救見疑，殆亦緣二將素不相下之故。所云「林冀親拜兩人，和解之」當即宗誠所記。（時尚未加宮保之銜。）闓運後為玉麟撰行狀，敘此役云：

咸豐五年湖北巡撫胡文忠促先兵攻武昌，要公同攻漢口，而楊公出江屯沙口。寇不出戰，陸師不能戰，水師空屯三日，議引還。沙口在武昌下游三十里，還屯沌口，在武昌上游三十里。舟從武昌、漢陽城下過，經寇壘下，無生全理。胡文忠由陸循漢入沌，令水師從之。楊公以為懦，微笑曰：「丈夫行何所避，浮江下則溯江上耳！」公聞，憤然，即登舟張帆先行。寇先艤舟中流，且縣炮城上，以為我師必不敢掠而過。公既行，部下莫敢後之，楊公亦愕出不意，匆匆皆發，小船如梟雁散。炮丸飛鳴，萬聲同發。我軍但冒進，不暇計生死。公所乘船，桅折船覆，公落水，起攬船底，橫漂江中流。楊公舟掠而過，未及下帆，瞬息已去。成發翔棹三板來，拯公還營。失四船，死者三百人。胡公親拜公，請百叩以謝，且曰：

「水軍徒猛無益，宜大治陸軍，乃可為也。」

略有異同，可參看。又《湘軍志・水師篇》云：

咸豐……七年二月，國藩遭父喪，奏言：臣軍以水師為大，楊載福所統十營，彭玉麟所統八營，……請以署湖北提督楊載福為總統，惠潮嘉道彭玉麟為協理。詔從所請。十一年……詔玉麟為安徽巡撫，……再辭，改水師提督。明日又詔曰：彭玉麟有節制之任，武職不足資統率，著候補兵部侍郎。載福避御名，改名岳斌；以母病再請假，詔促令到防。……同治三年……四月……浙江巡撫左宗棠以岳斌為未盡其用，且密陳其才堪督撫。癸巳詔岳斌督師江西，兼防皖南，未幾授陝甘總【督】。岳斌之貴先玉麟，及玉麟改提督，詔有統率之文。岳斌自恨非文官，常見於詞色。還江一奏事，被詔令由國藩轉上。當時論者皆以岳斌功高，勝玉麟遠甚，嘆息於文武積習。諸文人又自恥持常談，亦交訟岳斌，稱其才德。至是被顯命，督師專征，眾皆欣欣焉。

〈玉麟行狀〉云：

> ……改公水師提督，未幾又詔：帶領水師節制鎮將之任，改膺武職，不足統率，著以兵部侍郎候補，旋補右侍郎。時雖與楊公分將，而名位相壓，動多嫌忌。軍中重文輕武，勇將復猜侮文官，公自奉統率之命，調和倍難於協理時矣。然彭楊齊名，垂四十年，終始無間。論者多為楊公屈，而不知公之苦心和協，為尤不可及也。

闓運語言抑揚處，姑不論，要見二人共事之不易。戰爭時有然，承平時恐益甚。

（民國二十五年）

咸豐五年湘軍水師湖北沙口、沌口之役，楊載福、彭玉麟情事，前引王闓運《湘軍志・水師篇》並所為〈玉麟行狀〉暨俞樾所為〈玉麟神道碑〉所敘。又按吳光耀《慈禧三大功德紀》卷一有云：

> 王闓運《湘軍志》，體裁宏簡，敘議平實，司馬子長後無兩之作。惟〈水師篇〉言楊載福、彭玉麟交惡事，不無曲筆。先是彭以五萬金設船山書院於東洲，聘王主講，以為終老之地，以故不能無所偏也。杜少陵悲陳陶悲青坂，不能為房琯曲筆。韓退之《順宗實錄》不能為柳宗元曲筆。古人父子君臣朋友之間，自有相交中正之道，何必曲筆，反兩失之。楊學術

弗逮彭，彭樸勇弗逮楊。兩人分領水師，同心戮力，以平大亂，要皆一時名將帥。彭偶有諱敗攘功之事，實未嘗有小人傾陷賢能之心。所以為君子之過日月之食也。彭呼救，楊不應，宜有恨者彭耳。彭曰：「風急水溜，呼因宜不聞。」彭果有此語，是彭已自為和解，楊何深仇積怨更不樂邪？安得言載福先已不樂玉麟？漢水南入江，西岸迫近漢陽縣坡，東岸迫近漢陽碼頭。西東兩岸，人煙繁盛。築大堤以東漢水，故入江處廣不過十丈，不敵江水十一。寇陷武昌，三岸犄角駐重兵，安得言載福之出也寇無備？言寇無備故載福幸而免炮邪？下文於玉麟之張帆先行也，又安得言寇先已密備？言先已密備故玉麟不得免炮邪？當玉麟呼載福，是兩船同時在一江中。何以載福往來自如，獨不懼炮？則載福勇玉麟怯之情見矣，非載福所處地地易玉麟所處地難也。地逼窄難避炮，唯漢水入江處為甚，安得言玉麟攻漢陽寇舟岸發炮不得近？江水中流最湍急，但可言寇船中流遊弋，安得言艤舟傍中流？師行不戰則無炮，但戰何處無炮？由漢入沌迂遠避炮，是了未經行陣之言，彭亦不應有此議。托諸眾議不如托諸或議，眾多而或少也。況漢口兩岸逼窄，避炮更難，此全不識漢口地形之言也。與其出入漢水，不如當江中流上下，反得自在。玉麟以小船迂遠由沌入漢攻蔡店，蔡店在漢口上游六十里西岸，小於長江上游九十里之金口。非財賦要區，非嚴險重地，在所必爭。當時或以武漢寇嚴無處下手，乃圖小逞於蔡店，亦無聊之舉耳，不得誤認為奇兵。

桐城陳澹然為光耀言，此事不直實在彭。楊彭約會戰，彭先發敗走，遇楊舟來呼救。楊以為寇勝而驕懈，方當乘其驕懈奮擊之，鼓風縱流而前，慷慨應彭曰：「怕什麼！」追寇至泥漢未返。彭泊舟內湖，聞勝揜以為功，先報帥府。楊武人質直，以是輕彭文儒使詐，怒不與言。胡林翼憂之，明年春特宴兩人太湖軍中，曰：「平寇賴湘軍，湘軍賴水師，水師賴公兩人。兩人不協，奈大局何！」奉觴進兩人，痛哭伏地拜不起。兩人慚謝，交歡如初。陳所言時地微異，情事較近。

光耀籍江夏（今武昌縣）所敘或於地理較稔，因錄之以備讀《湘軍志．水師篇》者參閱。（闓運與玉麟蹤迹較親，或不免有稍私於玉麟處。〈水師篇〉成，曾寄玉麟商定也。惟主講衡州東洲書院，事在《湘軍志》成書以後矣。撰《湘軍志》之前，曾應玉麟之請，在衡修《衡陽志》。）胡林翼調和彭楊一節，與方宗誠〈柏堂師友言行記〉所云大致相類，惟言在太湖軍中則未諦，以其時未治軍太湖也。至韓退之、柳子厚云云，論史不離俗見。

（民國二十六年）

張之洞與彭玉麟

己酉（清宣統元年）八月，張之洞卒，易名之典，得文襄二字，論者疑焉。以其未嘗躬親戰陣，以武功特著也。按《清會典》臣諡字樣：「辟地有德曰襄，甲冑有勞曰襄，因事有功曰襄。」咸豐三年清文宗有文武大臣武功未成者，不得擬用襄字之諭。張氏非以戰功顯，故文襄之諡，或病其未安。然甲申（光緒十年）中法之役，張在兩廣總督任，選將籌餉，調度軍事，以有乙酉（十一年）二月諒山之大捷，其功非小。雖未披堅執銳，而地位實為統帥，襄字之諡，亦非無因。

羅獻修挽以聯云：「勸學踵儀徵太傅，更有大焉！洵嶺嶠百世之師，顏歡寒士，長留廣廈千間，惟慚後樂先憂，佛時諄勖為文正；易名媲湘陰爵侯，夫何疑者？慨中外兩軍相見，威震遠人，獨數諒山一役，全仗運籌決策，將略知非短武鄉。」自跋：「兩粵文教，肇於儀徵。公督粵日，越南敉定，闢廣雅書院，拔知名士讀書其中。公餘親臨課授，情詞諄懇，雖父兄訓誨不是過。勖曰：『時事多艱，需才孔亟，當勉為有用之學。培養得以天下為己任如范文正其人者，即費百萬金錢不惜。』迨移節督鄂，猶郵題課獎。今陬澨皆知實學，公之教澤遠也。師訓在耳，泰山其頹。噩耗至粵，士林震悼，設位酹奠。朝旨晉贈太保，予謚文襄，或疑隨何無武。哀感之餘，濡筆以志向往云。受業羅獻修。」張氏督湖廣最久，稱頌者多詳於在鄂之事業。此聯則專言督粵時事，上聯舉文教，下聯贊武功，而為予謚同於左宗棠釋疑，蓋張在粵實有建樹也。左氏為中興名帥，其戡定西陲，揚威萬里，尤為並時諸勳臣所莫及，然所經猶不出國內戰事之範圍，雖素負對外作戰之志，而甲申之役，督師福建，未獲與法兵交鋒。張氏在粵主軍事，則有馮子材等之大捷，戰勝泰西強國之師，良足豪焉。《抱冰堂弟子記》（托名弟子，實張自敘）有云：

在粵，因法船踞臺北，乃倡議奏請攻越南以救臺灣，為圍魏救趙之計，招回黑旗劉永福為我用，得旨俞允。乃議分三路攻之。岑襄勤滇軍攻臨洮府，劉唐攻宣光，粵軍攻文淵州山一路。助滇桂及劉永福、唐景崧之餉銀軍械，並助臺灣餉；滇二百萬，桂二百萬，劉唐四十萬，臺灣四十萬。

法攻越邊急，桂軍數路皆敗潰。法兵入桂境，兩廣大震。廣西官吏將卒皆棄龍州，特奏派馮子材軍門、總兵王孝祺兩軍援桂。馮王兩軍扼鎮南關內之關前隘，苦戰兩晝夜，卒大破敵，繼克諒山。自中國與西洋交涉，數百年以來，未有如此大勝者。各國皆詣總督致賀。法人大懼，日發急電求和。法總理茹兒斐禮即日黜退。七次電奏力爭，請少緩之，不得，竟由總署北洋與之劃界定議。

在粵創立廣雅書院，規模宏整。教廣東西兩省人士，以興實學。又修葺三大忠祠，於其地設廣雅書局，以刊經史有用之書。

蓋於在粵之武功文教，亦深自喜也。

張氏軍事上之所以奏功，尤得力於與彭玉麟和衷共濟。彭氏以兵部尚書督師廣東，時粵督為張樹聲，以湘淮及主客之見未能盡泯，意見時欠融洽。之洞在山西巡撫任，癸未（光緒九年）十一月初六日與張佩綸（時為總理各國事務衙門大臣）書有云：「振（按：樹聲字振軒）雪（按：玉麟字雪琴）不和，最關緊要，務須設法調和之。此事以屬清卿（按：吳大澂字）當可，但須朝命責成之。」「粵之官紳不和，欽督（按：謂欽差與總督，玉麟、樹聲也）不和，大是壞證……宜請詔諭其和衷為要，然後思所以調護之方耳。」

又是月十二日與佩綸書有云：「聞內中遣雪帥率湘勇四營防瓊州，以法人揚言欲割瓊廣故。竊謂此舉似未盡善。振老既不甚健，粵省正賴雪帥維持，置之海外荒島，全局失勢，寥寥四營，亦復何濟？無益於瓊而有損於廣，奈何！奈何！總之，粵不難於得勁兵，而難於得大將。雪帥一到五羊，民心頓定，士氣頓雄，廣州省城儼若有長城之可恃，奈何驅之海隅也！中國重臣，只此數人。若聞何處有急，即奔命何處，是醫家所謂頭痛醫頭，兵家之大忌也。似宜仍令坐鎮省城，遣粵將以兵前往為是，幸惟熟計！切切！（在省仍能調度瓊州，在瓊則省門有急，不能兼顧矣，付之何人乎？）若為張彭不和，以此解之，大誤矣！」

又甲申正月二十六日與佩綸書有云：「前傳言彭出示盡拒洋船，盡殲洋人。振老請朝命止之，頗怪雪老不應孟浪至是。嗣乃知其所阻者即將到粵時示稿，略言中法曲直，若法必內犯交兵，各國船貨傷損，須向法國索賠，中國不任其咎云云。此稿早經寓目，竊喜雪老甚中窾綮，能為中國預占地步，使他國不與協力。不意譯署竟力止之，示終未出。此示有何妨礙，愚懵殊不解也。此示尚不敢出，何論交鋒乎！就此看來，誠不如趁早罷兵，尚可省錢省事也！拙疏所謂如與人鬥，既欲擊之，又恐怒之，正謂此矣。」推重彭氏及以彭張不和為慮，其情可見。清廷旋解樹聲督篆，命之洞代之。（先署後補。）

之洞既奉新命，先與書彭氏致意，其門人樊增祥所草也。稿云：

> 加官不拜，久騎湖上之驢；奉詔即行，誓剪海中之鱷。艱難時局，矍鑠是翁。恭惟某官嶺外長城，中朝柱石。獨開一府，羅枚馬於軍前，並用五材，走孫吳於帳下。遠聞壯略，實啟愚心。某來覲上京，權移南海，欲金湯之孔固，幸黃石之可師，一切機宜，專求裁斷。現擬某月日輕騎出都，乘輪渡海。逐公上下，譬龍乘雲氣而遊；授我弢鈐，請虎帥國人以聽。先布胸臆，敬候起居。

詞令工切，甚為得體。所云「加官不拜」「奉詔即行」，指其屢辭官職，而赴粵督師，則聞命即奮迅而往也。（癸未彭授兵部尚書，具疏以衰病力辭，有「才既不足以當官，何敢復受官以溺職。病既不足以履任，何敢復虛職任以忝榮名」等語，繼且並請開除巡閱長江差使，俾得靜養。迨奉赴粵督師之命，奏言：「今廣東防務吃緊，時事艱難，朝廷宵旰憂勤。臣一息尚存，斷不敢因病推諉，遵即力疾遄征，以身報國，畢臣素志。前摺即蒙恩准開缺，並除長江差使，臣亦萬不敢辭此次廣東之行，以免另簡他員，往返遲延月日，致誤大局。」）彭氏老於軍事，閱歷素深，且威望極隆，輿論所歸。張抵任後，虛己禮下，推誠共事，統帥既和衷無間，諸將莫不用命。諒山之捷，基於是矣。後鄭業斅挽張詩（有序）云：

光緒癸未甲申間，法蘭西弄兵越南。斅隨彭剛直公籌防粵東，因得以士相見禮謁公於節署。後公見斅為彭公所具奏牘，頗蒙許與。公今騎箕天上，盛德大業，炫赫中外。時人類能言之，獨在粵有一事關係大局頗重，而世顧鮮知之者，為紀以詩，以備異日史氏採擇。惟筆力孱茶，未足導揚休美為憾爾。

越裳我屬國，屏蔽西南偏。島夷肆憑陵，肇衅窺龍編。

中朝赫斯怒，雄師出臨邊。典兵嗟匪才[1]，韜鈐未精研。
疆場頻失利，重關弛扃鍵。坐令千里內，蹂躪無人煙[2]。
詭詞飛入告，諉罪偏裨焉[3]。失律有常刑，嚴旨降自天[4]。
桓桓馮與王，束髮事戎旃。百戰著勳績，卓為當世賢。
胡來三字獄，陷法難生全！公時洎本兵[5]，激昂意不平。
抗論發覆盆，敷奏如湧泉。主將實恇怯，措施多倒顛。
敗衄自乃致，部曲洵無愆。巧飾口如簧，其言豈其然[6]？
天高能聽卑，德音幸復宣。重譴坐專閫，此外毋株連[7]。
一時士氣伸，踴躍聲殷闐。鍛矛礪乃刃，凌厲勢無前。
諒山遂奇捷，威棱懾垓埏。彼丑大奔北，蔽野拋戈鋋。

---

1 潘琴軒中丞。

2 潘遇敵即退，兩日夜馳數百里，遁回南寧。敵躡蹤而來，龍州鎮南關遂失守。

3 潘並未臨陣，乃電奏：「苦戰受傷。馮子材、王德榜兩軍不聽調度，坐視不援，故致此敗。」

4 電旨：「馮子材、王德榜不聽調度，著即軍前正法。」

5 謂彭大司馬。

6 公接電旨，即與彭公會商，謂前敵所恃惟馮、王兩軍。今若此，大局不可問矣。遂合詞電奏，並非馮、王不聽調度，實由潘撫調度乖方，且陳其欺飾狀，將前旨繳請收回。

7 有旨褫潘職，馮、王釋不問。

葡匐泥淖中，但乞殘喘延[8]。神武貴不殺，納款許自湔[9]。
此日推馮王，論功莫與先。景風行慶賞，圭卣頒聯翩。
嗚呼微兩公[10]，讜直回坤乾。將使百粵地，禍至不踵旋。
蒼黔困征繕，井邑論腥膻！乃知不世人，濟變能達權。
所規在遠大，民物歸陶甄。茲事誠絕偉，宜付清史傳。
即今溯前塵，一瞥垂卅年。彭公既往矣，公復班飛仙。
過防且日棘，籌筆誰仔肩？徒令梁園客，臨風嘆逝川。

斯為甲申之役中之史料，可資參考。（惟當時似未命即將馮王正法。乙酉正月據潘奏，諭：「馮子材、王德榜經潘鼎新飛催不至，可恨已極，著張之洞、潘鼎新傳旨嚴催。倘再玩延，即照軍法從事！」鄭說殆即指此，蓋與「著即軍前正法」程度猶有緩急之不同也。潘、玉旋均革職，而王與馮等力戰奏捷焉。）庚寅（光緒十六年）三月，彭氏卒。張挽以聯云：「五年前瘴海同袍，艱危竟奠重溟

8 西人戰敗，凡投械跪地者即不得殺。華兵不知此例，概行屠害，故法人此役死亡甚眾。

9 軍既大捷，而鮑春霆軍門大隊已由桂林南來，使合軍乘勝長驅而前。不獨越南失地可以盡復，即其西貢老巢，亦可一舉廓清。乃廷議許和，遽令罷兵。公與彭公力爭之，不能得。

10 公與彭公。

浪；二千里長江如鏡，掃蕩難忘百戰人。」上聯言在粵共治軍事，贊馮而已亦在內。又詩云：

神州貫長江，其南際漲海。江海幸息浪，砥柱今安在！
持危望同心，事棘公不待。回憶越祲昏，炎方門戶殆。
天降江神尊，氣吞海若倍。軍離終成睦，民恐頓忘餒。
雪濤擁虎門，兩角高崖嵬。孤軍壁其外，免胄不披塏。
共苦感士卒，任難服僚採[11]。我亦受危任，同臭若蘭茝。
論奏出腐儒，謬謂謀可採[12]。王師入龍編，虜肉不足醢。
搗虛勢已成，行成逞欺紿。返旆三軍呿，撞鬥老失唉。
天鑒剛且直，讜言宥不罪。兩年棲庵閭，擇地斥爽塏。
霧潦看墜鳶，浸淫中肩髎。爛爛紫石棱，疏髯蒼繞頦。
扶掖始下床，英姿終不改。九州眼威風，所至絕奸賄。
燦爛婦孺口，張皇及瑣嵬。畫梅遍人間，自吐冰霜蕾。

11 虎門曩為廣州前敵，黃浦為次敵。前粵督以淮軍守黃浦，以水師提督率粵軍守虎門，提督怨之，以致粵淮交惡。公於虎門外沙角、大角二山築炮臺，自督湘軍守之，粵淮兩軍皆愧服，聽指揮，無異詞矣。

12 凡防海規越計劃兵食及諫阻停戰撤兵諸事，餘意皆與公合。折奏電奏，不易一字。

北歸未過衡，一面至今悔[13]。急難不尸位，此意空千載。
袍澤入魂夢，孤憤結磊塊。鯨牙日鋒厲，箕尾失光彩。
群嵩豈任柱，雨泣問真宰。

尤詳著粵中共事之情狀。

關於彭氏與張樹聲意見不合事，彭與之洞遵旨會查樹聲被參各款，甲申八月復奏有云：

> 原奏內稱：「……兵端已見，則畏懦不前，以前鋒委之彭玉麟。聞彭玉麟部兵三千，僅以千人委道員王之春出防瓊州，餘悉留省。張樹聲外和內忌，艱巨則委之，事權則毫不假借。彭玉麟雖有智勇，亦無所施」一條。准該前督復稱：「……法越兵端已開，樹聲兩次奏請出關，身當前敵。雖未奉俞〔諭〕旨，而是否畏懦不前，毋庸置辯。上年十二月初四日奉旨：『瓊州預備空虛，著派彭玉麟迅速前往，擇地駐紮等因，欽此。』當與將軍臣長善前撫臣裕寬會商，僉以瓊在偏隅，省為根本，重臣未可輕出。公同商派道員王之春毅字兩營赴瓊駐防，會同彭玉麟電總署，並會奉〔奏〕有案。其以千人防瓊，餘悉留省，並非樹聲主持」等

13 余移湖南，本擬自韶州度嶺，取道衡州，由湘人鄂，便視由海道，不得過衡州。

> 語。彭玉麟去冬到防，與該前督籌議諸事，無不和衷商榷。間有議辦而不能隨行者，實以餉項支絀力不從心之故。謂其有心牽掣，殆不其然。至於身臨前敵，力肩艱巨，乃統兵人員分內之事，亦彭玉麟應盡心力之事。彭玉麟以本兵奉命督辦粵防，軍中之事，豈不能自主，何至聽張樹聲之忌而委之，此理不待辯而自明也。……臣等竊維張樹聲……非議頓集，今經臣等詳考案牘，按核實政，似其設施不宜有此。揆其致此之由，略有數端。……由於該前督謂兵力不敷，扼要以近為宜，主守黃埔；彭玉麟謂藩籬當固，禦敵以遠為宜，主守虎門並沙角、大角兩出〔臺〕，現在兩策並行，始分終合；持論偶不甚相同，屬僚遂妄生揣測。謂為懷忌掣肘，由是民心將志，各存成見。吹求附會，浮言遂多。

雖事過境遷，為之辨解。而當時兩人意見未盡水乳交融，猶約略可睹。以視之洞蒞粵後，欽督之間，毫無隔閡，固有不同。

王闓運與彭氏書有云：「防海之勤，經畫之略，其可見者已具讀大疏矣。公當洋面首衝，敵船不敢窺伺，此非宿望偉烈不能幸致。孝達依倚，遂成砥柱。」言之洞仗彭而獲知兵之名也。而按之當時情事，以之洞地位之重要，兩粵軍事全局，亦可謂之互相依倚耳。所謂「當洋面首衝」，即指之洞詩「任難」云云。又俞樾撰彭氏〈神道碑〉所敘云：

……入粵，審度形勝，以虎門為第一重門戶。由虎門而進至常洲，為省城第二重門戶。自此而進，左則漁山、珠山，是為北路。右則海心岡、大黃滘，是為南路。公無事駐大黃滘，有警駐虎門，省城官吏為公治行館不居也。支帳為棚，蔽以蕉葉，風雨沾濡，暑日蒸炙，與士卒共之。維時省中議者以虎門遼闊難守，不如退守黃埔。公親往履行，見虎門以外即零丁洋，大海浩潮無涯。而屈曲清流實止一線，無論帆船輪船，必循此一線而進，進則必經由沙角山下。公發健兒鑿穿山石以為炮洞，兵隱其中，敵不得見。十年冬，民間爭傳夷人將以明年正月犯粵，公自駐山上，令幕夜不得有一舟入口。至除夕，有舟入焉。發炮擊之，帆桅俱斷。於是遐邇咸知所守實扼險要，狡敵寢謀，粵境安堵。……

亦可同閱。七十衰翁，勇往如斯。所謂「烈士暮年，壯心未已」者已。（沙角一炮，蓋誤傷鹽務巡船。俞氏〈與孫婦彭書〉有云：「……甲申之冬，警報日至，言明年正月必犯廣東。令祖於除夕親駐大角，因疑似之間，開放一炮，誤傷鹽務巡船，方悔鹵莽。而乙酉正月寂無警信，後閱外國新聞紙，有一條言，大角炮臺深得形勢，不可輕犯。乃知此一擊之誤，不為無功，亦令祖與吾言之。此等事，宜細詢當日隨征將佐，務得其詳，傳示後世，勿使人言粵東之役，但以虛聲脅人，僥倖無事也。」可以參閱。惟此言大角，碑則言沙角，蓋撰碑時續經訪詢者。彭在大角、沙角兩山均修有炮臺。）王闓運挽彭聯云：「詩酒自名家，更勳業爛然，長增畫苑梅花價；樓船欲橫海，嘆英雄老矣，忍說江南血戰功！」下聯道其心事，蓋晚年志在揚國威於海外，至前此長江水師之功績，雖為一時所豔稱，究屬國內之戰爭也。

諒山之捷，彭張會銜詳陳馮子材暨王孝祺、蘇元春、王德榜等戰狀一疏。讀之令人神王〔往〕，實為我國對外戰爭光榮之史迹。彭以大捷之後，正可乘勝而前。清廷遽從李鴻章「見好便收」之主張，罷兵議和，越南遂為法人所有。當時與張氏向政府力爭無效，甚為憤鬱，其乙酉三月二十八日請開兵部尚書缺之疏有云：

> 伏維古者大司馬之職，實司九伐，征討不庭。今茲……臣忝任斯職，即未能宣播天威，弭隱患於未作；復不能大伸撻伐，摧兇焰於已張。數載紛紜，迄無成績。致使國家屈從和議，轉借款局以為綏邊禦侮之方，是臣不能稱其職矣。服官不職，理宜罷斥。縱聖恩高厚，不即譴責，臣亦具有天良，靦顏尸位，豈不知恥？此所以昕夕疚心，寢饋不安，病積益覺其難瘳，任重終不能靜攝。……臣耄矣，無能為也。伏懇聖明鑒臣愚悃，飭開臣兵部尚書實缺，俾仍領一軍，備防粵東。庶臣得循愚分，勉圖寸效，而隱微之負疚，寤寐借可稍寬，斯沈痼之餘生，調治或期漸起。

慨憤之意，流露於字裏行間。王闓運所撰彭氏〈墓誌銘〉謂：「晚遘海氛，起防南越，自謂得其死所。乃復動見扳纏，因積悲勞，加之瘴毒，重感未疾，遂以沈彌。……埋憂地下，鬱鬱千年，宜勒幽詞，以畢深恨。」張氏晚以大學士居政府，見朝政日非，不克匡救，亦以憤終。（臨終前有〈讀白樂天「以心感人人心歸」句感賦一絕〉云：「誠感人心心乃歸，君臣末世自乖離。豈知人感天方感，淚灑香山諷諭詩！」）其友陳寶琛深致歎惋（見〈陳寶琛〉篇。）彭張二人，高位大年（彭壽七十有五，張壽七十有三），固可謂身名俱泰者，而實均齎恨以沒也。

（民國廿五年）

榮祿與袁世凱

甲午戰役之後，袁世凱以曾為吳長慶僚佐，且在朝鮮，嘗為其國王練兵，欲以治軍自見，遂以訓練新軍事宜說督辦軍務處。李鴻藻、榮祿輩為所動，因奏准以浙江溫處道督練新軍於小站，號曰新建陸軍，凡七千人，後卒借是大顯。汲引而扶持之者，榮祿之力為尤多。世凱之謹事榮祿，實其得志之最大原因也。民國初元，世凱在大總統任，沈祖憲、吳闓生二人，為編《容庵弟子記》，述其在清之事迹，卷二關於光緒二十一年乙未奉派練兵小站云：

> 二十一年……四月……因督辦軍務王大臣保留，復由津入都。時軍機大臣為翁相同龢、李相鴻藻、榮相祿；而李相尤激賞公。以公家世將才，嫻熟兵略，如令特練一軍，必能矯中國綠防各營之弊，亟言於朝。榮相亦右其議，囑公於暇時擬練洋操各種辦法上之。公手繕數千言，其大旨則步軍操法以師法德國為主。……十月，醇王、慶王會同軍機大臣奏請變通軍制，在天津新建陸軍，派員督練。摺稱：「查歐洲各國，專以兵事為重，逐年整頓，精益

求精。水師固其所長，陸軍亦稱驍勇。中國自粵捻削平以後，相沿舊法，習氣漸深，百弊叢生，多難得力。現欲講求自強之道，固必首練重兵。而欲迅期兵力之強，尤必更革舊制。去歲冬月軍事方殷之際，曾請速練洋隊，蒙派胡燏棻會同洋員漢納根在津招募開辦；嗣以該洋員擬辦各節，事多窒礙，旋即中止。另由胡燏棻練定武軍十營，參用西法，步伐號令，均極整齊。雖未盡西國之長，實足為前路之導。今胡燏棻派造津蘆鐵路，而定武一軍接統乏人。臣等公同商酌，查有軍務處差委浙江溫處道袁世凱，樸實勇敢，曉暢戎機，前駐朝鮮，甚有聲望；其所擬改練洋隊辦法及聘請洋員合同暨新建陸軍營制餉章，均屬周妥。相應請旨飭派袁世凱督練新建陸軍，假以事權，俾專責任。先就定武十營步隊三千人、炮隊一千人、馬隊二百五十人、工程隊五百人為根本，再加募步馬各隊，足七千人之數。即照該道所擬營制餉章編伍辦理，每月約支正餉銀七萬餘兩。至應用洋教習洋員，由臣等咨會德駐使選商聘訂。果能著有成效，尚擬逐漸擴充」等語，當日奉旨允准。……公部署一切，即日出都。定武軍本駐距津七十里之新農鎮，津沽間所稱為小站者也。……

後來袁世凱暨北洋派之稱雄，基於此矣；微榮祿等，豈易得此好機會乎？（時翁同龢、榮祿均尚未入閣，不得稱相。李鴻藻自甲申罷協揆後，亦尚未再入。《容庵弟子記》非以當時之官稱之。惟書中言及他人，則率按當時官秩相稱。又，軍機大臣其時為恭王奕訢、禮王世鐸及翁同龢、李鴻藻、剛毅等。榮祿在督辦軍務處，尚未入軍機也。醇王載澧時年尚稚，未用事。據言與慶王云云，疑亦有誤，容更考之。）

陳夔龍《夢蕉亭雜記》卷二有云：

甲午中日之役失敗後，軍務處王大臣鑒淮軍不足恃，改練新軍。項城袁君世凱以溫處道充新建陸軍督辦，該軍屯兵天津小站，於乙未冬成立。當奏派時，常熟不甚謂然，高陽主之。詎成立甫數月，津門官紳嘖有煩言。謂袁君辦事操切，嗜殺擅權，不受北洋大臣節制。高陽雖不護前，因係原保，不能自歧其說。乃諷同鄉胡侍御景桂，摭拾多款參奏，奏旨命榮文忠公祿馳往查辦。文忠時官兵尚，約余同行。甫抵天津，直督王文勤公文韶傳令淮練各軍排隊遠迓，旌旗、一色鮮明，頗有馬鳴風蕭氣象。在津查辦機器局某道參案畢，文忠馳往小站。該軍僅七千人，勇丁身量一律四尺以上，整肅精壯，專練德國操。馬隊五營，各按方辨色，較之淮練各營，壁壘一新。文忠默識之，謂余曰：「君觀新軍與舊軍比較何如？」余謂：「素不知兵，何能妄參末議。但觀表面，舊軍誠不免暮氣，新軍參用西法，生面獨開。」文忠曰：「君言是也。此人必須保全，以策後效。」迨參案查竣，即以擅殺營門外賣菜傭一條，已干嚴譴，其餘各條，亦有輕重出入。余擬奏稿，請下部議。文忠謂：「一經部議，至輕亦撤差。此軍甫經成立，難易生手，不如乞恩姑從寬議。仍嚴飭認真操練，以勵將來。」復奏

> 上，奉旨俞允。時高陽已病，仍力疾入直；閱文忠摺，拂然不悦。退直後病逐增劇，嗣後遂不常入直，旋即告終，足見其惡之深矣。

榮祿對世凱護持之力，可以概見。（夔龍為兵部司官，受榮祿知遇，後辟為武衛軍幕僚，甚見親信。夔龍之得大用，亦多賴其汲引。）《容庵弟子記》卷二敘及小站被參事，謂：

> 二十二年三月，御史胡景桂論列小站兵事，有克扣軍餉誅戮無辜之奏。公之御軍也，懲舊營營官領餉侵挪積壓之弊，於放餉獨為認真。每月發餉，令餉局按名冊分包數千分，平色必准。居時傳派營務官一二員，前往各營監視發給。兵丁直接領餉，百弊不生。胡景桂初未深究，摭拾奏陳。政府派榮相到營察視，並查考訓練有無進步。公槖鞬相迓，請榮相閱操。校閱既畢，榮相大驚異。蓋未料成軍才百餘日，而隊伍之精整，陣法之變化，竟擅曲端縱鴿之奇也。回京之後，據實稱譽，遂蒙溫諭，德宗並擬恭奉孝欽后莅津親自校閱。後公撫東，適胡景桂任山東臬司。公一見即與笑談前事，並開誠結納，悉泯猜嫌。胡景桂本道學名臣，見公宅心正大，莅事精強，深為引服。公頻薦才。後以藩司居憂病歿，公手製挽詞，以志哀悼。

此為世凱方面所述之詞，亦可參閱。聞世凱撫魯，胡景桂甚不自安。世凱自白絕不以前嫌介意，且優遇之，堂屬相處頗善。蓋所以示大度，且畏清議斥其報復耳。史念祖之於趙爾巽，事亦近之。（爾巽由御史外放貴州石阡知府，念祖方為貴州臬司。昔曾為爾巽參劾，不念舊惡，且加優遇，爾巽因之獲調首府焉。後爾巽既貴，奏起念祖於廢籍以自佐，所以報之也。）

關於世凱之受知榮祿，王伯恭《蜷廬隨筆》云：

中日和約既定，恭親王一日問合肥曰：「吾聞此次兵衅，悉由袁世凱鼓蕩而成。此言信否？」合肥對曰：「事已過去，請王爺不必追究，橫豎皆鴻章之過耳。」恭親王遂嘿然而罷。是時項城在京，雖有溫處道之實缺，萬無赴任之理。設從此罣誤，心實不甘。憶昔在吳武壯朝鮮軍中，以帥意不合，借題為朝鮮練兵，因禍為福。此次師故智，正合時機，乃招致幕友，僦居嵩雲草堂，日夕譯撰兵書十二卷，以效法西洋為主。書成，無術進獻。念當時朝貴中，惟相國榮祿，深結主知，言聽計從。顧素昧生平，無梯為接。偵知八旗老輩有豫師者，最為榮所信仰。又偵知豫公獨與閻相國敬銘相得。閻為路閏生入室弟子，又申以婚姻，非路氏之言不足以動之。因念路氏子弟有在淮安服官者，家於淮安。而項城之妹夫張香谷，係漢仙中丞之子，亦家淮安，必與路氏相稔。遂托香谷以卑禮厚幣請路辛甫北來，居其幕中為上客。由辛甫以見閻文介，由文介以見豫師，由豫師以見榮文忠。層遞納交，果為榮文忠所賞。項城遂執贄為榮相之門生，而新建陸軍以成，駐於小站周剛敏盛波之舊壘。但項城初不知兵，一旦居督練之名，雖廣用教習，終慮軍心不服，於是訪求賦閑之老將，聘為全軍翼長，庶可以鎮攝軍隊，適淮軍舊部姜桂題，以失守旅順革職永不敘用者，正無處投效，聞小站新軍成立，徑謁軍門。項城見而大喜，遽以翼長畀之。桂題亦不知兵，惟資格尚深耳。項城更說榮相，以五大軍合編為武衛全軍：以宋慶為武衛左軍；以袁世凱為武衛右軍；以聶士成為武衛前軍；董福祥為武衛後軍；其中軍則榮相自領之，兼總統武衛全軍。榮相樂其推戴，且可弋取統屬文武之名也，德項城甚，有相逢恨晚之感。復用項城之策，令諸軍各選四將，送總統差遣。比至，令此十六人者，各用一二品品服，乘馬在輿前引導。榮相顧盼自喜，以為人生之榮，無過於此。吁，何異兒童之見哉！

《蜷廬隨筆》對世凱多貶詞，此處於世凱進身榮門暨練兵事，言之歷歷。然其中有一大誤。大學士閻敬銘光緒十四年戊子以病免，十八年壬辰卒於家。何能於甲午（二十年）戰役之後猶在人間，而為世凱介見豫師乎。武衛五軍之名目，始於戊戌政變後。除中軍由榮祿另編外，餘四軍，世凱以所部用西法訓練，自負非宋慶等部所及。慶等則自負百戰宿將，不特以徒壯觀瞻未經戰陣輕世凱，即對榮祿，亦輕其不嫻軍旅，未能傾心事之。獨世凱事榮祿最謹，其得撫魯督直，均榮祿之力為多。榮祿簾眷最隆，而胸無城府，工策畫，富權謀，世凱對之猶心存畏憚。迨榮祿卒，慶王奕劻以樞垣領袖當國，貪棼外無所知，世凱遂玩之於股掌之上矣。

（民國廿六年）

袁世凱於光緒二十七年辛丑由魯撫擢直督，蓋得榮祿在樞垣主張之力，而世頗傳由於李鴻章遺摺保薦，如湯用彬《新談往》云：「和議將告成，合肥屢電請回鑾，並陳述外人善意。兩宮信其忠誠，遂啟鑾。至鄭州，合肥薨耗至。孝欽攔德宗登行宮後樓，北向而泣。越日啟鑾至開封，止不進。合肥遺摺至，力保袁世凱才略堪任艱巨，請以繼任直督，並請速回鑾，以慰中外之望。詔並從之。」此說頗流行，且有謂鴻章遺摺原稿係保周馥，幕僚楊士驤輩善袁，為私易袁名者，而證之所遞遺摺，其全文云：

奏為臣病垂危，自知不起，口占遺疏，仰求聖鑒事：竊臣體氣素健，向能耐勞，服官四十餘年，未嘗因病請假。前在馬關受傷，流血過久，遂成眩暈。去夏冒暑北上，復患泄瀉，元氣大傷。入都後，又以事機不順，朝夕焦思，往往徹夜不眠，胃納日減，觸發舊疾，時作時止。迭蒙聖慈垂詢，特賞假期，慰諭周詳，感激零涕。和約幸得竣事，俄約仍無定期。上貽宵旰之憂，是臣未終心事，每一念及，憂灼五中。本月十九夜忽咯血碗餘，數日之間，遂至沈篤，群醫束手，知難久延。謹口占遺疏授臣子經述恭校寫成，固封以俟。伏念臣受知最早，蒙恩最深，每念時局艱危，不敢自稱衰病，惟冀稍延餘息，重睹中興。齎志以終，歿身難瞑。現值京師初復，鑾輅未歸，和議新成，東事尚棘。根本至計，處處可虞。竊念多難興邦，殷憂啟聖。伏讀疊次諭旨，舉行新政，力圖自強，慶親王等皆臣久經共事之人，此次復同更患難，定能一心勰力，翼贊訏謨，臣在九原，庶無遺憾。至臣子孫，皆受國厚恩，惟有勗其守身讀書，勉圖報效。屬纊在即，瞻望無時，長辭聖明，無任依戀之至。謹叩謝天恩，伏乞皇太后，皇上聖鑒。謹奏。

內容若是，並無保薦何人繼任等語。外傳種種，實不足信。世凱雖資格尚淺，而以戊戌告變，簾眷已隆。拳亂保障地方，聲譽亦著。兼有榮祿為奧援，其擢督畿輔，固不必有鴻章遺摺之保薦也。（或謂外人方面之推重，亦為一重要原因。）馥雖久為鴻章所重，其時官僅直隸布政使，只能循例護理。若云遺摺保其越次超擢，尤於事理為遠矣。九月二十六日后帝由鞏縣抵汜水，接鴻章電奏，謂：「臣病十分危篤，……現已電令藩司周馥來京交代一切矣。」亦就其藩司職分而言耳。（二十七日后帝抵滎陽，樞廷接馥電稟鴻章出缺，即奉旨以世凱署直督，未到任前馥暫護，張人駿補魯撫。十月初二日后帝由中牟抵開封駐蹕，翌日始接到馥代遞鴻章遺摺。）

（民國廿三年）

瞿鴻禨與張百熙

陳夔龍《夢蕉亭雜記》卷二云：

長沙張文達公百熙，善化瞿文慎公鴻禨，……同歲舉於鄉，先後入翰苑，均為高陽李文正公高弟。文正每與長白榮文忠公祿談宴，極稱許兩君不置。……庚辛之際，兩公駐蹕西安，樞臣端邸載漪、剛相毅、趙尚書舒翹、啟尚書秀，因庇拳獲嚴譴，樞府乏人，文忠密薦於朝。特旨令迅速來陝，預備見召。時文達任廣東學政，文慎任江蘇學政，相約交卸後會於漢口，聯轡入秦。文達先到，諗知文慎莅鄂需時，爰紆道回湘省墓。詎文慎到漢，接秦中友人密函，星馳而去。文達由湘返漢，乃知文慎已著先鞭，竟不稍候，有孤前約，意頗不擇。迨赴行在，定與鹿文端公傳霖已先入政府（亦文忠所保），只須再簡一人充數，兩宮無可所否，轉詢文忠，擇一委任。文忠密奏：聖駕計日回鑾，舉行新政，可否令張百熙、瞿鴻禨各抒所見，繕具節略，恭呈御覽，再求特旨派出一員，較為得力。上頗然之。奉諭後，文達力論舊政如何腐敗，新政如何切用。並舉歐西各國治亂強弱之故，言之歷歷，何止萬言。文慎不逞辭華，但求簡要，略陳興利除弊四端。兩宮閱竟，謂文忠曰：「張百熙所言，劍拔弩張，連篇累牘。我看去不大明晰，還是瞿鴻禨所說切中利弊，平易近情，不如用他較妥。」文慎遂入直軍機……

按：瞿鴻禨之成進士，入詞林，早於張百熙一科。庚子之歲，瞿方以禮部右侍郎督蘇學，張則以內閣學士督粵學。迨瞿升左都御史，張乃補禮侍。瞿升工部尚書，張又補總憲，兩入資序，雁行相次如此。雖樞臣簡界，不必盡循階資，而瞿既班在張上，當時選用樞臣，以地位論，機會自屬較優，其得入直軍機，亦自無足異耳。庚子各省學政報滿，未及簡放新任。瞿在蘇聞兩宮西行之訊，即專折馳問。嗣因頭風自額頂至腦後苦作掣痛，病體難支，再奏請先行交卸，給假兩月回籍就醫。奉旨准假後，於十月間移交關防。十一月初二日抵長沙，十二月初八日啟程赴西安。見《長沙瞿氏家乘》卷五《止庵年譜》附錄。是瞿實迂道回湘也。瞿自蘇西行，張自粵北行而後西。自以瞿之行程為尤便，所謂莅鄂需時云云，蓋有未諦。至應詔陳言一事，乃緣辛丑三月初三日之通諭，中外大臣皆有條奏。瞿以是月二十三日遞摺，所陳確係四條。主張擇要以圖，行之以漸。大略謂：

……今日情勢，譬如大病之後，元氣盡傷，不獨攻伐之劑不可妄施，亦豈能驟投峻補？若欲百廢俱興，一時並舉，不惟無此財力，正恐紛更罔濟。……

一曰整飭吏治。……請飭下各省督撫，慎委州縣，必以盡心民事興利安良為考成。至命盜案處分，則應從寬。

一曰造就人才。……學堂創辦之始，除京師原有大學堂外，但於各省會立一時務學堂，……期以十年，各省府廳州縣次第自興學堂矣。

一曰變通軍制。……請各省建一練兵學堂，……學成之後，使分充隊長，轉相教習，推廣多營。就中擇尤委為管帶，即以督撫統之。

一曰開濬財源。……一切搜括病民之政，斷不可行。除加抽進口洋稅及改定鎊價二端，為出入大宗要款，應由全權大臣與各國公使商議，期於必行外，其餘別無開源之法，計惟有求之於地，猶可資以裕民。……又見在鑄造銀元，已有數省。惟湖北、廣東兩省為精，擬請飭下戶部，將機器提至京師，仿照湖北、廣東辦法，由部鑄造精式大小龍圓，頒發各省，一律通行。

又，鹿傳霖於庚子閏八月初二日即奉旨入軍機，時尚未召瞿、張，榮祿亦尚在保定，未至行在也。（是月十三日始諭令榮祿前來行在，入直辦事。）瞿於辛丑正月十五日抵西安（四月初九日奉旨在軍機大臣上學習行走），鹿已為軍機大臣數月矣。

（民國廿四年）

瞿鴻禨、張百熙，生同里閈，訂交最早。同治九年庚午同領鄉薦，相繼成進士，入詞林（瞿辛未，張甲戌），其後同官尚書，瞿且直樞廷，晉揆席，均以名臣見稱。近獲見其往來手札。己亥（光緒二十五年）張致瞿書云：

子玖老前輩同年大人節下：別三稔矣。積想成痗，如何可言！百熙不肖，以暗於知人，幾獲大戾，為師友辱。然區區愚枕，迫於救時，切於報國，至不顧利害而汲汲為之，其不顛覆以至今日者，蓋亦天幸而已。方咨送某某時，嘗聲明酌中採取等語（意謂考試之事，究屬以言取人，且時務一途，本宜節取），雖亦覺其危言讜論，不無偏激，而通曉時事，似有過人之才，不謂包藏禍心，陷於悖逆，至於如是。是則愚蒙無識所未及深察隱微者矣。往者論列時流，將以某名並舉。經我老前輩指示，乃遂去之。以近於不孝而黜之於劉章，豈有覺其不忠而反登諸薦牘？平居讀史，嘗竊議胡文定理學大儒，何以輕信人言，謬舉秦檜。（殆亦迫於救時之過耳。）乃自蹈其失，而又加甚焉。從此不敢輕議古人，妄評當代。鄙意於某某初非有黨同之見，特以自信太過，其弊一至於此。此則非惟寡識，亦坐不學之過矣。仰荷東朝天覆之恩，不從吏議。且未久即蒙開復，不知何以為報。每一念及，輒汗涔涔下。老前輩夙加偉視，而百熙乃躬冒不韙若此，其何以對知己，但有引咎自責而已。

屢欲函訊起居，匆匆未果。即乘軺之喜，卿貳之榮，亦闕然未有以賀也。非無典簽，但可以酬恒泛，如公篤誼，反致闊疏。去秋已來，則以獲咎抱慚，臨池輒輟，恃老前輩有以諒之耳。時局日益阽危，德人之於膠州，俄人之於旅大，英人之於九龍，法人之於廣灣，瓜華之見端（仲華相國曾以此面奏東朝，故敢及此），西人所謂勢力圈也。勢力之圈所在，他國不得沮害。（按「圈」原筆誤為「權」。）如英人公向譯署言，長江一帶，不得割與他國，蓋認為其權力之所到也。切膚之痛至此，或猶以為不過割我海疆邊境而已，豈非夢夢哉？詩曰：「我生不辰，逢天亶怒。」又曰：「載胥及溺，其何能淑！」兩宮憂勞宵旰，為人臣者顧莫展一籌。詩人可作，應亦不料世難之至於斯極也。呂氏曰：「燕雀爭善處於一室之下，子母相哺，自以為安矣。至於突決火焚，顏色不變，乃不知禍之將及己也。」又曰：「萬人操弓共射一招，招無不中；萬物章章以害一生，生無不傷。」今外夷之禍烈，豈惟一招一生而已，而猶以為禍不及己，自同燕雀，豈不痛哉！一人一身之出處，一家一室之福禍，殆不足言。特為老前輩放言世變如此，知必為之同聲一歎也。此間試事極難措手。次遠前輩語熙曰：三年辛苦，竟無補益。初以為其言之謙也，今乃知其信然，且不惟無補而已，至聲名性命皆可不保，甚矣其難也！頃試惠州，舟次書此，以達拳拳。敬叩春祺。年晚張百熙頓首。

己亥除夕前二日。

附詩暨跋云：

要使天驕識鳳麟（東坡送子由使契丹詩句），讀公詩句氣無倫。
豈期變法紛朝政，差免書名到黨人。
修怨古聞章相國，推恩今見宋宣仁。

（百熙以主事康有為講求時務，所識通雅之士多稱道其才者，因以其名咨送特科。當聲明「蠲除忌諱，酌中採取」等語。既念與主事素不相識，其心術純正與否不可知，復據實陳明，並將該員業蒙欽派差使，可否免其考試，請旨辦理。又片陳，中國自強，在政不在教。在講求政事之實際，不在比附教派之主名。請明降諭旨，嚴禁用孔子紀元及七日休沐等名目，以維持名教而免為從西之導等語。均仰邀劉覽。及康難作，而被罪者眾，百熙獨叨特恩鐫職留任，以視東坡之遭遇宣仁，有過之無不及也。）

過書舉燭明何在，削牘真慚舊侍臣。

題東坡居士居儋錄詩三首之一，錄奉教削，小注皆事實，藉以明使才之誤。榮相語鹿滋軒前輩，謂某樞府誤記。（謂係仲老，必不然也。）剛相謂：「不有片陳之件亦如張香濤不理會矣。」（面與熙者）熙謂：「咨送與奏保，同一謬妄，處分買屬應得。」剛云：「東朝初頗生氣，謂：『張某裡邊人，何亦如此！』樞庭當奏：『張某此片，不是保他，因曾咨送考試，恐其心術不可靠，故爾聲明如此。』東朝意亦釋然。此所以不久即開復也。」附片明言咨送考試，何以言保送使才？此摺係八月初十日到京，何以延至二十五日始行交議？公記會東樵之摺否，可以悟矣。然東朝天覆之恩，聞者無不感激。況身受者乎？惟有愧汗而已！百熙附識。

戊戌政變，張以曾薦康有為獲咎。觀此，可知世傳以使才論薦之為誤會。即薦應經濟特科之試，亦咨送而非奏保也。張氏倖免嚴譴，猶有餘怖，故以「包藏禍心，陷於悖逆」謂康，而以未覺其不忠誤登薦牘自謂。且別引一以近於不孝，既知遂不論薦之人與康對舉，明非有心。其時情態如此，蓋處境使然耳。書之後幅，暢論時局阽危之狀，憂國之懷若揭。玩其詞意，固仍以德宗之變法圖強為是也。時張以內閣學士督學廣東，瞿以禮部侍郎督學江蘇。次遠為惲彥彬（辛未傳臚）字，為張廣東學政之前任。仲老謂廖壽恒（字仲山）。張之洞曾贊行新政，政變並未追究，故剛毅以為言。己亥剛毅奉命往廣東籌餉，與百熙相晤而面語之。（百熙以南書房行走直內廷，故孝欽謂之「裡邊人」。）

又庚子致瞿書云：

芷玖老前輩同年大人節下：前奉手教，備紉愛注，冗於塵俗，裁答稽遲。歉甚歉甚。比得電傳：恭悉寵命欽承，榮除都憲，抒素懷於啟沃，用宏濟乎艱難，隆棟之膺，計在指顧，不惟同曹稱慶，抑湘中人士所引領以祝之者也。百熙承乏嶺南，慚無稱報，渥荷聖慈，忝晉容臺，高厚難酬，益滋悚懼。先是因睽離桑梓，多歷年所。擬此次報滿時，乞假一月，歸省先塋。自聯兵北犯，乘輿西狩，天下多故，大局阽危，暫假一節，未便陳請。現在試事告畢，考優亦已舉辦，俟新任抵粵，即行交卸，馳赴行都。尊處離西安較近，受代必當較早。天寒歲暮，迢遞關河，驛程辛瘁，不堪預計。但冀大局速定，長途無梗，斯為大幸耳。肅復，恭叩大喜。敬請臺安。年晚生張百熙頓首。九月二十一日。

此書由廣州發，十月初四日到江陰學署。陳夔龍《夢蕉亭雜記》卷二，謂張瞿相約交卸後會於漢口，聯轡入秦，瞿氏爽約先抵西安云云。前經辨其非確，今復見此書，亦足旁證相約同赴西安之說之難信。蓋此書到時，瞿正準備交卸啟程。書中惟言「尊處離西安較近，受代必當較早」云云，毫無相約「聯轡入秦」之語氣也。又辛丑瞿致張書：

潛齋長兄同年大人閣下：別後不勝懷想，定復同之。冬卿大喜，為之慶忭。然外部一席，實宜讓於稷契。不才兩次薦公自代，卒未如願，實亦弟之不幸也。舉劾大疏，聲震天下。慈聖謂：「如此認真，甚屬難得。」深為褒許。修工辦法，極為核實，積弊自可一清。諸事都順手否？兩得來電，使節一件，略相不以為然，或即從緩。此間一切照常，籌款則尚無端倪，何以為計？俄約消息如何，便中示及是荷。手布，敬請臺安，並賀除喜，不一一。弟止庵頓首。七月盡。

瞿由禮部侍郎遞升左都御史工部尚書，復轉外務部尚書，所遺之缺，歷由張氏任之。外務部為新設之部，班在舊有各部之上，責任較重，瞿膺斯命，薦張自代而未獲允。所謂舉劾大疏，指張任總憲舉劾言官而言。所謂修工，指承修蹕路工程而言。張以此差先由行在入都，共事者為陳夔龍等。陳氏於《夢蕉亭雜記》卷二自敘承修此項工程經過云：

……適奉旨定期十月還宮，維時京城殘破不堪，急須修理。全權大臣先期電奏，請派大員承修蹕路工程。行在樞府擬定長沙張尚書百熙、長白桂侍郎春，奏請派充。慈聖笑謂：「此次工程，須由在京大員中揀派，情形熟悉，較為得力。我意中已有兩人，一兵部侍郎景澧，一順天府尹陳夔龍，不如一併派充，四人合辦。」樞臣承旨後，即刻電京遵照。桂侍郎前在莊王府任差，有庇拳嫌疑，不果前來。張尚書一時不能趕到，先由余與景侍郎召匠選料，趕速開工。初次入東華門，蓬蒿滿地，彌望無際。午門、天安門、太廟、社稷壇等處為炮彈傷毀，中炮處所，密如蜂窠。想見上年攻取之烈，不寒而慄。撥荊斬棘，煞費經營。此外如天壇、先農壇、地壇、日月壇暨乘輿回時經過廟宇，大半均被焚毀，急須修理。工程浩大，估計實需工款約百萬兩，而堂子全部擇地移建，與正陽門城樓之巨工，尚不在內。景侍郎狃於從前習慣，凡工程估定價目後，堂司各員例取三成節省經費，擬照前例，借工帑餘潤以償拳亂損失。余不以為然。謂：「此次拳禍之烈，為二百年所未有。九廟震動，民力艱難，此項工程不得以常例論，應核實一律到工。即所派員司，一律自備夫馬，潔身任事。將來大工告竣，准給優保，以酬其勞。」侍郎不懌。謂余有意與彼作梗。適張尚書到京，頗以余所論為是。侍郎無如何，始允會同入奏立案。余等分期率同員司，督理工作。歷經三月，工程大致完竣，當即電知行在。……赴漕督任。踰年壬寅，接張尚書等函，知堂子業已興建訖。余復於漕督任內捐廉一萬兩，倡修正陽門城樓，各省均提公款助修，計一年餘始行工竣。承修蹕路工程之案，乃告一結束。特備書以諗來者。

所述情事，可備考，因綴錄之。

張氏一生宦歷，以充管學大臣時最為有聲有色，為中國教育史上有名人物。而事屬經始，頗感困難，有疑謗交乘之勢。茲更摘錄其致瞿書關於辦學者如左：

所難者，則學堂也。（從前京師議論皆以學堂為無父無君之地。今猶是見解，猶是議論也。昨與燮臣相國言及，同為太息久之。）容詣略相及公處詳言之。

昨日法使館一晤，未克絮談。前函言學堂為難一節，擬不向略公道及。若因其難而不為，既無以對朝廷，亦無以對我公與略相也。勉竭小才，至開辦後再行陳說，彼時必望公體諒此心耳。現在吳總教及榮提調動（略公至親，極好，極明達）、紹提調英已於初三前赴日本考察學務，譯書、編圖兩局亦已開辦。潛手定編書大綱：

一曰定宗旨。宗旨者，群矢之的也。人人向此的而致力焉，雖不中不遠矣。宗旨烏乎定？必擇其可以正人心、端趨向、絕無流弊者，建一名號以為標識，則莫如愛國。國家教忠孝，勵廉節，無非欲養成此愛國之民，使人人各全其忠孝廉節之美德也。此次編書，當光〔先〕揭明此義。

二曰芟煩碎。略言：既定此愛國之宗旨，則凡關涉政治，於國家有利無害者，精為甄綜。一切煩碎之箋疏，支離之誕說，概從刪薙。則成書精而諷誦易，必不使學者疲日力於無用也。

三曰通古今。略言：今日之所急，當以究心教養之原，與夫通考歷朝禮樂兵刑之制，能見諸施行者為要務。若第博考其異同沿革之迹，仍不能謂之有用也。故必以知今為主，而證以既往之陳迹，以定其損益。使人人讀書時之精神，皆貫注於政治之中。

四曰求貫通。略謂：今所編纂諸書，非一人可辦。總期於經史諸子中可以變通互證者特加之意，則學者誦習時可收貫通之效等語。未知公謂然否。載籍極博，浩如煙海，非有一定之宗旨，主一之精神，以範圍之，貫注之。隨意抉擇，即成巨帙，何所裨補於時事耶？知公亦必以為然也。

改建學堂一層，刻已於瓦廠地方，擇定一區，月內可以署券。將來即請將從前大學堂（已殘破不堪，由大學撥款修理）改作宗室八旗中學堂。而大學堂之速成科即借中學堂地先行開辦。俟明年城外大學堂有成，再行挪移。日內已將宗覺羅各學校接收。左右兩翼兩學尚有學舍，覺羅學則久已荒蕪矣。中學堂大概情形，月內或可具奏。惟經費一項，除常年左右翼及八旗應領戶部款項五萬二千金外，尚不敷銀五六萬兩。大學堂常年經費，已自拮据，萬不能兼顧中學堂（必令兼顧中學堂經費，則並大學堂亦不能辦），勢不能不另請的款。此則必須仰賴大力主持者矣。

翰林院編書應用書籍，已由上海購來四百一十二種，日內即擬咨送。謹附及。

鞠尊前日來述一節，潛與此公並無嫌隙。或聞外間訛言傳述，遂爾率陳，然亦可怪詫矣。好在學堂章程，已經奏定，海內周知，並無詭異之說。即香帥所奏辦法除武學堂外，其所定學科，與潛所奏章程，十同八九，可見公理相同，不能特別以示歧異也。現今大學堂辦法，何以即有大禍，略園何不面詰之？實有意外之流弊，亦不妨改良也。此事非與略園當面一言不可。流言之來無端，恐有處心積慮以排我而因以害及學堂者。一二日當奉詣一談。

湖北所奏章程，無非欲專攬教育之務。然省學堂卒業僅令外洋遊歷一年，不令升入京師大學，雖欲自為風氣，而學生僅得舉人，不能得進士，恐學生亦未必願意也。中學堂習外國語文三年，而高等學堂無之，未免疏漏。各國語文，僅習三年，未合也。（奉硃批議奏，其以此乎。）公於學堂有大功，略相能從公言以保學堂，是亦有大功者，而下走乃以不足輕重之身，致負疑謗，以致負我兩公，可愧甚矣。行當投劾以去，以避賢路。他日公幸毋固留，以重其罪也。

所述編書大綱，可略見其教育宗旨。京師大學堂舊址，今北京大學猶沿用之。而當時張氏另有在城外建校之計劃也。略園為榮祿（字仲華）別號，時以大學士為樞臣領袖。燮臣為孫家鼐字，時以大學士同任學務。鞠尊為江蘇候補道朱恩紱字，長沙人，時在京以鄉誼往來瞿張間。當時學堂（稱學堂不稱學校者，以科舉制度下之府州縣學通稱學校，故稱學堂以別之）畢業生獎勵出身辦法，中學堂獎拔優歲貢，高等學堂（各省省會設之，程度介於大學中學之間）獎舉人，大學堂獎進士。湖北所奏章程，不符通制，高等學堂畢業，不令升入大學，獎勵出身，以舉人為止。故張氏言「恐學生亦未必願意」。

又：

學務事日前與華翁深談，意見頗合，似以緩設學部為宜。此時照香帥所定學務處章程，分科辦理（此即與學部無異）不立學部之名，而居其實，必於學界有所裨補。俟一年之後，各省學堂普立，再就學務處已擴之規模改作學部，不至頭緒棼如。務乞力為主持，學界幸甚！（乞與徐鐵兩公商之，好處甚多，願加詳審。）

學部非設不可，而茲事體大，下走實不敢承。公之意固公而非私，然自揣無此學識，以公一人之意爭之，不得固失言，得而不能勝任，使我公有舉不得人之悔。而議之者並公而咎之，何如慎之於始也。公謂何如？下走於學務，於京師各館，尚無不可對人之處，及此而卸肩，何快如之。若既為人之所輕而忌之，不去必不討好，且將並其前所辦者亦以為罪。（開學不久，即兩人同辦，實亦不能罪及一人，然事未可知也。）非公愛我，誰可與言及此者？幸乘其自任而贊成之，俾濳得以引身而退，公之賜也！

頃有人言，將以鐵徐兩公領戶部，然則榮與濳必學部矣。（本不願久於戶部，故前有調回吏部之請，今不可得矣。）二三年來，頗有退志，所以遲遲者，始則以東朝萬壽，不能不一隨班。嗣以學務羈身，難於擺脫。後復以東方事變，萬無可言歸之理。今東事粗定，但能開去學務，無論身居何部，冀可漸得自由。果如所聞，則衰病之軀，何能勝此重寄。（竊當事之意，未必以此為重要也。）況有匿名書一事在心，更何能有所施為耶！憂來無端，聊為知己發之。知公亦不能為潛計矣！

此三書為主張緩設學部及力陳不願任學部尚書者，初擬即照張之洞所定學務處章程辦理，暫不設部。繼以設部將成事實，深恐即以學部尚書相界，蘄得擺脫。蓋疑謗所集，不得不謀退步耳。華翁謂同管學務之榮慶（字華卿），所云「幸乘其自任而贊成之」，似亦即指彼。徐、鐵兩公，指徐世昌、鐵良。丙午修改官制，二人均參與其事。至「鐵徐兩公領戶部」「榮與潛必學部」之說，似以為各部仍設滿漢兩尚書，而己與榮慶將同授學部尚書。（榮慶蒙古人，例補滿缺），勢難挽回矣。新官制公佈，各部均僅設尚書一人，榮慶授學部尚書，張授郵傳部尚書，鐵良授陸軍部尚書，徐授民政部尚書。（戶部改度支部，溥頲授尚書。）「東方事變」指日俄戰事，擾及東陲。瞿致張書有云：

公於學務有益，學務於公亦相宜。吾兩人苦心熱血，一旦皆付之東流，夫復何說！……公隨人仰屋持籌，無往而非難境，可想而知。如能乞外，最為上策，容日再傾吐言之。連日胸中惡劣，了無佳況。奈何，奈何！

此蓋張氏以環境之困難，勢須擺脫辦學職務，而瞿氏深致其慨惋也。張另有一書致瞿，有「或銓或外，否則惟有引退耳」之語，言或吏部或乞外，此書所云「如能乞外，最為上策」，似即對此而言。

瞿張往來手札，瞿兌之君（子玖相國之嗣）藏弆頗富，近得就觀，移錄於上。

（民國廿六年）

陸徵祥與許景澄

陸徵祥早任壇站，中陟中樞，晚作畸人，洵近世名人之自成一格者。以受知於許景澄，獲其裁成。而景澄又捨生效忠，節概凜然。故徵祥服膺甚至，欽慕無已，其事足傳也。昨承沈君怡君由上海以徵祥在歐印行之紀念品見寄，書謂：「去歲遊英，曾獲有印刷品一種。係陸子興先生在歐印行以紀念許文肅公者。吉光片羽，亦頗可珍。爰置之行篋，攜歸故國。茲因素喜讀尊著隨筆，知收集史料，不厭其多。用敢奉上，聊作芹獻。」雅誼甚可念。此印刷品印有景澄遺像，暨陸潤庠聯云：「事君以忠，能臨大節；與人為善，賴有真傳。」（上款：「許文肅公遺像，為子興陸君題。」下款：「年侍生陸潤庠撰句並書。」）並有景澄致徵祥手書墨跡數行。正文為「追念許文肅公」，詞云：

嗚呼吾師！自庚子七月初四吾師捐軀就義，至今已足足三十年矣。回溯在俄時，勉祥學習外交禮儀，聯絡外交團員，講求公法，研究條約，冀成一正途之外交官。祥雖不才，抱持此志，始終不渝。吾師在天之靈，想鑒之也。己亥春，祥與培德結婚。吾師笑謂祥曰：「汝醉心歐化，致娶西室主中饋，異日不幸而無子女，蓋寄身修院，完成一到家之歐化乎？」爾時年少，未有遠識，未曾措意。丙寅春室人去世，祥以子然一身，托上主庇佑，居然得入本篤會，講學論道，以副吾師之期望，益感吾師培植之深厚，而為祥布置之周且遠也。

嗚呼！生我者父母，助我者吾妻，教育以栽成我者吾師也。今先後俱登天國，而祥獨存，豈不悲哉！雖然，祥以衰朽多病之體，自入院後，除朝夕誦經外，於拉丁文、道德學、哲學、神學以及新舊「聖書」等，無不竭吾智能，以略探其精微。歷時非為不多，用力非為不勤。數年以來，不唯無病，且日益強健，此上主之賜。九泉之下，吾師聞之，當亦為之快慰。祥惟有永遵主命，日頌主名，以終吾年耳。本篤會修士門人陸徵祥謹述。夏曆己巳七月初四日。

其詞並印有英法文者，茲錄英文如下：

PAX

TO MY DEAR AND REVERED MASTER SHU

It is to this eminent and deeply regretted Master that I owe my first training in diplomacy and my whole career therein, of which he had foretold the different stages.

In his fatherly solicitupe for me, he also foresaw my future retirement into the seclusion of the monastery and the peace of the cloister.

To his sacred memory, I dedicate my profound and eternal gratitude, in remembrance of the 30th anniversary of his death.

He was condemned and decapitated on July 29th 1900 a victim of false accusations, but his complete inoncence was vindicated and all honours restored to him posthumously by an Imperial Decree of February 13th 1901.

Oh God. Thou hast taken from me my Parents, my Master, my Wife.

Thy will be done.

Blessed be Thy Name for ever.

U. I. O. G. D

His old devoted pupil:

D. Pierre Celestin Lou Tseng Tsiang O. S. B.

Benedictine monk of St. Andrew's Abbey July. 29th 1900—July 29th 1930.

又有一紙云：

民國二十年十一月二日追思已瞻禮。祥伏讀《北平公教青年會季刊》讀書運動專號，內有補白一則，題曰〈回首三十年前事〉，茲特恭錄於後：「庚子之亂，迄今已三十年矣。回顧往事，有足述者。有致命榮冠之父，然後有主教品位之子。近故第一位羅馬祝聖國籍主教趙公是也。有殉難犧牲之師，然後有棄俗精修之徒。此事之明證，可舉陸子與先生為例。前者世所周知，後者人所罕聞。故捨前者而述關於後者之故事也。許文肅公，陸子與先生所師事者也，為清末著名之大外交家。庚子亂作，因諍諫而賜死，實即殉難之犧牲者。許公曾使諸國，亦明曉公教事。查許文肅公日記：甲申十一月初九日即一八八四年申刻抵羅馬住店，是日為西曆十二月二十五日，相傳為耶穌誕日，店中懸燈召客。初十日遊花園兩處及大禮拜堂，規制宏麗，極天下巨觀。十一日遊禮拜堂三處，其一旁楹下有穴，石槨在焉。其一堂小，相傳為耶穌受刑訊院，石梯尚存，教徒皆以膝行上。十四日遊教王宮。再丙戌一八八六年二月二十一日日記，提及教王通制之議云。可證。在許公犧牲二十五年後，其弟子中乃有陸子與先生入本篤修會，殆先烈之血亦自有其代價乎。」云云。祥讀至「有殉難犧牲之師然後有棄俗精修之徒」「殆先烈之血亦自有其代價乎」句，不禁神往祖國，追慕先師。蓋祥始知入院苦修之願，不獨得先師預言之指導，實則為文肅捐命鮮血之代價焉。謹據文肅中表兄弟朱君文柄敘述庚子七月初三日未刻經過情形，略云：「比逮至提署，即交刑部，世未經審訊，便與袁忠節公同時就義。權奸構陷，營救無方。慘酷情形，不堪寓目。事平僅得開復原官，後隔數年始經郭春榆侍郎奏請，加思予謚，略慰忠魂。」云云。謹按先師被逮之頃，尚與朱君談論學務，從容就義，視死如歸，宛然有基多信徒殉難之慷慨態度。嗚呼！我師殆有以勖祥追步芳蹤之處耶！祥惟有早夕虔禱上主賜祥以不負先師期望之特遇耳。門人本篤會修士陸徵祥追念謹述，以告來茲。

於此可見徵祥追念師門之篤，尤見其皈依耶教之肫誠；自行所信，物外蕭然，於同時輩流中，誠為特異。

（民國廿四年）

倭仁與總署同文館

清總理各國事務衙門之設同文館，士大夫多守舊，以「用夷變夏」非議者甚眾。倭仁以大學士為帝師，負重望，反對尤力。雖迕旨，而一時清議極推服之。翁同龢（時與倭仁同值弘德殿）日記中，於當時情事，頗有所記。同治六年丁卯正月二十二日云：「見恭王等連銜奏請設同文館咨取翰林院並各衙門正途人員從西人學習天文算法原摺，命太僕寺卿徐繼畬開缺管理同文館事務，有『老成重望，為士林所矜式』之褒。」

二十三日云：「又見同文館章程。」

二十九日云：「是日御史張盛藻遞封奏，言同文館不宜咨取正途出身人員。奉旨『毋庸議』。」

二月十三日云「同文館之設，謠言甚多。有對聯云：詭計本多端，使小朝廷設同文之館；軍機無遠略，誘佳子弟拜異類為師。」

十五日云：「今日倭相有封事，力言同文館不宜設。已初與倭、徐兩公同召見於東暖閣。詢同文館事，倭相對未能悉暢。」

二十四日云：「前日總理衙門尚遞封奏，大約辨同文館一事，未見明文也。京師口語藉藉。或黏紙於前門，以俚語笑罵。（『胡鬧，胡鬧！教人都從了天主教！』云云。）或作對句：未同而言；斯文將喪。又曰：孔門弟子；鬼谷先生。」

三月初三日云：「軍機文、汪兩公至懋勤殿傳旨，將總理衙門複奏同文館事摺交倭相閱看，並各督撫摺奏信函均交閱。

二十日云：「與艮峰相國至報房，並至其家。商略文字。昨日有旨：倭某既稱中國之人必有講求天文算法者，著即酌保數員，另行擇地設館。由倭某督飭辦理，與同文館互相砥礪等因。總理衙門所請也。朝堂水火，專以口舌相爭，非細故也！訪蘭生，點定數語。」

二十一日云：「倭相邀余同至蔭軒處，知今日遞摺，有旨一道，令隨時採訪精於演算法之人。又有旨：『倭仁著在總理各國事務衙門行走。』與商辭摺。」（按倭仁阻設同文館原奏有「天下之大，不患無才。如以天文算學必須講習，博採旁求，必有精其術者」等語。上諭即以「該大學士自必確有所知，著即酌保數員」云云應之。實恭王奕訢等有意與之開玩笑也。迨其等「意中並無其人，不敢妄保」複奏。上諭「仍著隨時留心。一俟諮訪有人，即行保奏」。且命直總署，均枋臣故意相阨。）

二十二日云：「還坐兵部朝房，與倭相議論，辭摺未允也。」

二十三日云：「出偕倭、徐坐報房，商前事。」

二十四日「：「遇艮翁於途，因邀至家，談許久。知今日仍不准，與邸語幾至拂衣而起。有頃，蘭蓀來邀，艮翁在座，商酌無善策。噫！去則去矣，何疑焉！」

二十五日云：「是日倭相請面對，即日召見。恭邸帶起，以語擠之。倭相無辭，遂受命而出。倭相授書時，有感於中，潸焉出涕，而上不知也，駭愕不怡艮久。」

二十六日云：「艮老云：『占之得訟之初六，履之初九，去志決矣！』相對黯然。」

二十九日云：「聞艮峰先生是日站班後，上馬眩暈，遂歸，未識何如也。」

四月朔云：「聞艮峰先生疾。昨日上馬幾墜，類痰厥不語，借他人椅轎舁至家，疾勢甚重也。」

初二日云：「遣人問艮峰先生疾，稍癒矣。」初十日云：「謁倭艮翁未見，疾稍癒矣。」

十八日云：「問倭相疾，晤之。顏色憔悴，飲食甚少。相與唏噓。」

五月初八日云：「晚謁艮峰相國，相國擬十二日請開缺。」

十二日云：「倭相請開缺。旨：『賞假一月，安心調理。』」

十七日云：「鍾佩賢奏天時亢旱宜令廷臣直言極諫一摺，內有『夏同善諫止臨幸親王府，則援舊章以摺之；倭仁諫止同文館，則令別設一館以難之』等語。諭旨特駁之。」

二十一日云：「昨日同文館考投學者。（七十餘人。抱仁戴義論，射禦書數明理策）」

三十日云：「聞候遺〔選〕直隸州楊廷熙上封事，有十不可解。」

六月朔云：「始見前日諭旨，有『若係倭仁授意，殊失大臣之體，其心固不可問。即未與聞，而黨援門戶之風從此而開，於世道人心大有關係。該大學士與國家休戚相關，不應堅執己見。著於假滿後即到總理各國事務衙門之任』等語。」

十二日云：「倭艮翁是日請開缺，聞准開一切差使，仍以大學士在弘德殿行走，為之額手。」

同龢所記，與當時關於此事之諭旨奏牘等合看，益可得其大凡。

李慈銘時居憂在籍，其日記中尤暢發反對「用夷變夏」之論，而深為倭仁不平。七月初三日錄駁斥楊廷熙而責令倭仁假滿後即到總理衙門任之上諭，加注云：

草土臣慈銘曰：當咸豐末之設總理各國事務衙門也，慈私謂其非體，宜以理藩院並轄，而添設侍郎一人，以恭邸總理之，不宜別立司署。嘗為一二當事者言之而不聽也。及考選六部內閣屬官為司員，又竊謂士稍自好者當不屑之。而一時郎吏奔走營求，惟恐弗得，則已大駭。知好中有為之者未嘗不力止，止而不可則未嘗齒及之矣。然大僚之與此事者，固一二唯阿寡廉鮮恥之人也。至今年開同文館，以前大僕卿徐繼畬為提調官。（按繼畬之膺命，其頭銜為總管同文館事務大臣。）而選翰林及部員之科甲出身年三十以下者學習行走，則以中華之儒臣而為丑夷之學子，稍有人心，宜不肯就，而又群焉趨之。蓋學術不明，禮義盡喪，士習卑污，遂至於此。馴將夷夏不別，人道滄胥，家國之憂，非可言究。朝廷老成凋謝，僅存倭公。然謀鈍勢孤，無能匡正。而尚見嫉於執政，齟齬於宮廷，以宰相帝師之尊，兼蕃署奔走之役。徒以小有諫爭，稍持國體，遂困之以必不能為之事，辱之以必不可居之名。嗚呼！誰秉國成，而損威壞制，一不以為念乎！五月中內閣侍讀學士鍾佩賢上疏，以天時久旱請求直言，有曰：「近者夏同善諫幸醇親王府第，而諭旨稱循舊章以摺之；倭仁諫設同文館，而諭旨令酌保數人另立一館以難之。當朝廷開言路之時，而迹似杜言者之口；在大臣盡匡弼之義，而轉使有自危之心：誠恐敢言之氣由此阻，唯阿之習由此開。請飭在廷諸臣於時政得失悉意指陳，毋避忌諱。」詔從其言。（按上諭駁辨佩賢所舉二事，並詔求直言。）於是楊廷熙（四川瀘州）之疏應詔上，乃重違時旨，深被譙呵，牽及輔臣，疑為指使。夫楊疏外間未見，其所云「天文算學疆臣可行」之語，蓋為湘鄉督輔地，瞻顧枝梧，辭不達意。（按上諭駁廷熙疏有云：且謂『天文算學，疆臣行之則可，皇上行之則不可』。普天之下，孰非朝廷號令所及？豈有疆臣可行而朝廷不可行之理！）可知其全疏亦不能實陳西法之不足用，夷心之不可啟，國制之不可不存，邪教之不可不絕，深切著明，令朝廷聳聽。其致詰責，亦非無由。特是指使者惡名也，朋黨者大害也，皆君上所深疑而至患者也。國家二百餘年絕無門戶之禍，一旦以選人小吏不經之單章，遽加舊位大臣以非常之重咎。逆億為事，其禍將滋，杞人憂天，是為感矣。識者謂湘鄉之講習泰西技算，實為禍端；至於繼畬，蓋不足責爾。又曰：「行走者驅使之稱，簡賤之辭也。文言之曰直，質言之曰辦事。國朝之待大臣也，直軍機處、直南書房、上書房皆曰行走，然軍機則曰大臣上行走，上書房官至尚書者則曰總師傅，不更名行走矣，惟南書房則大小臣皆曰行走，然其結銜皆稱南書房翰林，近世亦鮮有以宰相直南齋者。今何地也，而以宰相為行走乎！」

其論亦足代表其時多數士夫之意見。恭王奕訢之見稱「鬼子六」，不亦宜乎。被命在總理衙門行走者，通稱大臣（其由本衙門章京升擢者，更明著「大臣上」字樣。）宰相而為大臣，未為不可。慈銘之論「行走」，著重仍在鄙視總理衙門耳。

李岳瑞《春冰室野乘》云：

同文館之開始也，朝議擬選閣部翰林官年少聰穎者肄業館中。時倭文端方為首揆（按時倭仁在閣臣中非首席。）以正學自任，力言其不可。御史張盛藻遂奏稱：『天文演算法宜令欽天監天文生習之，製造工作宜責成工部督匠役習之。文儒近臣不當崇尚技能，師法夷裔。』疏上，都下一時傳誦，以為至論。雖未邀俞允，而詞館曹郎皆自以下喬遷谷為恥，竟無一人肯入館者。朝廷歲縻巨款，止養成三數通譯才耳（按此語似嫌太過）。方爭之烈，恭忠親王奏命文端為同文館大臣（按實係命直總署），蓋欲以間執其口也。文端受命，欣然策騎莅任，中途故墜馬，遂以足疾請假。朝廷知其意不可迴，亦不強之。（按此節情事應看同龢所記。）文端之薨也，巴陵謝麐伯大史以聯挽之曰：「肩正學於道統絕續之交，誠意正心，講席敢參他說進；奪我公於國是紛紜之日，攘夷主戰，明朝無復諫書來。」當時士大夫見解如是，宜乎郭筠仙、丁雨生皆以漢奸見擯於清議也。

亦可參閱。（岳瑞謂詞館曹郎不肯入館，與慈銘所云「又群焉趨之」有異，蓋較確。當時翰林及科甲京曹固多不樂就學於此耳。同文館學生之視總理衙門章京，地位又有間矣。）

（民國二十三年）

黎吉雲

於湘潭黎劭西君（錦熙）處，獲見其族祖樾喬先生（吉雲，原名光曙）《黛方山莊詩集》。先生為道光癸巳進士，由翰林院編修轉言官，侃侃諤諤，道咸間名御史也。所為詩深博清超，亦負盛名。集凡六卷（詩餘附），同治間雕板，甫印一部，原板即失去，此成孤本矣。劭西將付影印，以永其傳，實大佳事。因先假讀摘錄，以餉閱者，俾快睹焉。〈都門留別八首〉云：

殘蟬已無聲，楚客今當歸。寸稟養頑鈍，悠悠經歲時。
仰視蒼天高，正色無由窺。周道自挺挺，我行殊紛歧。
省識轉惶惑，汗漫無端倪。爐熏就詹尹，繇稱滋然疑。
人生要自審，進退命所司。吾其為瓠樽，補被從此辭。

束髮受詩書，志與溫飽別。時事有悲憤，森然五情結。

柱後叨在簪，芻蕘屢陳說。獻芹誠乃癡，孤懷不能抑。
朝廷宏翕受，折衝鮮陳力。深宵焚諫草，廢紙如山積。
事往空慷慨，悲來但嗚噎。百期不一酬，志願何時畢？

物情久乃敝，積漸匪一日。謀國妙張弛，豈不資人力？
君子養其源，塞流慮橫決。制用誠急務，選材詎宜忽？
植橘尚成積，何況植棫棘。後來名世臣，必有活國術。
方今承華勳，峨冠泉夔列。協心隆翊贊，樹立定宏達。
願治均朝野，況曾添簪笏。炙背稱堯舜，百年容蹇劣。

諫官非冗員，為國肅紀綱。驄馬好威儀，綉貌美文章。
一介田間來，居然謬所當。豈猶不足歟，而有他志萌。
顧惟策萬里，駑劣豈宜襄。六載了無補，得不還耕桑。
敬告同僚友，去就皆官常。昨者陳與朱，翩若鳧雁翔。
我皇十三載，通籍二百餘。經今陟顯要，屈指晨星如。

矚惟魯靈光，悄然東南隅[1]。古今師儒重，端不繫金朱。
通德景鄭公，實踐期蘇湖。經訓闢榛莽，古義相灌輸。
持以報國家，或且賢公孤。人情護所私，只為脫仕圖。
不朽當有屬，烜赫裁須臾。小子不自廢，還以質吾徒。

屈宋擅風騷，根抵在忠蹇。藻黼性之華，杜流派彌遠。
至今吾鄉土，文采抱忱悃。感激拜荃蓀，彪蔚集桔菌。
以我廁其間，聲實溷端窾。左右相掣提，旰宵得袚湔。
論交屬心骨，幾與天屬近。人生有離別，精氣無域畛。
敬恭復敬恭，來者得觀善。臨行眷槐蔭[2]，雙眦淚痕泫。

籬菊瘦已華，庭樹寒猶葉。離觴更疊進，累日愁增集。
故鄉豈不好，苦乏友朋接。平生金蘭契，見已化車笠。
及門二三子，相賞素心愜。許與關氣誼，諒不責報答。

1 阮儀真師。
2 湘潭邑館槐為陳恪勤公手植。

自顧了無取，厚意感維縶。長安若傳舍，車馬日雜沓。
巢痕故未掃，都門倘重入。

幻想學哪吒，骨肉還吾親。終知非了義，為有心肝存。
昔抱終天憾，便擬余佩捐。丙舍今當成，寢食依松阡。
禮讓式閭里，詩書逮兒孫。仕隱有殊軌，羅哀皆君恩。
百年會有盡，一息念所天。去去君門遠，魂夢長周旋。

〈出都留別送行諸友〉云：

匹馬沖風出國門，夕陽浩蕩滿郊原。
回頭廿載只如昨，注目西山無一言。
黃葉何心辭故樹，白雲依舊宿寒村。
征車歷碌長安道，夢繞觚棱曉月痕。
從來吾道各行藏，感謝群公意慘傷。

十駕終難千里致，九牛豈惜一毛亡？
西風別淚酬朋舊，白雪新詩壓客裝[3]。
拂拭袍痕餘雨露，江湖滿地有恩光。

此道光季年以力陳時事不見用移疾而歸之作，最為一時勝流推許者，磊落惻楚，低回無限，蓋頗有孟子三宿而後出晝之意味焉。（曾國藩詩集中有〈送黎樾喬侍御西歸〉五古五首七古一首，亦頗雄駿，可合看。）〈寄胡詠芝〉云：

識君弱冠時，長身面如玉。名駒汗血成，凡馬敢齊足。
影櫻上玉堂，清班喜聯屬。春官與分衡，摶沙閱晦朔。
君持大江節，聲名甚烜赫。作貢列璣貝，收材就礱斫。
謂當摶扶搖，排翼上寥廓。詎知風力微，欲進為少卻。
丈夫志開濟，焉能久屈蠖？柔兆月之臯，都門手重握。

3 送行詩裝成二巨軸。

我門有雀羅，勤君日剝啄。銳劍星斗翻，對酒檐花落。
歡會那可常，一麾去我速。牂牁渺何許，望遠愁心曲。
般勤遞尺書，好語慰離索。恍兮若可接，沈思轉無著。
安得列屋居，相對兩無逆。不願長相對，願君念疇昔。
努力崇令名，無令山泉濁。舉世隨波流，亮節守金石。
我將捐佩去，谷口事耕穫。政成何時歸，近局招要數。
更尋左氏莊[4]，宵分翦樺燭。

〈送曾滌生典試江西〉云：

星軺四出後先望，忽聽除君喜欲狂。
臣節獨伸時所倚，天心向用道將昌。
當秋自可盤雕鶚，到處爭來看鳳凰。
動為蒼生錫之福，誰云報稱只文章？

4 謂季高親家。

愁聞風鶴近吾鄉，大帥深居氣不揚。
此去銜恩瞻岵屺，可能劃策掃欃槍？
事同救火關心切，語待還朝造膝詳[5]。
割捨私情催上道，未須攜手賦河梁。

〈題彭雪琴茂才從軍詩後〉云：

雪琴文甚武，逸氣浩縱橫。目下無曹謝，胸中有甲兵。
何時膺節鉞，為國作干城。榕嶠方騷擾，么麿豈足平[6]？

與曾、胡同官京朝，為文章道義之交，斯亦足見相期許勸勉之意。彭氏尚為秀才，鄉先達推重如是，可謂鑒識非虛。（寄胡詩蓋作於移疾出都之前，時胡於典試江南緣事鐫級後援例以知府分發貴州也。）

5 君謝恩時有歸來面奏之語。
6 雪琴名諸生，亦奇男子，胸有韜略。集《坐位帖》十四字奉贈云：「將相致身非異數，朝廷側席正須才」，蓋望其為時一出也。

題彭詩之作，在返鄉後。送曾詩則文宗即位後再起重官御史時作，未幾，曾即以丁憂侍郎奉旨治軍矣。）曾、胡、左、彭等後來建樹赫然，湘軍威聲震動一時，先生卒於咸豐四年春，未及見大勳之成也。（卒於咸豐四年三月。）又〈闈中雜詠〉云：

禮闈裏役八人同[7]，名在丹豪點注中。
監試頭銜差不惡，煎茶故事續坡翁。

昨歲氈帷兩被恩，春秋分校到龍門。
何如此度誇榮遇，朱蓋高張鼓吹喧[8]。

南宮風月妙宜詩，清景偏從局外知。
回首八年堪腹痛[9]，沈思未就燭闌時。

7 外簾監試，滿漢各四。
8 監試出入甬道，例有紅傘導行，並鼓樂。
9 余成進士今八年矣。

主持壇坫屬宗工，咫尺風雲有路通。
舉子五千齊鵠立，定誰入彀是英雄？

此道光辛丑以江南道監察御史充會試外監試所作也。外監試有張蓋鼓吹之榮，可與光緒丙戌會試內監試李鴻逵〈春闈內簾雜詠〉所謂「惟有內簾監試閱」云云合看，均都老爺之尊貴處。

他如：

花朝二首

火中退寒暑，日中漸傾昃。花事甚今朝，老醜變頃刻。
大力暗中移，誰能挽之息？桃李門前華，向人作光澤。
忍使尊罍空，今朝足可惜。

園秋始有菊，嶺東始有梅。造物何先後，乃循資格為？
彼此若互觀，遲早兩無猜。生機自不息，時至當得之。
不信萬卉繁，青陽專其司。群兒豔唐花，火力相攻催。

題畫

樹古云陰積，岩深石氣寒。知音若可遇，試取鳴琴彈。

初度言懷（三首錄一）

為學豈多言，忠信洵德基。吾觀萬弊叢，悉由浮偽滋。
真意苟不存，兩間盈殺機。靡麗習慆淫，揣摩蹈嶮巇。
積漸非一日，豈日非人為？搖搖風中纛，未足喻我思。
南山有松柏，終古枝條垂。願言結鄰居，高詠羲農詩。

過邯鄲縣題壁（二首錄一）

富貴安能了此身，難憑一夢謝塵因。
如何燕趙今猶昔，不見悲歌感慨人！

約曾滌生至陶然亭小酌代柬

明日日之吉，乃午遊江亭。枯葦帶殘綠，高柳垂餘青。
我友具筆硯，兒子攜楸枰。行廚稍供頓，芡菱雜葷腥。

庶以極諧笑，誰能知悴榮？今我不歡樂，卒卒秋霜零。
願言佇高駕，在耳蕭蕭鳴。無為效顛當，雙戶牢晝扃。

送朱伯韓侍御歸里

索索雨葉天欲霜，朱子隨雁於南翔。
置酒為錢各歎息，我殊無語情則傷。
桂林山奇水清駛，大好家居晝圖裏。
出舁肩輿入圖史，子為子計誠得矣。
年來丹山群鳳暗，卑飛斂翼巢深林。
銜闕忍饑俟一飽，見者不復名珍禽。
閩海一人奮長袂，撞鐘代鼓聞海內。
粵海一人繼其聲，瓊琚大放何鯱鯱。
二子離立子往參，奄有兩美峰成三。
二子翩其竟不顧，每一思之悵煙樹。
今子又作黃鵠舉，側身天地奈何許。
我亦百鳥之鳴鶼，所值與子同坎坷。

塞馬得失豈須較，惶鹿迷離安足多。
已矣從子岩之阿，閉門高詠康哉歌。

校陳慶覃雲石初稿為題後還之

君詩卷舒岩上雲，朝暾射映光璘彬。
君詩皎皎湘江月，終底淪猗鑒毛髮。
平生襟期杜牧之，罪言一篋情萬絲。
揮毫如不用意為。湜籍汗走難庶幾。
賤子論交在早歲，同官近復推前輩。
形影真看蟨蚷連，唱酬況復絲桐契？
琵琶拉雜春風手，燒燭同傾薊門酒。
萬鍾愁牢有此樽，三尺喙狂肆談口。
此後合離安可知，我去將扶湘上犁。
他日相思欲愁絕，松風萬壑對君詩。

四柏行

司徒廟前四古柏，森然布列各殊狀。
一株郅偈干雲霄，眾條紛敷酌宜當。
氣象尊嚴若王者，雍容冠服朝堂上。
一株標異在膚理，蹇產詫若纏絲纊。
骨節鍇鑙中藏稜，勁枝折鐵誰敢抗。
其東一株伸兩爪，駃犇如獜不相讓。
又如奇鬼欲攫人，伏地偵伺翹首望。
迤西一株尤絕奇，皮之僅存無腑臓。
首尾至地枝仰撐，其中豁開外健壯。
世間萬木總雷同，此四株者儻新創。
吁嗟造物有意無，竚立斯須為惆悵。

放鶴亭

鶴飛去兮何時還？山川悠邈日月閑。
湖水不波雲不出，千秋岑寂一孤山。

正月十四夜上饒舟中對月

水淺灘聲沸，沙明月色新。孤舟初泊夜，三載未歸人。
碕岸柴門靜，低枝宿鳥親。他時倚虛幌，回首話酸辛。

過歧嶺韓祠榕樹絕大枝於扶疏恰蔽祠宇

嶺海東行半是山，百圍榕樹壯邊關。
孤根盤結三唐後，直干高陵百越間。
誰假詩篇滋異說，似聞陰洞富神奸。
蒼茫獨立懸崖影，萬里秋空見鶴還。

途間負擔者多女子作歧嶺曲

鬢側垂青絲，與歡兩肩並。妍媸待歡定，將歡作明鏡。
十里上藍關，對面相逢笑。雙聲歌入雲，知是龍川調。

六十初度言懷

浮生過眼渺雲煙，秋至俄開六秩筵。
白筆十年慚報國，丹忱一片許箋天。
入閑老驥思千里，作繭春蠶已再眠。
蜀肆蓍龜休就問，從頭甲子且重編。
曾經作賦侍螭坳，幾輩青雲客定交。
官職迍邅魚上竹，身家辛苦燕營巢。
行藏差可逃訾議，富貴從來等幻泡。
但勉兒孫守清白，百年農具肯輕抛？

忽漫江湖聚亂民，土崩鼎沸太無因。
么麼梗化原非敵，帷幄成謀要有人。
滄海即今歸禹貢，諸公努力答堯仁。
屬櫜縛褲平生志，試擬人間老大身。
世故乘除幻萬里，靜觀物變轉從容。
風花過去雙蓬鬢，雲夢誰曾一芥胸？

壯歲心期劉越石，暮年志趣郭林宗。
大平但許餘生見，湘上漁人早晚逢。

追悼鍾小亭舍人

歡會如雲散，無端作鬼雄。名喧三極北，氣懾大江東。
驕帥心難問，蒼生恨未窮。史祠應配食，蘋藻四時同。

悲張玉田同年

未覺英雄老，焉知禍變尋？蕭騷巫樹暗，慘澹皖雲深。
隔歲虛傳札，長途感賜金。御茫悲世事，灑涕望江潯。

蓋均斐然卓然，不愧名作。

郭蒿燾序（咸豐十年撰）云：

往在京師，樾喬侍御語予曰：「頃曾侍郎表章山谷內外集，有羽翼詩教之功。」凡為詩，意深語博，屏絕塵俗，惟山谷為宜。其後侍御乞假歸，有出都感事諸作，傳誦一時，盡變平日和夷清麗之音而為抑塞磊落，因悟向者之言為自道所得也。侍御既歸，沿淮涉江而南，東盡嶺表，而詩日多。居久之，復還京師，逾年卒。蓋侍御自通籍二十餘年，落拓不適意。為言官，數陳事，中忌諱，益以困窮。始終一節，而所為詩顧數數變，變而益工。中年以後，潦倒人事，乃益發攄，沈潛於山谷以寫其幽窈。信哉，詩之窮人也。然自予少時，見侍御談藝京師，曾滌生侍郎、湯海秋農部、何子貞太史、陳慶覃侍御、及凌荻舟、孫芝房、周荇農諸君，先後以詩文雄視一世，從容談宴，日夕間作，其時國家歲憂水旱，海夷漸起，追思百餘年鄉人官京師，文章遭際，博大光顯，慨然大息，憾生年之晚。七八年來，復有今日，顧念往昔文宴之盛，流連慨慕，又渺不復得。然則侍御之官與年不甚豐，而幸生無事。自少逮老，優遊文字。而其詩既久益為當世所貴重，斯其幸不幸又豈以窮達修短為哉！嗣君壽民大令屬校侍御之詩，因為之序其略，而以侍御生平與世運升降相發明，附著之，寄余慨焉。

又羅汝懷序（同治五年撰）云：

……或以綠萼梅畫扇屬題，周翁者為七言律詩四章。先生怫然謂余曰：「某君自負時藝老宿，則談時藝可耳，何用作詩？如此題者，數絕句足以了之，而若是繁重乎？蓋自乾嘉之際，一二學使者提倡風雅，邦人靡然從風，流連景物，矜尚藻采，題多賦物，作必連篇。時之風尚使然，莫以為詩之道不如是也。」……一夕見遠水清澄，斜影蕩潦，先生曰：「吾昨獨遊於此，得句云：『夕陽空翠無人到，自棹孤舟一葉來。』殆以喻猷得也。」……先生天機清曠，風趣流溢，略無宿物著其胸肌，故出語疏俊，雅近眉山。而性術摯厚，縈繫家國，繼眷友朋，時具往復纏綿之致。就其深至處繹之，可生人流連慨慕之思……

各於作者境詣風旨有所申說，錄資並覽。

咸豐二年先生再官御史，翌年忽以細故獲咎，其事亦頗足述。左宗棠與為友，且姻家也，所撰〈前江南道監察御史黎君墓誌銘〉記此云：

時都城方戒嚴，君奉命駐京城。一日語守者曰：「城上宜多積礡石。」守者漫諾之。君督責急，謂：「明日不具，將治爾！」守者懼獲罪，走訴諸大僚，言御史恐我明日寇將至也。大僚聞於朝，以恇擾降官。

略舉其概，而委曲未盡。

羅汝懷〈清故監察御史前翰林院編修黎君傳〉，所敘有云：

癸丑春，派巡視東城。時有請添派守城人員者。上諭：「毋庸添派，即分派巡城御史。」是時粵賊踞江寧，分股北竄，及於靜海獨流，君憂甚。十月朔，有湖北人直南齋者來告曰：「天津已有賊蹤。」君故驚動，即驅車至廣渠門，周視城堞，守具不備，遂諭門領達興阿嚴密防範，預儲石塊，以為堵御。翌日，巡防處王大臣傳問，謂其張皇。當君語門領時，有「明日」二字。楚人謂「明日」者，猶言他日，而門領執為次日。或謂君但詣某王自陳，事當解。君曰：「褫職耳，何降志為？」及事下部議，朝士皆謂君思患預防，非私罪，宜從輕擬。獨協揆某公堅持從重，遂鐫五級。

差詳，蓋先生曾書告羅氏也。（羅氏序先生詩集，有云：「當先生被議左遷，曾詳書其由以貽余。」—）

先生手書日記，並承劭西假讀，是年所記關於此事者，摘錄如下，以資印證：

（五月十九日）本日見鈔，五城添派御史共十二員，吉雲派巡東城。

（九月二十六日）飯後出城，至廣渠門查門弁兵丁。緣皇上批何賡卿請添派御史查門之摺，旨：「無庸添派，即著五城御史稽查。」中城陳琴山拈走，廣渠派袁幼泉與我專查，故往彼也。

（十月初一日）未刻金可亭來此，言天津有了賊。聞此心甚著急，即套車至廣渠門，諭該門領達興阿嚴密防範，並諭：「警信若加緊，城門不免有要關閉之時，甚至要將大石塊堵塞，此處隔巡防處甚遠，汝當預至該處回明，並先籌起石工費。」又見城上帶兵章京，問及守垛之具，諸多未備，心更著急，因將紙條書寫「趕緊詣巡防處具領守垛一切應需之件」云云。又到城上周閱一晌，天色將晚，即便回寓。至半晚，忽有李參將偕一守備來，言定王爺叫他來問如何向門領說的。我即述前言。參將即去。因想諭該門領之時，或口稱「明日怕要關城」，此「明日」二字，係南邊口腔，作「將來」二字看，並非即指次日也。該門領或是誤會此二字，不可不遣人說明。因屬楊八於天未明時即持名片往告以不可誤會。

（初二日）東坡遣差送到聯臺長一札，亦是問明昨事，即據實呈復。

（初三日）半刻，有東城差役送一札來，巡防處王大臣傳往說話，即坐車至其處。見惠王、定王、恭王花聯羅三臺長孫符、翁壁、心泉數人，旁問我供詞。緣門領達興阿具呈控我，並謂我遣人持名片去是求他上去含混說下。當具親供據實寫明，即回寓。

（初四日）巡防王大臣聯銜奏請將我交部嚴加議處，未知摺內所說云何。

（十二日）本日，吏部奏我處分，降五級調。聞各堂都說此事因公，不可擬私罪，惟賈筠堂協揆定要從重。功司司員呈三個樣子：一降二級留，一革留，一即降五級調用。賈執意用此，奏入，依議。我生官運至此遂決絕矣。此次復來，本為蛇足，今年兩次遣人持印結告病，皆不果。必待鐫級以去，合是數定。況此時官爵，毫無足戀，豈復有顧惜之心？惟耿耿孤忠，既不見諒於同朝，復不邀鑒於主上，天實為之，謂之何哉！

讀之益詳此事之原委焉。事緣急公，以方言之偶被誤解，遽獲降五級調用之處分。賈楨（時以吏部尚書協辦大學士）之力主從重，可謂刻矣。（「明日」可作「將來」之意用，即如北京語「明兒個」，猶言「明日」，亦每泛指「將來」，不只作「翌日」解也。）以「天津有了賊」相告之金可亭，名國均，湖北黃陂人，道光戊戌榜眼。先生自道光癸巳通籍，至是凡二十年。入臺以後，未遷一階。

咸豐二年日記有云：

（七月十六日）九點鐘引見，奉旨補江南道監察御史。吉雲於道光庚子年冬即補是道缺，越十三年仍由故步，可歎也。然此十三年中，飛黃騰達者固不乏人，而降黜死亡者亦自不少。今得仍居原官，而兒子福疇亦掛名朝籍。且係吏部，亦隨帶領引見各員之後仰覲天顏，詎非厚幸？

（十二月初二日）出門拜數客，知明年河工，本衙門已送京畿道長君，余所謀皆成畫餅，世事之艱如此。

（初十日）五點鐘進內引見。梁子恭得，數年為人抬轎，曾不能分一勺之波，可悲亦可笑也。

蓋不免自嗟淹滯。（咸豐三年七月〈六十初度言懷〉詩所謂「官職迍邅魚上竹」也。）

其官御史事，羅氏所為傳，除前引一節外，所敘云：

庚子……擢江南道監察御史。明年充會試監試，派稽查顏料庫事務。吏盛飾供張，醵金為壽，君一切卻之。庫物例由內務府官庭領，其後僅持名刺領狀取物，相沿久矣。君一遵舊例給發，領狀積百餘紙。而內務府官來領者不過一二，冒領之弊頓革。湖南解蠟，庫匠斥蠟壞，延不出結。君取向所收蠟較之，無少異。遂收蠟革匠，自是庫役無敢需索。解官至私宅求見，君使人謂之曰：「收蠟，公也，非私厚爾，何謝為？」卒不見。壬寅署兵科刑科掌印給事中。當是時，海氛大肆，要挾無已，而當事憚發難，多主輸款。君陳封事十餘，語多直切，遂失執政意，而君亦以外艱歸矣。丙午起補山東道監察御史，復力陳時務，論難侃侃。時有五御史之目，君居其一，而皆不見用，相繼引退。君抑塞不自得，亦移疾歸，賦詩見志，世所傳〈都門留別〉八首是也。文宗顯皇帝登極，政治日新，大開言路，中外朋舊咸趣君。君亦思勉圖報稱，起補江南道監察御史，轉四川道。派充武鄉試監試，中式百六十四名，所監張字圍取中五十五名，一、二、三、五名皆在圍內。先是，君假歸時，粵西寇事孔棘，朝廷命湖廣總督某駐衡州相機防禦。君於會垣遇新化鄒漢章談楚粵阨塞。漢章故精輿地之學，為一夕作圖數紙。君大喜，挾圖往見總督曰：「公嬰防務，豈第『身居城，卒支更』已乎？」總督曰：「然，不過如此。抑更有何術？」君乃出圖授之，並商控制之法而別。其後賊卒由全州入楚，毫無防禦，故君首劾之，復奏陳兵事八條。其籌餉條：分戶口為三等，上戶每日輸錢十文，中戶五文，下戶免輸。合直省州縣凡千四百四十九缺，省會市鎮多至十數萬戶，簡僻州縣亦萬餘戶，截長補短，每縣以上中二萬戶為率，約計月得五百餘萬金，歲得六千餘萬金。如以為擾，則周官口率出泉，漢制人出一算，古以口計而不虞其擾，今以戶計獨虞其擾乎？又請革步軍統領衙門積弊：步軍二萬一千一百八十五人，分布周列，此八旗禁旅之制，至今日幾同虛設，且添辦事名目，二十四旗，旗五人，皆出召募，餉銀悉歸其手。其正身旗人注籍在營者，並不當差，但食甲米，虛伍缺額，不足十之一二。預雇無賴應卯，以備稽查，應請革辦事之名，除召募之弊，月糧由各旗都統躬同印房章京放給，庶餉不虛糜，兵歸實用。又言：步甲每名月支餉銀兩半，不足應事，莫若并三為二，兵貴精不貴多，人減餉增，以期鼓勵。操練武藝，當責成健銳火器兩營，簡派多名，勤為教習。蓋君之奮發忠直，期於有為，出自天性，不可過抑，如此。

其為御史蓋若斯。所劾湖廣總督某，程矞采也。日記所云「兒子福疇」，係其長子，以咸豐壬子進士為吏部主事，旋改知縣，官直隸藁城縣。用軍功保直隸州知州，署安徽寧國府知府，兼攝涇縣事，以勞卒於任，恤典准知府例，加贈太僕寺卿，蔭子知縣。（附見傳末。）曾國藩有聯挽之云：「四十年憂患飽經，嘆白髮早生，襟韻真如古井水；二千石謀猷初試，只丹心不死，精魂長繞敬亭山。」又代弟國荃挽之云：「湘妃白眼隨愁長，有德配遠道相從，一曲鸞飛，不得見夫婿聲音笑貌；謝眺青山帶病看，歎使君到官遽逝，千里鶴返，應眷戀宣州城郭人民。」

（民國廿五年）

曾國藩撰〈江忠源神道碑〉，其銘詞起句云：「儒文俠武，道不並張，命世英哲，乃兼厥長。」語極雄健，忠源故湘軍將帥中最有奇氣者也。其於道光丁酉捷鄉試後，公車入都，過國藩，款語移時去。國藩目送之曰：「平生未見如此人。」既而曰：「此人必立名天下，然當以節烈死。」斯節屢見諸家記載，薛福成代李鴻章所擬奏陳國藩忠勳事實疏稿，亦述為國藩知人之明之一證。而據歐陽兆熊《水窗春囈》，則預言其死難者，乃黎吉雲。其說云：「忠烈少時遊於博徒，間亦為狹斜遊，一時禮法之士皆遠之。予獨決其必有建樹，故吳南屏集中與予書頗以為怪。忠烈用兵以略勝，在中興諸公之右，至今名滿天下。初至京師，人未之奇也。惟黎樾喬侍御，一見即言此人必死於疆場，人亦不之信，亦不知其以何術知之也。其下第回南時，三次為友人負柩歸葬，為人所難為，曾文正公以此賞之，今閱先儒語錄，約束其身心。忠烈謹受教，然其冶遊自若也。」兆熊與吉雲同籍湘潭，與忠源為鄉試同年，又國藩之友，其言似非羌無故實者。獨而以此屬諸吉雲，或黎語猶在曾先耶。意者忠源英銳之氣，呈於眉宇，遂料其必有奇節耳。

（民國廿一年）

咸豐軍事史料

洪楊之軍起事後，咸豐二年攻長沙不克。十月趨岳州，陷之。旋於十一月、十二月相繼陷漢陽、武昌。（湖北巡撫常大淳等死之。）翌年正月，九江、安慶均不守。（安徽巡撫蔣文慶等死之。）二月遂陷南京，（兩江總督陸建瀛先以督師敗退奪職等死之）建太平天國首都於此。（提督向榮以欽差大臣督師踵至，扼諸國門。）蓋方興之勢，所過如摧枯拉朽也。湘潭黎吉雲手寫日記，卷後附有摘錄左宗棠等三書，均他處所未見，述當時情事頗悉，可供研考咸豐初年軍事者之參稽，特移錄於次：

（鄧彌之世八兄有友人與之書言）咸豐二年，博勒恭武守岳州，賊來，先遁入武昌。其所帶兵即在城外搶奪，聲言賊即至。因而常撫倉猝將九門堅閉，燒城外民房，周圍數十里，四晝夜火光燭天。民不及避，自盡自溺及焚死者約萬餘人。文報遂絕，薪米遂無從採買。常撫又將京口一帶戍兵全撤守城，故賊水陸並進，無人偵探。常撫又屢促焚漢口鎮、漢陽城外數十里民房，十一月十二日辰刻縱火。漢口張司馬夜逃，義勇四千遂大肆劫掠。漢陽守兵三千，縋城奔潰，多溺死者，亦存空城。賊只數十人，梯而入，皆從陸路來者。武昌城頭自初九開炮，十二日止，見船即打碎，凡三百餘艘，皆良民難民。向提軍在武昌城外與賊接仗小勝，賊近濠潰竄，川兵欲出擊，雙□（按此字不可辨。是時雙福以江南提督入城助防，與常大淳同殉難，此似應為「提」字或「福」字，惟字形頗不類）常撫禁止之，兵皆解體。十二月初四日黎明，賊十餘人梯上保安門，守兵六百名一齊縋城逃散，未開一槍而城已陷。是日戕官五百餘人，燒常撫屍，戮民積屍高與城齊。城外發塚。已而脅從之賊十餘萬，分水陸棄武昌而下。自十一月至除夕，文報探報皆不得確，人心大亂。

江西去年八月，民已紛紛移徙，賴當途厲禁，半月始定。自漢陽失守，難民泊九江者數千艘，城郊一夕數驚。先是，官兵守官牌峽，又有鐵炮橫江，紳民出丁夜巡，頗為安堵。署道有移關入城之議，眾始懼。及撤戍移炮，民益懼。福建音鎮帶兩卒強入城，宿土地祠，大員無肯駐城外者，官眷紛紛下船。署道又不肯稍輕其稅，致船隻蔽江面，日夕相驚。民皆膽落，遂於十一月二十日至二十五日城郊一空。

正月初四，制臺使水師下巢湖扼賊，自領於初六日出城。水師遇賊，只開一炮，見賊眾而援兵尚杳，各船潰散，袁都司自沉於江。恩鎮退還，見援兵只三百人，亦沉於江。制臺令此三百人在姑塘聽調，為賊轟散。

初八日江西撫張遁往瑞昌，九江全城官皆遁。十一日賊數十人入城，城無一人。惟將火藥器械及糧臺錢米取去，揚帆東下。張撫在瑞昌，又退至德安。十七日退回省城，從者亦寥寥無幾。

（又厚甫與其子書）惲臬司於十一月中旬馳赴潯郡，張撫於十二月初四啟節前往，統帶兵勇合計六千八百有奇。陸制軍於新正初三日率師抵潯，統水陸兩營兵三千名，勇二千名。張撫初八日拔營由陸路至瑞昌縣。剛到縣城，而向軍門已輕騎前來，始知賊兵已過道士袱矣。維時潯郡存城兵不滿千。制府進師，始過下巢湖，未至武穴鎮，即值船千餘蔽江而下，以木牌衛鋒，繼以空船燃火，我兵槍炮齊施。迨炮已放盡，人力已竭。而兩兵始至，中其奸計，前鋒恩鎮落水死。制府當即回舟，至九江，星夜放下彭澤，猶欲等待向軍門一晤。乃賊之前隊亦已駛至，放火箭焚其坐船，因另坐小江船回保金陵。張撫所帶兵勇，不戰而潰，旋即退守德安。正月十一日午陷九江城。廉訪觀察督辦糧臺，於初九日避往姑塘。當賊船初入瑞境也，向帥率疲卒二千，由間道馳至碼頭，見我兵恇怯，亦為束手。嗣見後隊只千餘人，在下巢湖岸邊遊奕，向軍門即親率兵數百，思一擊以少挫其鋒。詎知甫殺賊百餘，而大隊抄圍，中其誘兵之計，陣亡都守四員。向軍門跨馬渡江，水已沒腹，幾不可保。賊船泊小池及下游十八套一帶。中丞於十六日返省。（按此書有眉注云：「方其泊於小池口等處之時，若有數百敢死之兵，涉險宵濟，乘鳳縱火，賊船雖眾，不為灰燼，亦遭覆沒。惜乎兵已早潰，失此一大機會也。」未知是否亦錄自原書，抑黎氏所加按語也。）

（二月十八日接左季高信云）武漢兩城，遺骴駢積，屍橫遍野。武昌滋生局收埋至一萬有餘，以五堂合計，當不下七八萬。而賊所屠戮旋經焚毀者，不知凡幾。丁男少女被擄上船之際悲憤自沉者，又不下萬餘人。漢陽一城，半遭虐焰，計亦不下數萬人。慘哉！武昌土人云：賊未來之先，官計算丁口，共七十餘萬人，今其存者不過十有餘萬，又皆老弱尪羸氣息僅屬之人。湖北兵餉堤工每歲約需八十餘萬，自二年十一月以後，至今應領之款二十餘萬，迄無以應。

賊於正月十一過九江，守兵盡潰，文武先逃。賊入城不一日旋即掛帆東下。十七日未刻抵安慶，戌刻城陷。文武先營城外，賊至不知所之。賊以空城無所得，舉火延燒衙署房屋，火至七日未熄。賊於十八日登舟，駛金陵。

二十八日圍金陵，二月十一日失守。向榮十二日始至六合，而琦善、陳金綬尚無信。若向提軍由池州、大平一帶陸路取道高淳，亦可速赴金陵。

又云：真長髮賊不過二千有奇，余惟衡永郴桂新附之兵，頗能戰。蕭朝潰〔貴〕、韋正實伏冥誅，洪秀全不知實有其人否。即使有之，亦碌碌無能為。惟楊秀清蒼滑異常，賊中一切皆其主持。現在諸賊飽掠思歸，即老賊亦多懷異志，只緣蓄髮已長，出則為官軍所殺，是以不敢輕離其黨。若官軍能得一大勝仗，出示招降，毋論長髮短髮，投誠概予免殺，示以大信，事猶可為。賊志在子女玉帛，不過盜賊之雄。楊秀清之所以能用眾者，只在一嚴字。我自軍興以來，糜爛數千里，用款至二千萬，未嘗戮一逃將，斬一潰兵，事安得不敗！余長清棄道州不守，賊遂圍長沙；福興不肯結營龍回潭，賊遂由長沙竄去；博勒恭武棄岳州不守，賊遂圍湖北。此三提督不即在軍前正法，何以作士氣而振軍威！諸將如瞿騰龍、朱占鼇、鄭魁士、戴文蘭、全玉貴、鄧紹良，皆可當一面。

蓋均咸豐三年春間之書，堪為當時情態旁證之資料。〔蕭〕韋均洪楊方面之重要人物。咸豐三年正月上諭，謂：「張亮基奏查明逆匪蕭潮潰〔朝貴〕業已轟斃等語。蕭潮潰〔朝貴〕一犯，係賊中著名兇悍首逆，偽號西王。經生擒逆匪羅五等供稱，該逆前在長沙城外被炮轟斃，屍埋老龍潭地方，現已起獲屍身，驗明梟挫。……」是蕭朝貴固以被炮轟斃入告，他記載亦大率云然，左書乃以「冥誅」為言，似病終矣！又按駱秉章《自訂年譜》咸豐二年云：「……蕭朝貴犯長沙時，尚幸城垣甫經修好，當與羅蘇溪、鮑軍門登陴守御。……賊於七月二十八日直撲南門，城上點放銅炮，將蕭朝貴打傷。……張石卿於八月二十四日入城，即於是日交卸巡撫篆務。八月蕭朝貴因傷身死。」則受傷與身死並非同時，與張亮基繼任巡撫後所查奏亦有異。韋正即北王韋昌輝，係被殺於咸豐六年南京之內訌，此時亦謂「伏冥誅」，自屬傳訛。至「洪秀全不知實有其人否」，頗奇。然不足深怪。蓋楊氏握大權，清人方面，對敵軍內部，消息隔膜，不免致疑於洪氏之有無，當時固異說紛紜也。

（民國廿五年）

陳寶琛

張之洞以大學士卒於宣統元年己酉，是年歸櫬，陳弢庵（寶琛）送以詩云：

風吹塵沙如黑煙，城郭慘澹飛紙錢。
彌天心事一棺了，丹旐此去無時還。
為臣獨難古所慨，謝安裴度寧非賢。
移山逐日老不給，矧更百慮鑱其天。
漫漫倏夜大星失，覘者於國猶哀憐。
寸丹灰燼料未死，倘和宗祖通靈乾。
太行蜿蜒送公處，卅載豈意重隨肩？
對談往往但微歎，此景追味滋涕漣。
九原何者算無負，躑躅四顧傷殘年。

語甚沈楚。

陳於同治間入翰林，光緒初年，與之洞及張佩綸、寶廷等同為清班中最以敢言著者，主持讜議，風采赫然，鋒稜所向，九列辟易，時稱清流黨焉。訂交最早，情文相生，與祭文「吾之交公也以天下，哭公也亦以天下，而無所為私，獨以三十年之離索，猶及生存數面，瀕危一訣，蓋亦非人之所能為」。挽聯「有注海傾河之淚，近憂遠慮，窺微早識病難為」。墓誌銘：「初寶琛與公接膝京師，謬引同志，里居一訪公廣州，前後契闊幾三十年。前歲入都，見公道孤志勵，氣鬱慮煎，私用慨歎，孰圖會邅而決遽哉！」等語，均見投分之深。之洞於光緒七年辛巳以內閣學士授山西巡撫，宣統三年辛亥陳又以閣學授晉撫，遙遙相對，相去適三十年。「隨肩」之句，若語讖焉。惟陳未及之任，即開缺以侍郎候補，偕大學士陸潤庠授讀毓慶宮。（民國四年乙卯，袁世凱營帝制，潤庠以憂恚卒。陳挽以聯，有「來日大難，及此全歸天所篤」之語。）當時或為其失開府惜，未幾革命軍起，晉撫陸鍾琦死之，乃群歎其福命之優。鼎革以還，久寓故都，同光老輩，魯殿巍然。年近九旬，神明弗衰。書法清腴，猶能於燈下作小楷，所為詩視壯年益精密，說者謂期頤之壽，殆不難致，近者遽以病卒。耆舊凋零，聞者當有同感也。

寶廷、佩綸之逝，陳均有詩哭之。〈哭竹坡〉云：

大夢先醒棄我歸，乍聞除夕淚頻揮。
隆寒並少青蠅吊，謁葬懸知大鳥飛。
千里訣言遺稿在，一秋失悔報書稀。
梨渦未算平生誤，早羨陽狂是鏡機。

〈入江哭贊齋〉云：

雨聲蓋海更連江，迸作辛酸淚滿腔。
一酹至言從此絕，九幽孤憤孰能降！
少須地下能終合，子立人間烏不雙。
徒倚虛樓最腸斷，年時期與倒春缸。

真摯可誦。佩綸當馬江失事後，陳丁母憂，挽以聯云：「狄梁公奉使念吾親，白雲孤飛，將母有懷嗟陟屺；周公瑾同年小一月，東風未便，吊喪無面愧登堂。」（此據李岳瑞《春冰室野乘》。黃哲維《花隨人聖庵摭憶》云：「周公瑾三字，當作孫伯符，蓋伯符小於公瑾也。」按《三國志・周瑜傳》裴注引〈江表傳〉載孫權母謂權曰：「公瑾與伯符同年，小一月耳。我視之如子也，汝其兄事之。」是公瑾實小於伯符，《野乘》所載似未誤。哲維殆因「兄事」之語而聯想偶失歟。）皆清流黨之哀音也。陳與佩綸之交尤篤，佩綸墓誌，亦陳所撰，於馬江之役，頗為申雪云。

陳以同治甲子科舉人（乙丑補行福建鄉試）成戊辰科進士，改庶吉士，年甫二十一也。辛未留館授編修，光緒元年乙亥大考二等，記名遇缺題奏，回翔翰詹，迭司文柄。壬午以侍講學士簡江西正考官，轉讀學，就簡江西學政。翌年擢內閣學士。甲申中法衅起，與佩綸（侍講學士）、吳大澂（通政使）同受命參軍務。吳會辦北洋，陳會辦南洋，張會辦福建海疆。佩綸最用事，以馬江之敗遣戍。陳與江督曾國荃頗不相得，未能有所展布。旋以嘗保唐炯、徐延旭（唐、徐以滇撫、桂撫督師獲重咎），交部嚴加議處，遂降五級調用。三會辦惟大澂幸無恙（十年後亦緣甲午軍事罷湖南巡撫）。當陳與佩綸獲譴時，謔者為一諧聯云：「八表經營，也不過山西禁煙，廣東開賭；三洋會辦，請先看侯官降級，豐潤充軍。」嘲陳與二張也。之洞山西巡撫謝恩摺有「職限方隅，不敢忘經營八表之略」之語，在晉禁煙頗力，督粵弛禁闈姓，故云。惟陳實籍閩縣，非侯官。沈太侔《東華瑣錄》謂「嘲張幼樵、林少穆、張香濤」，蓋因侯官而誤。此時安得有林少穆（則徐）乎？甲申軍事，之洞方為兩廣總督，以廣西馮子材等諒山大捷，論撥軍籌餉功，賞戴花翎，朝眷日厚，視陳與佩綸榮枯判然矣。寶廷先罷（壬午以禮部右侍郎典試福建，復命途中納妾，褫職），佩綸與陳繼之，清流黨遂瓦解。

陳得鐫級處分，時已丁母憂，歸里不出。迨己酉（宣統元年）以薦起，奉召入都，優遊林下者二十餘年矣。再補原官，總理禮學館，充資政院欽選議員（以碩學通儒資格）。既開山西巡撫缺以候補侍郎直毓慶宮，旋授正紅旗漢軍副都統。清室遜政後，洊加太傅。比聞其舊君予飾終之典，晉贈太師，謚曰文忠。庚辰（光緒六年）午門李三順一案，陳於太后盛怒之下，抗疏力諍（張之洞和之）收匡救之效，尤為清流黨出色之舉。其門人陳三立挽詩「早彰風節動宮闈」之句，謂此也。（其事另詳〈庚辰午門案〉篇。）

陳與三立，三立為其壬午典試江西所得士。師生均工詩。寶廷壬午典閩試，所得士如鄭孝胥（解元）、陳衍、林紓（時名群玉），後亦為陳詩友。（陳和紓詩有句云：「讀書傅簺等傷性，多文為富君勿貪。」一時紓以譯小說所入頗豐，又喜作麻雀之戲也。婉而多諷，誠雋語。）

陳壽八十八。其翰林前輩（同治乙丑，早一科）曾為同治師傅之張英麟，卒於民國十四年（乙丑），壽亦八十八，晚年亦甚健。張適屆舊例重宴瓊林之歲，陳且逾七年。

（民國廿四年）

庚辰午門案（附述神機營事）

清光緒六年庚辰，有午門護軍與太監爭毆一案，朝野注目，其事甚可述。八月十二日，孝欽后命侍閹李三順賚物出宮，致其妹醇王福晉。至午門，以未報敬事房知照門衛放行，護軍照例詰阻。三順不服，遂至爭哄。三順以被毆失物歸訴。孝欽時在病中，怒甚，言於孝貞后，必殺護軍。事下刑部暨內務府審辦，八月十三日上諭：「昨日午門值班官兵有毆打太監以致遺失賚送物件情事，本日據岳林奏太監不服攔阻與兵丁互相口角請將兵丁交部審辦並自請議處一摺，所奏情節不符。禁門重地，原應嚴密盤查。若太監賚送物件，並不詳細問明，輒行毆打，亦屬不成事體。著總管內務府大臣，會同刑部，提集護軍玉林等，嚴行審訊。護軍統領岳林，章京隆昌，司鑰長立祥，著一併先行交部議處。」一蓋據閹人一面之詞，坐罪護軍也。

讞三上，后以為輕，飭更審擬。十一月二十八日複奏，仍執前議。二十九日奉上諭：「午門值班護軍毆打太監一案，曾諭令刑部內務府詳細審辦，現據訊明定擬具奏。此案護軍玉林等，於太監李三順奉使賫送物件，竟有攔阻毆打情事，已屬荒謬。該衙門擬以玉林從重發往吉林充當苦差，祥福從重發往駐防當差，覺羅忠和從重折圈三年，並將岳林請旨交部議處，自係照例辦理。惟此次李三順賫送賞件，於該護軍等盤查攔阻，業經告知奉有懿旨，仍敢抗違不遵，藐玩已極。若非格外嚴辦，不足以示懲儆。玉林祥福均著革去護軍，銷除本身旗檔，發往黑龍江充當苦差，遇赦不赦。忠和著革去護軍，改為圈禁五年，均著照擬枷號加責。護軍統領岳林著再交部嚴加議處。至禁門理宜嚴肅，嗣後仍著實力稽查，不得因玉林等抗違獲罪，稍形懈弛。懍之！」對護軍不惜格外重處。而於閹人之違例，不置一詞。此諭既頒，聞者駭然。以其長閹人之焰，流弊甚大也。至十二月初七日，乃有改定罪名之兩宮懿旨：「午門值班兵丁毆打太監一案，護軍玉林等因藐抗獲咎，原屬罪有應得。惟念門禁至為緊要，嗣後官兵等倘誤會此意，稍行瞻顧，關係匪輕。著格外加恩，玉林改為杖一百，流二千里，照例折枷，枷滿鞭責發落。祥福改為杖一百，鞭責發落。忠和改為杖一百，實行責打，不准折罰錢糧，仍圈禁二年，圈滿後加責三十板。護軍統領岳林，免其再行交部嚴議。太監李三順，著交慎刑司責打三十板。首領太監劉玉祥，罰去月銀六個月。至瘋犯劉振生混入宮禁，已將該管首領太監等分別摘頂罰銀斥革責打發遣，以示懲儆。仍著總管內務府大臣恪遵定制，將各該太監嚴行約束。禁門重地，如值班人等稍有疏懈，定當從嚴懲辦，決不寬貸。」（劉振生混入宮禁，為是年之另一案。）護軍處罰減輕，閹人亦得薄懲，並有嚴行約束太監之命，可謂差強人意。此案之結束如是，其間之轉圜蓋大不易也。

翁同龢當時對此案之經過，以次略有所記。其八月十三日日記云：「中官出午門，為禁兵攔阻，爭扭，將禁兵交刑部，而中官云受傷。」十月二十日云：「刑部奏結太監被午門護軍毆打一案，奉旨再行訊問。（未見明發。）」十一月初七日云：「刑部內務府會審午門之兵與內監互毆一案。內監無傷，而門兵問軍流。摺上，奉旨情節未符。蓋至是已再駁矣。」二十七日云：「昨日內府刑部奏午門案，懿旨將抗旨例查出具奏。今日複稱，抗旨無例，照違制例，抗即違也。」二十八日云：「夜訪吳江相國（按協揆樞臣沈桂芬也），知昨日午門案上，聖意必欲置重辟，樞臣力爭不奉詔，語特繁。今日傳諭內務府刑部堂官，仍須加重罪名也。竊思漢唐以來，貂璫之弊，往往起於刑獄。大臣無風骨，事勢漸危，如何如何！」二十九日云：「是日內刑兩處封奏，並呈律例一冊。奉旨將護軍兩人加重發黑龍江，遇赦不赦。又一人係覺羅，尤重，圈禁五年。護軍統領岳林加重嚴議。」十二月初七日云：「欽奉懿旨：午門毆打太監一案，將首犯仗一百，流二千里，折枷。餘犯皆減，渙然德音，海內欣感。前日庶子陳寶琛、張之洞各有封事爭此，可見聖人虛懷，大臣失職耳。既感且愧。」所記雖簡略，可見此案自發生至結束之過程。蓋以樞廷刑部等之爭持，護軍得免死，而仍格外從重定罪。大臣不敢再爭，最後得陳、張二庶子抗章論之，始得從輕改處。二庶子挽回已定之局，其力偉矣。

張之洞時官左庶子，陳寶琛時官右庶子。（均兼日講起居注官。）其因此案上疏之情事，據聞十一月二十九日重處護軍之上諭既頒，陳氏以此案若竟如此結局，關係甚巨，決意上疏爭之。張佩綸（時官侍講）與過從最密，知而告之洞。之洞曰：「吾亦欲上一疏，為同聲之應，惟此事只可就注意門禁裁抑宦寺立言，蘄太后之自悟，勿為護軍乞恩。太后盛怒之下，不宜激之，致無益有損。」陳疏稿略如其旨，而正疏之外，並附一片，則仍爭此案處分之失當。之洞聞之，亟致一箋，謂「附片萬不可服」，以藥名作隱語也。十二月初四日，兩人之疏同上。之洞旋於直所晤陳，復問曰：「附片入藥否？」曰：「然。」之洞頓足曰：「誤矣，誤矣！」孝欽覽疏，為之感動，遂於初七日特頒懿旨。此案既結，之洞喜而謂陳曰：「吾輩此次建言，居然獲效矣。請問附片中究是如何說法。」陳為誦數語，之洞乃大贊其詞令之妙，示推服焉。斯亦張、陳一出色之舉。陳之膽力，及為義之勇，尤過於張也。

《張文襄公年譜》（胡鈞重編）所記云：「十二月因案與陳弢庵太傅交章奏請裁抑閹宦，恭親王見而稱賞，謂同列曰：此真奏疏也！先是有中官率小閹二人，奉內命挑食物八盒，賜醇邸，出東右門，與護軍爭毆，遂毀棄食物，回宮以毆搶告。兩宮震怒，立褫護軍統領職，門兵交刑部，將置重典。太傅擬上疏極諫，公謂措詞不宜太激，止可言漸不可長，門禁不可弛，如是已足，我當助君言之；若言而不納，則他事大於此者不能復言矣。太傅以為然，改正義〔文〕為附片。有云：皇上尊懿旨，不妨加重；兩宮遵祖訓，必宜從輕。出自慈恩，益彰盛德。公猶慮其太峻，夜馳書，謂附子一片請勿入藥。太傅以示幼樵侍講。侍講曰：精文不用可惜。卒上之。公聞而歎曰：君友諫不納，如何能企主上納諫乎？翌日以俄事遇太傅於直廬，問消息如何。曰：如石投水。意謂留中也。又數日，兩宮視朝。諭樞臣此案可照原議，毋庸加重。公聞之，折簡與太傅云：如石投水，竟成佳讖。」與余所聞者蓋大致相同，可印證。（十二月初七日頒懿旨。孝欽是日似未力疾視朝。）此附片措詞最難，妙在得體。

張之洞於《抱冰堂弟子記》（羅惇曧《賓退隨筆》云：「託名弟子，實其自撰也。」）自述此事云：「庚辰辛巳間官庶子時，有中官率小閹兩人，奉旨挑食物八盒賜醇邸，出午門東左門，與護軍統領及門兵口角。遂毀棄食盒，回宮以毆搶告。上震怒，命褫護軍統領職，門兵交刑部，將置重典。樞臣莫能解，刑部不敢訊，乃與陳伯潛學士上疏切論之。護軍統領及門兵遂得免罪。時前數日內有兩御史言事瑣屑，不合政體（如爭遷安縣落花生秤規之類），被責議處。恭邸手張、陳兩疏示同列曰：彼等摺真笑柄，若此真可謂奏疏矣！」此為張氏晚年追憶而約略記之，未乃致詳。且孝欽后猶在，意有所諱，於個中委曲，有不便質言者。恭王奕訢對張陳奏疏之稱譽，當是事實。

張陳之疏，為恭王奕訢所歎服，均名奏議也。張疏云：

……竊近日護軍玉林等毆太監一案，劉振生混入禁地一案，均稟中旨處斷訖。查玉林固係毆太監之人，而劉振生實因與太監素識，以致冒於禁籞，是兩案皆由太監而起也。伏維閹臣恣橫，為禍最烈，我朝列聖馭之者亦量嚴。我皇太后皇上恪守家法，不稍寬假，歷有成案，紀綱肅然。即以此兩案言之，玉林因藐抗懿旨而加重，並非止以太監被毆也。劉振生一案，道路傳聞，謂內監因此事被罪發遣者數人，是聖意灼見弊根，並非嚴於門軍而寬於暬御也。仰見大中至正，宮府一體，曷嘗有偏縱近侍之心哉！惟是兩次諭旨，俱無戒責太監之文。竊恐皇太后、皇上裁抑太監之心，臣能喻之，而太監等未必喻之，各門護軍等未必喻之，天下臣民未必盡喻之。太監不喻聖心，恐將有藉口此案恫喝朝列妄作威福之患。護軍等不喻聖心，恐將有因噎廢食見奸不詰之憂。天下臣民不能盡喻聖心，恐將有揣摩近習諂事貂璫之事。夫嘉慶年間林清之變，則太監為內應矣。本年秋間有天棚搜出火藥之案，則太監失於覺察矣。劉振生擅入宮禁，不止一次，則太監從無一人舉發矣。然則太監等當差之是否謹慎小心，所言之是否忠實可信，聖明在上，豈特臣言。萬一此後太監等竟有私自出入，動托上命。甚至關係政務，亦復信口媒孽。充其流弊所至，豈不可為寒心哉！相應請旨嚴飭總管內務府大臣將太監等認真約束稽察，申明鐵牌禁令。如有借端滋事者，奏明重加懲處。至內監出入，舊例應有門文，即使謂禁中使令繁多，向來或有便宜辦理，非外廷所能盡悉者，亦望敕下總管內務府大臣前鋒統領護軍統領，妥議章程。以後應如何勘驗以謹傳宣而杜影射之處，奏明遵守。其劉振生一案，如有懲辦太監，亦懇明旨宣示。則聖心之公，國法之平，天威之赫，曉然昭著於天下，庶幾宿衛班軍，知感知悚，可以各舉其職矣。臣記注之官，職在拾遺補闕。聞之經曰：履霜堅冰，防其漸也。傳曰：城狐社鼠，惡其托也。迂愚之見，不敢不竭知上陳。伏祈聖鑒。謹奏。

陳疏云：

奏為請旨申明門禁舊章以肅政體而防流弊恭摺仰祈聖鑒事：前因午門護軍毆打太監事下刑部內務府審辦，未幾遂有劉振生擅入宮內之事，當將神武門護軍兵丁斥革。昨者午門案結，朝廷既重科護軍毆打違抗之罪，復諭以禁門理宜嚴肅，仍當實力稽查。聖慮周詳，曷勝欽服。臣維護軍以稽查門禁為職，關防內使出入，律有專條。此次刑部議讞玉林等，謂其不應於禁地鬥毆，非謂其不應稽查太監也。諭旨從而加重者，謂其不應藐抗懿旨，亦非謂其不應稽查太監也。雖然，藐抗之罪，成於毆打。毆打之衅，起於稽查。神武門兵丁失查擅入之瘋犯，罪止於斥革。午門兵丁因稽查出入之太監，以致犯宮內忿爭之律，冒抗違懿旨之懲，除名戍邊，罪且不赦。人情孰不願市恩而達怨，其於畏禍孰不願避重而就輕。雖諭旨已有不得因玉林等藐抗獲罪稍形懈弛之言，而申以具文，先以峻罰，兵丁有何深識，勢必懲於前失，與其以生事得罪而上於天怒，不知隱忍寬縱，見好太監。即使事發，亦不過削籍為民。此後凡遇太監出入，但據口稱奉有中旨，概即放行，再不敢詳細盤查，以別其真偽。是有護軍與無護軍同，有門禁與無門禁同。方今聖主沖齡，海宇多事。秋間道路紛傳，禁中有天棚藏置火藥之事，人心惶惶。此輩閹寺，豈盡馴良。大則如嘉慶間太監引賊入內之案，小則如乾隆間偷竊庫銀遺失陳設，道光間攜帶違禁器械之案，似不可不深思而遠慮也。不獨此也，本朝宮府肅清，從無如前代太監假竊威福之事。蓋由列聖防馭之嚴，二百年中，但有因太監犯罪而從嚴者，斷無因與太監爭執而反得重譴者。臣愚以為此案在皇上之仁孝，不得不格外嚴辦，以尊懿旨。而在皇太后之寬大，必且格外施恩，以抑宦官。今該護軍既不能邀法外之仁，則太監無知，方將快心滿意，借此以凌侮護軍，藐視祖制。此後氣焰浸長，往來禁闥，莫敢誰何。履霜堅冰，宜防其漸。查內監出入，向須報明景運門，發給門文，各門方放行，謂之報門。臣伏讀高宗純皇帝聖訓：『凡官物出門，俱向敬事房景運門給票照驗，欽此。』又律載內監並奉御內使，凡遇出外，各門官須要收留本人在身關防牌面，於簿上印記姓名及牌面字號，明白附寫前去某處，干辦何事。其門官與守衛官軍搜檢沿身別無夾帶，方許放出。回還一律搜檢，以憑逐月稽考出外次數。如有不服搜檢者，杖一百，發附近充軍。門官及守衛官軍失於搜檢者，與犯人同罪。我朝成憲，本極嚴明。擬請旨申明定章，飭下護軍統領等衙門，嗣後仍照舊例報門者方許放行。庶有稽查之實，而無抗違之誤，以重差使而杜冒混。並請特旨飭諭內務府，約束太監等，以後均當恪遵定制，益加斂抑。如有驕縱生事不服稽查者，必當從嚴懲辦。既以仰符列聖杜漸防微之至意，亦使天下臣民知重治兵丁非為毆打太監，亦非偏聽太監赴愬之詞，則群疑釋然，彌彰宸斷之公允，大局幸甚！是否有當，伏乞皇太后皇上聖鑒。謹奏。

附片云：

再臣細思此案護軍罪名，自係皇上為尊崇懿旨起見，格外從嚴。然一時讀詔書者，無不惶駭。蓋旗人銷檔，必其犯奸盜詐偽之事者也，遇赦不赦，必其犯十惡強盜謀敵殺人之事者也。今揪人成傷，情罪本輕，即違制之罪，亦非常赦所不原；且圈禁五年，在覺羅亦為極重。此案本緣稽查攔打太監而起，臣恐播之四方傳之萬世，不知此事始末，益滋疑議。臣職司記注，有補闕拾遺之責，理應抗疏瀝陳，而徘徊數日，欲言復止。則以時事方艱，我慈安端裕康慶昭和莊敬皇太后，旰食不遑；我慈禧端佑康頤昭豫莊誠皇太后，聖躬未豫，不願以迂戇激烈之詞，干冒宸嚴，以激成君父之過舉。然再四思維，我皇太后垂簾以來，法祖勤民，虛懷納諫，實千古所僅見。而於制馭宦寺，尤極嚴明。臣幸遇聖明，若竟曠職辜恩，取容緘默，坐聽天下後世執此細故以疑議聖德，不獨無以對我皇太后皇上，問心先無以自安。不得已附片密陳。伏乞皇太后鑒臣愚悃，宮中幾暇，深念此案罪名有無過當。如蒙特降懿旨，格外施恩，使天下臣民，知至愚至賤荒謬藐抗之兵丁，皇上因尊崇懿旨而嚴懲之於前，皇太后因繩家法防流弊而曲宥之於後，則如天之仁，愈足以快人心而光聖德。昔漢文帝欲誅驚犯乘輿之人，卒從廷尉張釋之罰金之議，又欲族盜高廟玉環者，釋之執法奏當；文帝與太后言之，卒從廷尉，至今傳為盛德之事。臣彷徨輾轉，而卒不敢不言不忍不言者，豈有惜於二三兵丁之放流幽係哉，實原我皇太后光前毖后，垂休稱於無窮也。區區之愚，伏祈聖鑒。

謹奏。

張疏見《張文襄公全集》，陳疏承其孫壬孫君（鏊）借鈔，並以當時關於此事致張佩綸之手札三通相示，一併移錄於左：「投醪之說，琅琊如肯以進，無形之匡救，不勝於外人萬萬哉？晨訪扶桑不遇，聞赴東山，大有把臂入林之意，可笑。頃以無興尋臧文仲矣。蕢園世丈侍者。名心叩。」「示來，深為焦急。此證諸藥均未投機，一二日內即守不服藥為中醫之言，亦是一法。蓋雜投亦無益，不如聽其機之潛轉，但壯火不降，燥熱難當，則惟飲瓜汁及參麥湯，以為治標之計。濟川於此證未得端緒，斷無灼見，其所長在溫證也。且邀之未必來，來亦未必早，尤為可恨。姑由侄作字訂之。侄胃間濕熱，故喜茗輒嘔，頃食瓜已愈。吾丈憂悶，自不能已。宜稍自譬，無任盼幸。侄寶琛頓首。」「藥中尚須投附片一味，故欲親診此證，不急急。稍遲數日，二劑并下，更易奏功。務先止之。再瀆。繩丈。弢叩。」一以隱語達旨，深可玩味。其至十二月初四日始上疏，蓋待孝欽事過而悔心漸萌，庶言之易入，即所謂聽其機之潛轉歟。陳氏同治戊辰入翰林，為張佩綸（辛未）詞館前輩。其以丈稱張。以張侄人駿亦戊辰翰林與陳為同年進士之故。

諸家記載之言此案者，可供參閱。王小航（照，晚以字行）《方家園雜詠紀事》附記云：

慈禧遣閹人赴醇王府，出午門。凡閹人出入例由旁門，不得由午門。值日護軍依例阻之。閹恃勢用武，護軍不讓。閹歸告慈禧，謂護軍毆罵。時慈禧在病中，遣人請慈安臨其宮，哭訴被人欺侮，謂不殺此護軍則妹不願復活。慈安憐而允之，立交刑部，並面諭兼南書房行走之刑部尚書潘祖蔭，必擬以斬決。祖蔭到署傳旨，訊得實情，護軍無罪。秋審處坐辦四員提調四員，皆選自各司最精於法律者也（時刑署中有八大聖人之稱），同謂交部即應依法，倘太后必欲殺之，則自殺之耳，本部不敢與聞。祖蔭本剛正，即以司官之言復奏。慈安轉告慈禧。慈禧大怒，力疾召見祖蔭，斥其無良心，潑辣哭叫，捶床村罵。祖蔭回署，對司官痛哭，於是曲法擬疏。自是閹人攜帶他人隨意出入，概無門禁。

於刑部之爭持，及孝欽之恚怒，言之頗詳。可見當時事態之嚴重，惟於此案之猶得轉圜處，未之及焉。

有謂此案之轉圜，由於恭王奕訢之抗爭者。金梁《清后外傳》慈禧太后一則云：

《皇室聞見錄》：凡內廷有異出物件，應由敬事房先行照門。如未照門，不得放行。光緒初，有太后賜件，未經照門，護軍阻之，太監不服，互毆，奔奏。太后大怒，謂統領岳林應處斬。恭親王曰：岳林失察，罪至交議，護軍應斥革耳。太后曰：否則廷杖。王曰：廷杖乃前明虐政，不可效法。太后怒曰：汝事事抗我，汝為誰耶？王曰：臣是宣宗第六子。太后曰：我革了你。王曰：革了臣的王爵，革不了臣的皇子。太后無以應，始如議，然怒極矣。

恭王奕訢蓋曾偕樞臣爭此案，惟自領袖樞廷，已屢經挫折，此時恐未必能對孝欽以此等語強爭也。意者外間以此案定局之後，忽有轉圜，必由於王大臣中最有力者之力爭，奕訢以皇叔之貴，久長軍機，最為朝野所矚目，故傳有此段情事耳。

又林紓《鐵笛亭瑣記》云：

李三順，閹人也，年十五六時，孝欽太后命將物件賜醇邸七福晉。行及午門，為護軍所止，檢視盒中何物。三順不聽檢，遂哄鬩久之。三順置盒於地，奔奏太后，言守門護軍不聽出。孝欽適病，大怒而哭。慈安來省，問狀。孝欽曰：吾病未死，而護軍目中已無我矣。慈安曰：吾必殺此護軍。於是降旨盡取護軍下獄。刑曹據祖制上陳，言門禁應爾，不宜殺。慈安曰：何名祖制，我死後非爾祖邪？必殺。於是諫垣爭上疏，言皇帝孝，故治護軍宜嚴；太后慈，應格外加恩，以廣皇仁，以彰聖孝，云云。疏留中三日，始以懿旨赦護軍，杖三順四十。

轉圜之疏，非出於諫垣，實出講官春坊也。所記猶有未諦，與王氏均未言及事緣未經照門而起。至護軍罪名，末減而已，非遽赦免。

高樹《金鑾瑣記》云：

楚粵兼圻譽望佳，門徒冤獄久沈埋。當年觸怒中常侍，凜凜彈章蔡伯喈。自注：「予在方略館，見舊檔冊有一目錄曰：左春坊庶子（忘左右二字）張之洞摺一件。下摘事由曰：抑近侍以防後患。尋原摺不見。是時在己卯庚辰間（忘其年）醇王與李蓮英同作欽差，往天津閱兵。張公上書論之，蓮英銜恨甚深。叔嶠遇禍，蓮英欲因此傾陷張公，太后不允。此聞榮仲華相國之言。後來張公入相，楊思尹繳呈密詔，冤獄竟未昭雪，或蓮英之掣肘歟。」

按，醇王奕譞檢閱海軍，孝欽遣李闍隨行。事在光緒十二年丙戌，張氏早已歷閣學而外擢封圻，是年正在兩廣總督任，何能以庶子論此乎？（論之者，御史朱一新也，緣是降主事。）此摺蓋即張氏庚辰與陳寶琛以左右庶子同上論午門案之疏耳。（至云忘張氏庶子之左右，則左春坊自是左庶子，以左則均左，右則均右，無左春坊右庶子之名目也。）其以戊戌之獄不獲昭雪，疑李闍掣肘。按楊銳之子繳呈德宗手諭，為宣統元年己酉事。時孝欽既逝，李已失勢，豈尚能干預及此？案未平反，別有原因。其後陳寶琛在資政院提議昭雪，亦不獲請。）

陳、張之疏，均言及劉振生闌入宮禁暨禁中天棚發見火藥事。劉振生案，事在十一月初八日。火藥案，事在九月初三日。李慈銘十一月初九日日記云：

聞昨日晡時，有人衣青布裘直入慈寧宮門，至體元宮西暖閣下，持煙筒吸煙。時慈禧皇太后將進膳，聞咳聲，問誰何，應曰我內監。執之，詢所來。曰自天上來。來何為？曰來放火。此異事也。先是，九月初，乾清宮撤涼棚，有火藥鋪席上，及藏引火具於架間者，有旨以內監進內務府慎刑司嚴鞫，尚未得實。今又有此事，其如陳持弓之犯鈎盾、劉思廣之入含元邪，抑監豎之黠者誘鄉愚以獨宮闈，冀緩其獄邪，抑門籍過弛奸賈猾駔與宦寺市易狃於出入邪？」

翁同龢九月初四日日記云：「昨日長春宮天篷內屋棱中有火藥一二斤，洋取燈無數，奉旨發慎刑司嚴詰。」十一月初九日云：「昨日午刻，長春宮縛出一人，張姓，本京人，住西城，直達配殿，咳唾。查究始得其人。問從何來，則滿口胡說，類病瘋者。交慎刑司訊辦。蓋自中正殿角門入宮也。（此門自小安開後，至今為若輩出入捷徑。）」十一日云：「派軍機大臣，內務府大臣，會同刑部，審訊闌入宮禁之劉振生。」十二日明發上諭：「內務府奏拿獲擅入宮內人犯，請派王大臣會同刑部審辦一摺。本月初八日宮內拿獲劉振生一犯，肯即解交刑部。派軍機大臣、總管內務府大臣，會同刑部，嚴行審訊，定擬具奏。」十七日諭：「擅入宮內人犯劉振生，供出係由神武門進內。宮禁森嚴，竟任令該犯走入，門禁懈弛已極，實堪痛恨。是日值班之護軍統領載鶴，交部嚴加議處。其該班章京，著即革職。兵丁即行斥革。該犯進神武門後，所有經過之處，是日值班人員，均著查取職名，交部議處。」二十八日諭：「軍機大臣等奏會審擅入宮內人犯定擬請旨一摺，劉振生素患瘋疾，混入宮禁，語言狂悖，實屬罪無可逭，著照所擬即行處絞。」（翁氏十二月初五日記：「以劉振生闌入宮禁一案，護軍統領載鶴又侍衛十人內務府護軍參領一人照部議均革職，餘皆革留。」）至對閹人之懲處，未見明發諭旨。因張之洞疏中請明旨宣示，故於十二月初七日懿旨附及之。天棚火藥案，則迄無明發也。

是年既有護軍之案，而同為禁軍聲價特高之神機營（神機營昉於明永樂時，為肄習火器之軍。清則置自咸豐十一年——採文祥之議。其制係選八旗滿州、蒙古、漢軍前鋒營、護軍營、步軍營、火器營、健銳營、內務府圓明園護軍營兵之精銳者別為營，以時演練槍炮技藝，領其事者為掌印管理大臣一人，於親王郡王內特簡。又管理大臣，於王公領侍衛內大臣都統前鋒統領護軍統領副都統內特簡，無定員，體制極為隆重。同治間剿捻時，左宗棠、李鴻章諸統兵大臣，命由恭王奕訢會同神機營王大臣節制）亦發生因案撤換掌印管理大臣之事，可連類而書。

醇王奕譞同治間管理神機營事務，佩帶印鑰。德宗嗣統，解各職，乃代以伯彥訥謨詁（蒙古親王，僧格林沁子）諭稱：「醇親王辦理多年，經武整軍，著有成效。仍將應辦事宜，隨時會商。」迨光緒庚辰十月，復以醇王奕譞代伯彥訥謨詁（二十九日懿旨：「醇親王奕譞著管理神機營事務，佩帶印鑰、寶鋆並著管理該營事務，伯彥訥謨詁毋庸管理。」）以伯彥訥謨詁因事被糾也。翁同龢是月二十二日日記云：「是日伯王奏：神機營馬兵△△挾刃尋死，請即正法，抑交刑部。奉旨按軍法從事。（未見明發。）」二十九日記管理神機營之更易，謂：「昨醇邸有封事，大略言正法馬兵未免過刻也。」

又李慈銘是日日記云：

此以南苑大操事也。自八月初都統穆騰阿等赴南苑秋操，至是月二十一日回京。二十六日聞伯彥訥謨詁奏請誅一已革驍騎校。或云：伯王主操過嚴，士多怨。此人以犯令革，復求見，搜其衣，中有小刀，疑欲行刺（按文廷式選錄李氏日記，此處加批云：「盛伯希祭酒告余云：此人實欲行刺，非疑之也。」）杖而後誅之。或云：此人故刁悍，橫於軍中，而為朱邸所眷（按文氏批云：「伯希云：其母為邸中浣衣婦，其言得入耳。」），恃此屢忤犯，故被誅。不能詳也。誅之次日，其母子及妻子皆服毒，死於伯王之門。（按文氏云：「此言恐不盡確。」）醇邸以聞，始有此諭云。（李有詠史云：「綰劉五柞設和門，神策由來七校尊。虛說霍光搜挾刃，竟聞胡建劾穿垣。南軍日造黃龍艦，東府親持白虎幡。講武驪山原故事，銀刀組甲久承恩。」亦指此。）

文廷式《聞塵偶記》云：

伯彥訥謨詁，僧忠親王之子也，管神機營，持法嚴。有兵丁犯法者，革之。其人懷刃欲行刺，事洩，將戮之。而其人之母乃為醇府乳嫗，因是求訴，遂得不死。俄而醇邸復蒞神機營，人咸樂醇邸之寬而憚伯彥訥謨詁之嚴，醇邸亦由是惡之。及西邊事亟，言官屢請聯絡蒙古，以衛邊陲。醇邸曰：此不過為伯彥訥謨詁開路耳。卒置不用。

所記情事，間有異同，大體可參閱。

神機營為天子禁旅，領以親貴重臣，視之甚重。而積久弊叢，整飭殊難。《聞塵隅記》云：

今神機營之制已三十三年，而甲午出兵，疲癃殘弱，無異往昔。剛毅以廣東巡撫初入樞廷，又請每旗擇壯丁加以操練。上曰：汝習聞舊論，不知八旗之兵今日已無可練習。聖明燭照，固深知積弊之未易除也。」又云：「甲午之秋，神機營出兵，有遇於蘆溝橋者，見其前二名皆已留鬍，第三名則十一二齡之童子也，餘多衣裩不周體。蹭蹬道旁，不願前進。遇之者口占一詩，有相逢多下海（京師呼鬍為下海，海字疑領字轉音）此去莫登山之句。

蓋兵出防山海關，故借點山海二字云。

醒醉生（汪康年）《莊諧選錄》卷二云：

法越之役，醇賢親王將命神機營出征以耀武。許恭慎公知其不可，而難於發言，因作書與王云：以王之訓練有素，必所向克捷，惟慮南北水土異宜，且聞彼地煙瘴，倘兵士遘癘瘴，有所折挫，不特於天威有損，且於王之神武亦恐有所關礙。於是王大省悟，次日見恭慎曰：汝言大是，且兵士以戰死，固其分；若以瘴死，使致損挫，豈不笑人，吾已止是命矣。由是王益敬服恭慎云。

均言神機營之不可用。

沃丘仲子（費行簡）《慈禧傳信錄》卷上第五章云：

當捻竄近郊，後欲遣京營兵御寇。一日值神機營會操，遣內侍覘之。還報：罷操後，諸兵各手一鳥笯，已偕佯茶肆間矣。不信，更詢之內務府總管春佑。佑對：京諺有『糙米要掉，見賊要跑，雇替要早，進營要少』。蓋指旗營兵士言，謂領糧必刁難監放者，臨陣則奔逃若恐不及，值操則預雇替身，平日復鮮有到營任差者也。后震怒，遂令奕譞檢閱在京旗綠各營操。譞承命大校，則士弱馬疲，步伐錯亂。有馬甲上騎輒墜，致折其股。詰之，對曰：我打磨廠賃臭豆腐者，安能騎！譞笑且怒，歸以告樞臣，將重劾之。文祥謂：吾聞宿衛且然，此曹庸足責。蓋譞方為領侍衛內大臣，前鋒護軍則其屬也。譞知諷己，然諸軍實亦疲敝，不得已，匿前事不以上聞，而微言操練宜勤。且陳巡捕五營尤疲弱，宜改挑旗兵練習。得旨如所請行，而責步軍統領存誠等泄沓溺職。嗣遂並禁衛旗綠兵操，皆任之譞。后亦時遣內閹易裝往察之。時崇綸方任左翼總兵，固富於資，懼於上譴，乃蠲金易旗幟，備槍械。神機營兵亦排日肄習，六閱月而軍容火荼〔茶〕矣。諸閹以狀告后，后賜璽書獎譞。然廢弛已七十餘年，積習卒不可湔。嘗校查城兵，有步軍校後至，譞叱令鞭之，衣解而雕珮玉玩數十事墜地。問所由來，泣啟曰：家十口，月糈五金，食莫能供，則領物於骨董肆，自盛小攤於廟市售之。今晨會隆福寺，故赴操獨遲，無他也。譞歎，揮令退。又火器營有弁錘炮使碎，而以廢鐵貨之市肆，事發自盡，母妻亦縊以殉。譞知餉薄紀弛，整飭匪易，屢以各營習操成效漸著，請別各歸統率上聞，冀卸己責，后卒不允。然諸寇亦未嘗逼京師，故春佑戲稱都統為福將，獨文祥持議，謂非兵不可用，特京師繁華靡麗之場不宜講武耳。同官皆不之信。後祥銜命治盜遼瀋，揀神機營兵千人從。逾年歸，疲癃者皆壯悍，且耐勞苦。訢、譞大稱異。祥曰：非有他術，特地無戲園酒肆博場，不耗資，不耗時。一月而放心收，三月而操演勤，然後示之以捕盜之賞，予之以獎功之牌，期年有成。幸如前論，王何詫為？眾皆服其論。

亦言神機等營之窳弛，而獨許文祥之善於治軍，綴錄以備參稽。

小說中寫及神機營者，我佛山人（吳沃堯）《二十年目睹之怪現狀》第二十七回〈管神機營王爺撤差〉云：

……子明道：你真是少見多怪。外面的營裏都是缺額的，差不多照例只有六成勇額，到了京城的神機營，卻一定溢額的，並且溢的不少，總是溢個加倍。我詫道：那麼這糧餉怎樣呢？子明笑道：糧餉卻沒有領溢的，但是神機營每出起隊子來，是五百人一營的，他卻足足有一千人。比方這五百名是槍隊，也是一千桿槍。我道：怎麼軍器也有得多呢？子明道：凡是神機營當兵的，都是黃帶子紅帶子的宗室，他們闊得很呢，每人都用一個家人。出起隊來，各人都帶著家人走，這不是五百成了一千了麼？我道：軍器怎麼也加倍呢？子明道：每一個家人都代他老爺帶著一樣鴉片煙槍，合了那五百支火槍，不成了一千了麼？並且火槍也是家人代拿著，他自己的手裏，不是拿了鵪鶉囊，便是臂了鷹。他們出來，無非是到操場上去操。到了操場時，他們各人先把手裏的鷹安置好了，用一根鐵條兒，或插在樹上，或插在牆上，把鷹站在上頭，然後肯歸隊伍。操起來的時候，他的眼睛還是望著自己的鷹。偶然那鐵條插不穩，掉了下來，那怕操到要緊的時候，他也先把火槍撂下，先去把他那鷹弄好了，還代他理好了毛，再歸到隊裏去。你道這種操法不奇麼？我道：那帶兵的難道就不管？子明道：那裏肯管他？帶兵的還不是同他們一個道兒上的人麼？那管理神機營的都是王爺。前年有一位郡王，奉旨管理神機營，他便對人家說：我今天得了這個差事，一定要把神機營整頓起來。當日祖宗入關的時候，神機營兵士，臨陣能站在馬鞍上放箭的，此刻鬧得不成樣子了。倘再不整頓，將來更不知怎樣了。旁邊有人勸他說：不必多事罷，這個是不能整頓的了。他不信，到差那一天，就點名閱操，揀那十分不像樣的，照營例辦了兩個。這一辦可不得了，不到三天，那王爺便又奉旨撤去管理神機營的差使了。你道他們的神通大不大？

調侃語，特謔虐，雖形容過甚，語涉不經，而可見社會對神機營之詬病也。其言王爺撤差，即影指伯彥訥謨詁庚辰撤差之事，惟於其原委未能深悉耳。

又近見大林山人（湯用彬）筆記云：

余以丁酉（光緒二十三年）入京，所居為順治門外教場口內。一日神機營傳操，指定老牆根以南空地為操場，先期各兵士將附近各胡同口用帳幔遮掩。余等以為將禁止參觀耶，詎居時觀者蟻集。兵士每操一回合，即紛紛入幔。余等又疑休息固無須遮掩，繞道竊窺，則滿地排列鴉片煙具，各兵士拼命呼吸，候令再出。如是者更三五番，日將暮矣。督操王大臣先歸，彼等亦撤幔攜具，呼嘯而去。

情狀類是。固無怪詬病之集矣。

（民國二十九年）

庚戌炸彈案

史料為治史者所注重，近代史料為時未遠，關係尤切，更應特加之意。從事收集保存，以供鏡覽，而資史家之要刪。乃往往徒知古昔史料之可貴，於近者則忽之。或知其足重矣，而以為得之可不甚費力。未若古昔史料之難於發見，因之不肯亟亟訪求，孜孜輯錄，不知斯固有稍縱即逝者，久且放失淹沒，不易復睹。蓋史料緣是而沈冥不彰者甚夥，可喟也。梁任公（啟超）《中國歷史研究法補編》分論一（《人的專史》第二章〈人的專史的對相〉）有云：「研究近代的歷史人物，我們很感苦痛，本來應該多知道一點，而資料反而異常缺乏。」此種感覺，當不僅梁氏一人為然，其過要在從事搜集之不早耳。

清宣統二年庚戌春間，北京有銀錠橋之案，轟動一時，即革命黨人汪精衛（兆銘）謀炸監國攝政王載灃而被破獲事也。此椿公案為近代史上極可注目者，雙方之舉措均可書。當時汪氏如何決心犯險，及與同志如何經營布置，破獲暨被逮之情形，供詞之內容，並清廷方面之從寬定案暨待遇各節，實為重要之史迹。而歷年未久，此項事實，一般人漸多不甚了了。甚至語及銀錠橋一地，亦復懵然罔覺其政治史迹上之重要性。從知史料散佚，若存若亡，倘再不亟事搜集，後此更難著手矣。近張次溪君（江裁）以所纂《汪精衛先生庚戌蒙難實錄》暨《汪精衛先生庚戌蒙難別錄》見示，為之一快。

張君承其尊人篁溪翁（伯楨）之學，致力史乘，對於北京掌故，尤極究心。篁溪為汪氏同學友，當宣統三年辛亥九月汪氏出獄，篁溪迓諸獄門。其跋汪氏供詞，言其情事頗悉。汪氏序《蒙難實錄》亦有云：「余於辛亥九月十六日出刑部獄。其時黨禁雖弛，而同人方各有所事，秘其行蹤，不能集獄門外相候。獨張君伯楨來迓，遂同至泰安棧。君為留日法政同學，歸國後供職法曹，平日與黨人無往來，至是毅然不以指目為嫌，盡其周旋之雅。故人風義，有足多者。」可以概見。次溪纂述，其淵源亦可知也。

《蒙難實錄》首述汪氏參加革命運動，以至決心入都謀暗殺之經過。蓋當時孫、黃與胡漢民皆力阻之，而汪志堅決，迄不之聽。其爭辯之語，如對胡漢民謂「若謂今非可死之時，弟非可遽死之人，則未知何時始為可死之時，而吾黨孰為可死之人。凡為黨死，死得其正」云云。邁往之情，有如是者。

至到京後之計劃暨實行，如所述云：

> 宣統元年冬，先生與黃復生、喻雲紀諸君，聯翩入都，組織秘密機關於琉璃廠火神廟夾道，即今之大平橋也。爾時為避人耳目，即在此地開設守真照相館。復在東北園賃屋數楹，

以為會所。未幾，諸同志偕來。二年元旦，守真照相館開幕。……往來多斷髮青年，頗為當地警士注目。……先生初擬炸慶親王，因北京街道寬闊，慶王侍從如雲，戒備綦嚴，著手不易。時值載洵、載濤考查歐洲海軍將歸（按：是年載洵以籌辦海軍大臣赴歐洲各國考查海軍，冬間回京。載濤則掌軍諮暨禁衛軍，未嘗與海軍事。雖亦曾出洋，卻非考查海軍也），乃攜鐵壺盛炸藥至車站，候之竟日。及下車時，見無數戴紅頂花翎之人同行，先生以辨別不真，未敢冒昧。是日雪盛，苦可知已。……先生與諸同志初探悉載灃每日上朝必經鼓樓大街，樓前故有短牆，伺其通過，若以鐵罐由此擲下，則王以次悉可炸斃。詎計甫定，而載灃因鼓樓大街修築馬路，變厥行程，事遂不果。繼雖訪得路線，必取道煙袋斜街，顧因租房未得，計復作罷。最後始採定什剎海旁之銀錠橋為適當地。其地三面環水，僅一面有居民數家，殊甚幽僻，又密邇攝政王府，為王出入必經之處。橋之北有陰溝一，遂擬將鐵罐埋置橋下。人則藏於陰溝，伺載灃過橋，即以電氣發火。電流一通，則炸藥轟然爆發矣。時眾以東北園距什剎海大遠，更即什剎海附近向清虛觀道士分賃一廡，以為騰挪地，而埋藥之計則賴此而決矣。埋藥由復生、雲紀任之，引放電機則先生自任之。

二月二十一日夜午，復生、雲紀同往橋下掘孔，因大聲四起未能竣事。次夜復往，始將鐵罐埋置孔中。及敷設電線，則以鐵線過短，不敷所用。第三日添購電線，至晚間十二時後續行敷設，忽見橋上有人窺伺。復生大驚，乃使雲紀急赴清虛觀，止先生勿來。已則匿大樹後，察其究竟。初起一人持小燈籠下橋，且照且尋，移時始去。復生俟其去後，乃疾馳至橋下，將電線收回。因鐵罐太重，非一人力所克攜，擬僅將螺旋蓋取去，以避搜檢。惟以螺旋大深，倉促不能拔出。只得將電線結為一束，隨以砂土覆之。仍伏樹後窺伺。旋見有三人，一警察、一憲兵、一常民，持燈籠二，下橋尋覓，良久始去。事後乃知橋上之人係一趕大車者，因其妻三日不歸，出而偵訪。見橋下有人，初疑為奸夫。後乃發見掘地埋物諸事，駭而奔報警察，而黨人行炸載澧之計竟由是敗露。此一說也。又有謂先生偕雲紀來橋下埋彈，旋雲紀出都後，則先生一人獨往。二月二十三夜，先生懷彈至銀錠橋。預備置彈橋下，並在橋西掘土預埋導線，適其線過短，修理需時。翌日拂曉，尚未訖工。乃將炸彈諸物，暗貯橋下，用草及土掩蔽，以待次日續修。不意居民劉某至橋旁溲溺，遂被發洩。

銀錠橋之政治史迹，閱此即可略見梗概，固非徒嘗以「銀錠觀山」廁八景，及如宋牧仲（犖）所詠「鼓樓西接後湖灣，銀錠橋橫夕照間」，足為雅流懷舊之資而已也。

此案發覺時之情況，書中引《正宗愛國報》所紀，亦可參閱。據云：

左翼委翼尉振林君，兼遊緝管帶，到差以來，於地面頗見留心，相機抽查，從無定刻。上月二十三日晚，攝政王府附近，居民劉姓在門外便溺，忽見橋旁一人，形迹可疑，以為必盜

> 賊也。取燈往照之頃，適有官兵誤為振林查夜，急來伺候，橋旁之人則乘間遁去。劉姓眼〔跟〕同兵丁搜尋溝內，見一鐵絲鑽入溝蓋（此溝蓋上係民房），溝蓋下則置一匣，匣內為藥葫蘆諸器。絲之南端，則埋地內，諦視甚明，即報知振林轉稟朗貝勒。警區亦飛稟民政部，再經兵丁刨挖橋下，始得銅罐炸藥。隨移往西安門外遊緝隊公所大樓，經朗貝勒傳劉姓回話。據劉自稱為回民，名培貞，並陳述詳情。貝勒極喜，隨即賞銀給差。……更特諭振林，獎以辦事留心。

時毓朗官步軍統領也。振林為民政部左侍郎兼左翼總兵烏珍（後官步軍統領）之弟。民初任步軍統領衙門要職者有申振林其人，蓋即振林冠姓。

銀錠橋事既敗露，軍警展轉偵索之結果，汪遂被逮，同黨被逮者並有黃復生、羅世勳二人。人皆謂其必死，而卒從寬辦理。汪、黃均交法部永遠監禁，羅則監禁十年。蓋僅由民政部會審後，即經慶王奕劻（軍機大臣領袖）、肅王善耆（民政部尚書）、貝勒毓朗（步軍統領）等商由攝政王載灃決定，未交法庭裁判也。其時善耆主張尤力。法部待遇，亦較尋常犯人為優。書中所述，暨錄載汪氏供詞，均足資考鏡。

《蒙難別錄》作《蒙難實錄》之補充，所收資料，亦多可觀，尤詳於汪在獄中情事。汪氏親為訂正數則，可免傳誤，並於昔在《民報》所作〈革命之決心〉一文之覓得輯入表謝意，謂「重溫舊作，良不自覺其怦怦於中也」。又附錄〈汪精衛先生自述〉（五十一歲時作）等，亦有關係之史料。

楊云史（圻）序《蒙難實錄》有云：

夫子房之刺不中，何以書，蓋天下震驚之矣。精衛之刺未就，然而天下震驚之矣。使秦大索得子房，則車裂咸陽市耳。先生就逮，自黨人言之，不惜一身為革命先聲殉。且出之文弱書生，其氣勇志堅，義不返顧，難能可貴已。自清室言之，則狙殺天子父，革朝命，法當死。故人莫不為先生危，先生亦自分無生理。然而是獄也，竟得減罪監禁，復得優禮，終且特赦得保全。固由於肅親王以先生美秀而文，動憐才之念，力為開脫。亦由清室用心仁厚，政尚寬大，較秦法之淫威，未可同日語矣。

蓋兩賢之。

肅王善耆於銀錠橋案，力主從寬，為人稱道。楊氏序中既及之，且述其為人暨昔年雅故云：

肅親王善耆，字藹堂，好文學，工書，愛才下士。每休沐必招余往，作文酒之會，間命絲竹，賓客滿坐，午夜始散，數載以為常。其世子憲章，與余約為昆弟。丁未余隨使英國，將行，王為餞別。從容曰：聞孫逸仙居英屬，執政僉主刑戮弭革命。禁煙事將與英簽十年禁絕之約，逾期自認賠償。茲二事愚謬誤國，幸君善佐李欽使，留意補救。誠益國家，不負此行矣。遂別。及辛亥棄職歸，王已徙居大連，數年而薨。子孫眾多，流寓東京、大連間，貧困不得歸。其府邸為債家所據。東偏有園曰偶遂亭，有池臺之勝，余稅居之至今。昔為王文酒之場，今乃為余宴私之所者數載矣。孤松片石，撫摩俯仰其中，追念燈火樓臺，投轄歡飲，輒興華屋山邱之歎。因述往事，遂感陳述。緬想風徽，能無腹痛？

感慨系之焉。此序作於丙子（民國二十五年），聞去歲楊氏亦已物故矣。

善耆在清末親貴中，有開明之目，茲亦就所聞，附述其事。庚子之變以後，清廷講新政改革，善耆以親貴而考求甚力，頗號新派。其接收京師警權，管理工巡局，用人以通時務者為主。後來之官民政部尚書，亦循此旨。在中國初期警史上，大有關係。（充崇文門監督，亦於積弊有所剔除。）留學生回國者日多，凡知名之士，必多方禮羅，肅府賓客稱盛。銀錠橋事發，清室僅以監禁定案，善耆之力居多，為世所稱。亦以夙多接近新人物之故。聞當案解法部之前，善耆秘延汪等至邸會晤，待以賓禮，從容談話。以政見相討論，僅有顧鰲一人陪坐。顧亦以留學生見器於善耆者，時蓋為外城巡警總廳六品警官云。（銀錠橋案之從輕發落，風聲所樹，各省大吏對於黨人亦多不肯過於為難，民國創建之機運蓋益趨成熟矣。）各省請願速開國會之代表，王公大臣罕與往還，善耆獨招宴於邸，傾談竟日，於憲政之實施，甚致惓惓之意，故代表咸許為親貴中之有心人。武昌事起，清廷議起用袁世凱，善耆不謂然。（聞袁氏戊申之罷斥，善耆與其謀。）迨袁氏應召入京組閣，知大事已去，避地大連，後竟客死。

其遺摺云：

奏為賫恨哀鳴叩謝天恩仰祈聖鑒事：竊臣幸托宗枝，長沾門蔭。拜爵之始，遭值拳禍，廬宇盡毀。荷蒙先朝哀憐，畀司崇文榷務。臣梳剔積弊，課入驟增。猥因見知，管理步軍統領，充御前大臣，補民政部尚書，調理藩部尚書。辛亥兵變，各處蜂應，卒以召用非人，潛移國祚，疾首痛心，莫此為甚。臣力爭不聽，挽救無術，更不能與盈廷泄沓，共戴三光，遁之旅順，偷延視息，潛抱艱貞之志，恨無開濟之才，每伺再造之機，終亡一成之寄。瞻望觚稜，瞬逾十稔。憔悴就死，臣罪當誅。伏願我皇上蓄德養晦，祈天永命，重光郅治，比隆康武，微臣雖在泉壤，蒙袂含欣。……臣久誤覲賀，罪過實深，敢請納還爵士，即日停襲，少贖臣懲，以畢臣志。伏枕嗚咽，不知所云。

詞甚激楚，足見其意志之一斑。此摺為其友奭良代草，見《野棠軒文集》卷三。（奭良字召南，素有文名，稱八旗才子。清季歷官奉天東邊道、湖北荊宜施道、江蘇淮揚海道，與善耆稔交。庚子後之肅王府，在北新橋船板胡同，本其產也。入民國後曾任職清史館。摺中敘仕歷，有理藩部尚書一項。按宣統三年辛亥，慶內閣成，尚書均改稱大臣，善耆為民政大臣，旋調理藩大臣，皆國務大臣也。時已不稱尚書矣。）

清季親貴多嗜戲劇，一腔一調，極深研幾，頗成一時風氣。王公府第，大抵皆有票房，肅府其尤著者也。善耆自幼即好此，其隨從太監率能登臺奏技。府中每月必演戲數次，每演，善耆必自飾主要角色。祁寒盛暑不以為勞。除普通皮簧戲外，並自編成本新戲，有《鄭成功》一劇，尤喜演之。自飾鄭，文武唱做悉備，全本約演六小時。善耆精神抖擻，始終不懈，伶人多自稱不如。其弟善豫（字仲謙，清季以鎮國將軍任京旗副都統）亦同此嗜，兄弟或合演一劇，互相詼謔以為樂。（民初肅府箱底曾出演於東安市場，所演本戲有《請清兵》等。北京盛行皮簧，肅府箱底則高腔也。）間作書畫，每自署偶遂亭主，亦落落有致。府中內書房，顏其額曰「如當舍」，屬汪榮寶（時官民政部參議，亦以留學生受賞拔者）書之。見者多不得其解。或叩之，善耆曰：「君未讀《孟子》乎？『如』欲平治天下，『當』今之世，『舍』我其誰也！」聞者解頤，亦可瞻其抱負非凡也。又善耆忠於德宗，嘗密圖自效，事詳王小航（照）《方家園雜詠紀事》。

次溪成茲兩種，在史料上可謂有重要之貢獻，而其意猶欿然不自足，對於此項史迹，方更有所收集，其致力之勤如此。似可與前二種彙為一書，再加精密之校理，則有裨於治史者尤不淺矣。

（民國三十一年）

岑春煊

西林岑春煊近卒於上海（壽七十有三），其人亦一代英物也。清光緒乙酉舉人，曾官工部，以父毓英卹典，賞五品京堂，洊至兼圻，於清季疆臣，嶄然露頭角。庸鐵之中，無愧錚佼焉。少年為貴公子，尚有紈絝之風。湯用彬《新談往》云：「春煊少跅弛，自負門第才望，不可一世。黃金結客，車馬盈門，如宴也。以狎優之暇識（何）威鳳，間接識（張）鳴歧。鳴歧後來事業，俱發軔於韓潭之間，而世人不知也。」又云：「光緒中葉，京師有三惡少之稱。三惡少者，岑春煊、瑞澂、勞子喬也。春煊夙根較深，反正亦早。」少年時代之岑西林蓋如此。

戊戌，光緒帝變法圖強，甄擢臣僚，春煊受知遇，以開缺太僕寺少卿驟用為廣東布政使。（前引疾開缺，時到京請安尚未補缺也。）庚子之役，以甘肅布政使率師勤王，護駕西行，遂邀西后特賞，遷任封疆。相傳其時春煊初擬助帝收回政權，或以孝治及利害之說動之，乃不敢發，而益自結於后。論者多病其不能見義勇為，然封疆重臣，統兵大將，多戴后，帝則勢處孤危，舉事不慎，將有奇禍。春煊縱欲建非常之業，其力亦苦不足耳。

光緒末葉，慶王奕劻長樞機，為朝臣領袖，袁世凱督畿輔，為疆吏領袖，並承后殊眷。二人深相結納，勢傾全國。而內則軍機大臣瞿鴻禨，外則兩廣總督岑春煊，獨深不直之，顯樹異幟。雖勢力不逮，然亦差相頡頏，為所忌憚，以鴻禨、春煊清勤負重望，簾眷亦隆也。丙午，春煊在粵督任，稱病請開缺，冀內用。調雲貴，不就，堅請入對。翌年（丁未），復使再督四川，仍不願往，遂北上。行抵漢口，電奏即日入京陛見，於三月抵京，未候朝命也。既召見，后慰勞甚至，勖其勿遽言退，並問所願。對曰：「如蒙准臣開缺養痾，自屬天恩高厚，倘不獲俞允，則留京授以閒散之職，亦深感鴻慈。」后因指帝而謂之曰：「我常同皇帝說：『庚子年若無岑春煊，我母子焉有今日。』你的事都好說，我總不虧負你！」於是授為郵傳部尚書。命下後，復召見，命即行到任。春煊曰：「臣未便到部視事。」問以故，曰：「以侍郎朱寶奎之惡劣，臣豈能與之共事乎。」因言寶奎劣迹，寶奎蓋夤緣慶袁以進者也。后曰：「爾言當可信，俟到部後查明奏參，當加罷斥。」春煊曰：「此等人臣不能一日與之共事，必先去之臣始可到任。」后曰：「吾非惜一朱寶奎，總須爾到部具摺奏參，乃有根據以下上諭耳。」曰：「皇太后果以臣言為不誣，則臣今日面參即可作為根據也！」后諾之，而寶奎即日罷斥矣。上諭云：「據岑春煊面奏：『郵傳部左侍郎朱寶奎，聲名狼藉，操守平常。』朱寶奎著革職。」侍郎於尚書為同官，非屬吏，而以未到任之尚書一言而褫本部侍郎之職，著之諭旨，實故事所無，當時后於春煊眷遇之隆，足見一斑。

后知春煊與奕劻水火，欲調解之，因問以到京後曾否往謁奕劻。對曰：「未嘗。」后曰：「爾等同受倚任，為朝廷辦事，宜和衷共濟，何不往謁一談？」曰：「彼處例索門包，臣無錢備此。縱有錢，亦不能作如此用也。」后亂以他語而罷。春煊屢為后言奕劻貪劣諸狀，蘄早斥逐，以澄清政地。后雖不能從，意蓋不能無動。奕劻自危，以瞿、岑互為聲援，亟與世凱謀去二人，於是四月春煊奉旨再督兩廣。（費行簡《慈禧傳信錄》云：「……春煊復薦桂撫林紹年清亮，后亦信之。世凱睹狀知己亦將為岑黨所搖，適粵寇更作，乘入覲時為后言：『周馥臣姻家，知其人雖忠誠，而年已及耄，粵寇再起，而其地革命黨尤熕，恐非馥才力所能制。臣過蒙慈眷，雖事非職掌，知不敢不聞。』后曰：『此爾愛國忱，吾方嘉之。如言知兵及威望，固莫加岑春煊，而慮其不願再任粵事，奈何？』世凱對：『君命猶天命，臣子寧敢自擇地。春煊渥蒙寵遇，尤不當如此。』后頷之，翌日命下。時春煊方將續疏論劻罪，而不虞己已外簡矣，知為劻黨所排，陛辭日涕泣為后言，朝列少正士，風氣日壞，國本可危，乞後省察。后曰：『爾言直，非他人所敢出，吾行召林紹年矣。』……紹年果奉召入值軍機。」可備參考。惟林紹年由桂撫內召，入軍機，為前一年事，是年六月即又出為豫撫，費氏殆誤記其出軍機之時為入軍機之時耳。又周馥自著年譜丁未敘及罷粵督事有云：「……傳聞某樞奏：『廣東匪多，周某年衰，恐筋力不及，可以某某代之。』實擠某某出京也。其中情事複雜，不便敘述。」）五月鴻禨放歸田里，政潮告一段落矣。

春煊辭不獲允，赴任過滬，托病不前。至七月，將赴粵矣，忽奉旨開缺，仍慶、袁輩中傷也。《慈禧傳信錄》謂係江督端方所媒孽。其說云：「春煊方居滬上，聯絡報館，攻擊慶、袁無虛日，方乃以密書達樞廷，稱春煊近方與梁啟超接晤，有所規劃，以二人合拍影相附之。后覽相片無訛，默對至時許，歎曰：『春煊亦通黨負我，天下事真弗可逆料矣！雖然，彼負我，我不負彼！可准其退休。』於是傳旨准春煊開缺調養。而相片實方以二人片合攝之，以誣春煊，后不及知也。說者謂：『岑、端亦結昆弟交，而方甘為世凱報復，心誠險矣。』」可廣異聞，未知其審也。（罷岑之諭云：「岑春煊前因患病奏請開缺，迭經賞假。現假期已滿，尚未奏報啟程，自係該督病尚未痊。兩廣地方緊要，員缺未便久懸。岑春煊著開缺調理，以示體恤。」與戊申世凱奉開缺養痾之諭，頗相映成趣，均「以示體恤」也。）

聲討洪憲之役，春煊就兩廣都司令職宣言有云：「春煊將言，先不能無大慚。使春煊而才者，袁世凱豈能篡滿清三百年之業？辛亥則既篡矣！又豈能叛民國四萬萬人之國？今茲則既叛矣！於彼著其為篡與叛之才，於此則著我無才以制此篡與叛者，乃使其竟篡且叛！」又云：「春煊不敢必此役之必勝，然而必有以答天下之督責不負兩廣之委託者，惟有兩言：『袁世凱生，我必死；袁世凱死，我則生耳！』」一特有一種口氣，以光緒末葉同為總督，袁岑兩宮保本齊名也。宣言蓋都參謀梁啟超代草。（嗣讀溫欽甫先生函云：「當時肇慶組織都司令部時，梁任公先生雖為都參謀。然岑公當日就職文係出周孝懷先生手筆，而非梁先生手筆。梁周皆鄙人友好。周先生為此文時，鄙人在座。」）

宋平子（恕）於光緒末葉談督撫優劣，謂：「陶子方、岑雲階，果敢有風骨，第一等也。徐菊人、楊蓮甫，雖無大作為，而和平寬大，亦尚不失為第二等。張香濤、袁慰廷，均負盛名，然張皇欺飾，宜考最下。」不惜深貶張袁，而推重春煊若是。

當春煊罷粵督後，僑寓滬上，頗以遊宴自遣。會后帝逝世，上海道蔡乃煌上書責之。書云：

宮保大帥鈞座：敬稟者，竊職道以塵冗糾紛，久疏趨謁。襜帷伊邇，軫結為勞。伏承珍衛適宜，動靜多預，閎謨碩望，允愜頌忱。昨遭兩宮大事，薄海震驚，方遏密夫八音，動衷思於兆姓。環球各國，唁電紛傳，使館輸誠，半旗志悼，亦足徵非常之變。無內無外，率士同悲。宮保世受國恩，遭茲巨痛；攀龍髯而莫及，悵鸞輅之已遐，自較尋常，尤深感愴。乃者中西士商，紛騰口實，競謂宮保左右，不廢宴遊。夫少陵落拓，憑杯酒以說生平；小杜疏狂，對摴蒱而陳心事。才人寄興，無足深論。惟念我宮保生而忠愛，素具血誠，身在江湖，心依魏闕，必效陶公之運甓，忍師謝傅之圍棋。況國恤方新，人言可畏。上海為中外具瞻之地！宮保為蒼生屬望之人，伏望勉抑閑情，用資矜式。追溫公於東洛，資治成書；媲衛國於平泉，籌邊儲略。謹獻當論，聊備鑒裁。肅稟恭請鈞安，惟祈垂鑒。職道蔡乃煌稟。

詞婉而意甚峻厲。春煊為之愕眙不置。費行簡《近代名人小傳》傳柯逢時有云：「……遊匪事棘，移廣西巡撫。時岑春煊以桂人督兩粵，治寇西省，用吏皆專決，侵撫臣權。逢時不能堪，聞春煊演劇，即以時值用兵，宣禁戲劇，勒諸伶還。」二事可合看，蓋春煊少年餘習，猶未盡湔，致貽人口實耳。

乃煊故黨於慶袁者，其簡授上海道，或謂實承旨伺察春煊云。後春煊等在兩廣聲討洪憲，乃煊竟死於粵。雖其時乃煊有取死之勢，不得謂由春煊修怨，然相值亦巧矣。

章士釗與春煊有舊，其《孤桐雜記》有云：

……西林言：粵人之賂，均明白致之，號曰「公禮」。與人計事，以不收公禮為無誠意。彼開藩時，為米案接商人稟詞，中央票銀四十萬，駭而還之。繼詢知為公禮，與最常行賄有別。商人以是大戚，以藩臺無意助己也。而西林卒右商。與總督譚鍾麟互許，清廷兩解之，彼得調往甘肅。米商遮之，不聽其行。自大堂以至東西轅門，皆為米包填咽，舉足不得。西林朝服出迎，長跪與眾商對話，稱朝命不可迕，重來有日，暫不必噪。商盡泣，知不收公禮而肯為民任事者尚有人也。未數年，西林果督粵。

此言其清。

又云：

西林曩為愚言：川有大盜某，屢捕屢釋，浸玩於法，而釋每由良民切保，詞情懇摯，若不忍卻。彼督川時，下車即密令捕盜。捕得而所謂良民之尾於後者且數里，隨奔督轅，切結環保，勢洶洶，不出盜且變。西林遣使慰眾少待，立升大堂，鞫未數語，斬盜堂下。既令懸首轅外，西林且出面眾，問民意安在。眾嘩駭，驟無以對，忽涕泣不可仰，且跪且言：「吾儕之累於盜也至矣！歷憲畏事，無敢卒戮之者。捕時民不立為之地，盜出且施酷罰。在勢小民不得不保，保猶不得不力。今宮保毅然為吾川除害，此青天也！民感且不暇，而又何懟焉？」且跪且言，涕泣不可仰。

此言其果。惟春煊後在兩廣總督任，始以剿平廣西匪亂功加太子少保，督川時宮保之稱嫌早。庚子春煊隨護兩宮西行，其督辦前路糧臺，據吳永所云，蓋永所推讓也。《庚子西狩叢談》（永口述，劉焜筆錄）謂永在懷來縣任迎駕後奉旨「辦理前路糧臺」，

> ……予念身無一文之餉，手無一旅之兵，來日方長，何堪受此纏擾。私計岑春煊現攜有餉銀五萬，略可督任支應，且彼帶有步騎兵隊，彈壓亦較得力。觀其人似任俠有義氣，不如以督辦讓之，而吾為之會辦，相與協力從事，於公私均裨益。然此情將以何法上達得邀俞允？遂往見莊親王，告之以故，請其挈予面奏。顧曉聒許久，彼竟茫然不省，曰：「我記不起這許多。這外官規矩乃如此麻煩。我帶爾同往，爾自陳奏可也。」即攜予同入，至東大寺行宮，由內監通報。須臾，李監自角門出，低聲問曰：「此時尚須請起耶？」莊邸曰：「他有事面

奏。」曰：「然則我為爾通報。」須臾叫起，太后立於佛殿正廊，皇上立於偏左。莊邸即前奏曰：「吳永有事陳奏。」即回顧曰：「你說。」予奏曰：「蒙恩派臣為行在前路糧臺，本應竭犬馬之勞，惟臣官僅知縣，向各省藩司行文催餉，於體制諸多不便，即發放官軍糧餉，布發文告，亦多為難之處。現有甘肅藩司岑春煊，率領馬步旗營隨駕北行。該藩司官職較崇，向各省行文催餉係屬平行。可否仰懇明降諭旨，派岑春煊督辦糧臺，臣請改作會辦。所有行宮一切事務，臣即可專力伺候，不致有誤要差。」時太后方吸水煙，沈思良久曰：「爾這主意很好，明晨即下旨意。」……晨起召見軍機，即降旨：「派岑春煊督辦前路糧臺，吳永、俞啟元均著會辦前路糧臺。」予方喜可以分卸重責，詎以此事大為軍機所不愜。是日駐蹕宣化所屬之雞鳴驛。王中堂呼予往見，即詬曰：「爾保岑三為督辦，亦須向我等商量，乃逕自陳奏耶！此人苗性尚未退淨，如何能幹此正事？將來不知鬧出幾多笑話，爾自受累！爾引鬼入宅，以後任何糾結，萬勿向我央告，我決不問！」予聞語愕然。噫！少年魯莽，輕信寡慮，至以此開罪於軍機；不意以後沿途轇轕及一生蹭蹬，乃均坐此一事。此亦命宮磨蝎，數有前定，本無所用其追悔，然掘坎自埋，由今回憶，可恨尤可笑也。……岑一見予即相詬怨曰：「謝爾厚意，乃以此破沙鍋向我頭上套，令我無辜受累！」其實彼固十分欣願，求之而不得者，只以出於我所保奏，似乎貶損身份，且恐向之市恩，故佯為不悅以示意，以後乃節節與我為難，不德而怨報之，洵始料所不及也。……自共辦糧臺，後接觸漸多，意見日甚。彼自以官高，與予比肩並事，似覺不屑，又以督辦名義出予上，遇事專斷，不復相關白。凡有陳奏，皆用單銜獨上。王中堂謂體制不合。應以會銜為宜。彼執不可。王曰：「否則於牘尾敘明臣會同某某云云，夾入名字。」彼亦不允。曰：「再不然，惟有於奏後列銜，如京官九卿奏事體例。」岑始終持不可。中堂一日曾對予微笑曰：「我知道岑三必與爾搗亂，今果然矣！但爾自取之，於人無尤。我早已聲明，不能過問，恐以後笑話尚多也。」

其間清事，蓋言之歷歷如繪，可供參考，廣異聞。永後屢為春煊所阨，衅怨頗深，《叢談》中於春煊每致恨恨，或不無過當處。春煊勇於任事，時望甚隆，而亦不免以學養未足氣質近粗見病。

（民國廿二年）

附志：岑氏有《樂齋漫筆》，自敘生平頗詳，近見於《中和月刊》四卷五期，可與拙稿所述相印證。

林開謩

長樂林開謩（字貽書），清光緒甲午乙未連捷，以二甲前列選庶常，戊戌散館，授編修。是年政治上起大波瀾，所謂戊戌政變也。翌年己亥，孝欽立溥儁為穆宗嗣，號大阿哥，命在弘德殿讀書，實為廢立之準備。時有以林父天齡穆宗舊傅，擬令林直弘德殿者。林聞之，以此局叵測，不欲置身其間，因謁其師軍機大臣廖壽恒，蘄寢其議。甫語以所聞消息，廖遽大呼曰：「佳話，佳話！」不得竟其詞而出；復往謁軍機大臣啟秀，亦其師也。既申其意，啟秀問以何故，對曰：「去年甫經留館授職，尚未放差，家計頗難周轉，如遽直內廷，實賠墊不起。廷議及此時，惟求師以資淺為說即可。」啟秀以所言亦實情，諾之，惟謂：「汝既不願，宜有代者，試言何人可代汝，以備為汝辭卻時易於置詞。」曰：「翰林前輩中，如高熙廷（賡恩）、高勉之（釗中）學望頗優，似均可勝任。」（二高均丙子進士。）啟秀頷之。林得擺脫此席，高賡恩則由陝西陝安道內召，以候補四品京堂直弘德殿矣；蓋大學士徐桐（翰林院掌院學士照料弘德殿）重高，亦力薦之云。（高氏夙稱端謹，而被命不辭，論者頗以為惜。）

庚子，林奉派甘肅副考官，以時局關係，鄉試展期，中途召回，偕正考官沈衛謁兩宮於西安行在，獲簡河南學政。（沈簡陝西學政）任滿回京，旋以道員用簡署江西提學使。出京之前，例須遍謁軍機大臣，接晤後始起程。時慶王奕劻領袖樞垣，往謁三次未見。林語閽人：「各大臣均已謁晤，一見王爺，即可成行，究竟何時可以得見？」閽人乃微笑而告以尚有應納之門包（據聞凡三種名目，共銀七十二兩），林指壁間所貼奕劻嚴禁收受門包之手諭曰：「王爺有話，吾何敢然。」閽人曰：「王爺的話不能不怎（整理者按，應讀去聲，北京土語，猶「這」）麼說，林大人你這個錢也不能省！」正在此際，徐世昌（軍機大臣）來，林迎晤之，徐曰：「老世叔何尚未動身耶？」（徐丙戌會試房師支恒榮為林父同治庚午典試江南所得士，故長稱林一輩。）林曰：「謁王爺已三次，猶未得見也。」徐因囑其稍候而入，旋即傳請林氏入見，林乃得出京，蓋借徐面告其來謁，而越過司閽一關。（赴任時，曾至日本考察教育一次。）

之官後，值巡撫更動，藩司沈瑜慶護理撫篆，林兼署藩司數月，迄新撫蒞任。新撫馮汝騤與林本舊友，而林屢以公事相諍。（藩學臬三司兼禁煙局總辦，馮據禁煙局提調候補知府某之手摺，以吸煙奏劾某令褫職，而三司未與聞。林乃與藩臬司上兩院，詢馮以某令被劾何所根據，馮曰：「某守有手摺稟揭，事非無端也。」林抗聲曰：「司裏並無詳文！」馮默然。此其一事也。公事而外，猶有一小事可記。馮林曩在京師稔交，內眷亦互相往來。馮妻到贛，嘗示意欲林妻往見敘舊。林不可，謂：「官有堂屬，內眷無所謂堂屬，馮夫人如願相晤，則『行客拜坐客』，宜先到學司署也！」）宣統間林不能安於位，有謂與馮之態度有關者，然馮氏聞命之後，固力表嗟惜，慰藉甚至，且堅留俟新任至省始交卸，其事殆難明也。

林在贛提學使任時，京中忽有人致書，索銀八千兩，謂當代圖補授此缺，且言此係優待，他人須兩萬也。林置之不理；旋接友人在張之洞（大學士管理學部事務）左右者來函，告以學部甄別各省提學使行審核成績，品第甲乙，其名在第七，考語頗佳，張已準備入奏。以所云，有真除之望矣。乃未及奏上而張氏病逝。未幾林即奉旨開去署缺，以道員發交兩江總督張人駿委用，蓋慶王奕劻欲位置湯壽潛，示延攬名流，會有媒孽林氏者，因以是缺界湯（後來就）而罷林。聞攝政王載澧，對於林之開缺，未甚謂然，故雖罷而猶有此下文。

林與那桐（大學士軍機大臣）有世誼（那桐叔銘安與林父天齡同治庚午同典江南鄉試），夙相稔，交卸贛學篆到京時往謁。那桐謂：「君中暗箭矣！」林氏從容論及朝政，致慨於紀綱之不振，因謂：「某在任時，惟知直道而行，京朝勢要，不欲浼瀆，而居然有人致書索賄，以代謀真除為言。此等事非某所屑聞，故置之不理，不久即有開缺之命，此何說耶！」那桐亦為扼腕，而謂朝政實大可憂，且論親貴擅政之非，言次伸二指相示，謂洵、濤兩貝勒也。林氏正色曰：「他人姑不論，中堂有匡濟之責，亦可隨波逐流乎！」那桐亟曰：「老三，不用說啦，我請你喝酒罷！」（林氏行三）江督張人駿前官河南巡撫時，林為學政，夙相引重，於其至，甚示優遇，初欲使充鹽務督銷之差（官場所號優差也），林以不慣此為辭。會江南鹽巡道榮恒告病開缺，張電軍機處請援舊例由本省遴員請補，復電許之！遂擬以林補此缺，林係特旨發往，例可盡先補缺也。請補之疏將上，忽有上諭簡放徐乃昌，聞者頗以為怪。時載澤長度支部，兼領鹺務，方事中央集權，謂鹽道補缺應由鹽政處主政，不能由疆吏奏補，因以徐氏請簡，事出兩歧，政府不遑顧及矣。實則江南鹽巡道之鹽，名存而已。張旋委林署徐州道。

徐州兵備道，雖僅領一郡，而地居要衝，為「衝繁難」要缺，兼受江北提督節制。林到任後，值辛亥革命起於武昌，江北提督（駐清江浦）段祺瑞即赴彰德謁袁世凱。（道出徐州，林近謁，贈以詩，有「舉棋早覺空餘子，借箸誰能副盛名」之句。）提督篆務由淮揚海兵備道奭良護理，未幾清江浦所駐新軍譁變，變兵竄徐州一帶。林氏懼其擾民，從權招撫，編成三營，申明約束，與所統駐徐防營一體待遇。一日忽有新編軍六人以搶劫被執，解送道署，林一見即曰：「此非吾收編之新軍也！吾新軍皆守法者，烏有是？」乃下令斬之，而以他處逃兵徇於眾。時官紳莫喻其旨，謂：「道臺何以不察？」旋知新軍三營以六人被執，人人自危，已洶洶欲動，及聞林所示，乃帖然，始服其應變之智焉。其後地方紳民推為民政長，未就，而革命軍已得南京，遂入都辭職。內閣總理大臣袁世凱猶強使任事，力辭乃止。

入民國後，卻徵不出，而亦未嘗以遺老厚自表襮。晚年久居北京，與陳寶琛結鄰。民國二十六年春，南遊賞梅，得病而歸，五月間卒，壽七十有五。有自挽一聯云：「固知無物還天地；不敢將身玷祖宗。」坦蕩之懷可見。

楊鍾羲挽以聯云：「居舊京歷七十餘年，所見所聞所傳聞，揮麈都成夢華錄；並吾世多二三其德，同學同官同知足，輟弦老失素心人。」寄慨遙深，老年師弟，情懷若揭也。楊為己丑翰林，甲午分校順天鄉試，林出其門，中第五名舉人，師弟感情至厚。辛亥革命，林在徐州道任，楊則江寧知府，均棄官高隱。同居北京，每逢年節，林必詣師門叩拜盡禮，不以年老而稍改，風義可風末俗。（林長於楊二齡。）陳三立聯云：「改世擲勳名，攬勝飛吟，澹泊襟期完獨行；餘生接師友，佐談聯酌，綢繆歌哭戀同居。」深警酷煉，此老固不肯一字落於平凡也。下聯有其師陳寶琛在（寶琛為三立壬午鄉試座師，先林兩年卒），情致尤為切摯。周善培聯云：「莫為聽，歌亦絕，誰與賞，花正開，境如夢然，雖餘生，只餘慟；將大顯，時已非，方健游，倦而返，公知命者，無所闕，何所哀！」戛戛獨造，矯健不群。王人文聯云：「知命其神，早識阨年真有數；處世譬奕，常留餘地與人思。」陳夔龍聯云：「時局無可言，廿年早遂初衣，盡消受北海酒尊，東山棋墅；故人入我夢，一生當著幾緉，最難忘西湖夜月，南浦朝雲。」周學淵聯云：「談笑得春多，廿載閑緣接杯酒；衣冠經劫在，一流遺韻冷湖山。」楊壽樞、壽枏聯云：「用則行，舍則藏，畢生月抱風襟，真趣任鳶魚飛躍；沒吾寧，存吾順，此去雲裝煙駕，靈蹤追鸞鶴翔遊。」沈衛聯云：「清望在宣南，教澤在中州，治功在江左右，雖聲華藉甚，實未盡君之才，只老來意氣猶豪，多子多孫誇晚福；善奕若支公，

健啖若廉頗，好遊若宗少文，而襄橐蕭然，惟以吟詩為樂，到此際死生無礙，看山看水了餘年。」張元濟聯云：「海東問俗，江表宣猷，回首幾滄桑，宦迹都隨春夢去；荷榭留詩，茅亭索茗，

賞心共晨夕，足音還盼故人來。」與左列林灝深等挽詩，多寫其身世性行及餘事，可參閱：

林灝深挽詩：

修夜胡不暘，朝露倏已晞。年命嗒然謝，賢愚同所歸。
顧惟鸞鶴姿，顧盼生光輝。又維真摯誼，歷久彌見思。
景皇歲在未，王國貢羽儀。與君試明光，春殿同摛辭。
三策對天人，平步鳳凰池。吾舅亦上第，君家舊門楣。
吾弟頗竟爽，驂靳還相隨。爾時盛意氣，走馬長安陂。
君家好兄弟，列騎佩金龜。堂上太夫人，愛日方逶遲。
子姓各振振，顧之顏色怡。前導崔邠輿，閒居潘岳詞。
命駕遊西山，戲彩為娛嬉。韜光與神魔，周覽搜其奇。
以茲通家誼，累舉上壽卮。年少好高論，屢領長者頤。
事往四十年，光景如飆馳。白日謝昭質，非復春草暉。
金昆與玉友，次第蕙蘭萎。追懷舅與弟，淪謫天南陲。
蓬轉各賫志，一官何數奇！曩者同遊侶，幽明異路悲。
僅存兩人耳，述之輒涕洟。重以黍離感，玉步匆改移。

子山江南賦，臣甫杜鵑詩。十年走南北，空存骨與皮。
一見飯顆瘦，再見楊彪羸。今春君南來，憔悴面目黧。
癥結在肺腑，疾已不可治。扶病旋北轅，執別在臨歧。
握手拳拳意，晤言恐無期。強作達觀語，遲君梅花時。
驪駒聲在門，搖搖悽心脾。頗聞屬纊辰，神明初不衰。
自作生挽語，晚節幸無隳。達人外生死，此語良不欺。
痛君殊自念，子立誰為依？平生家國恨，寧徒哭其私？

陳夔龍挽詩：

平生一掬親朋淚，哭罷蒿庵又放庵[1]。
茘子鄉心隔閩北，梅花春信斷江南。
生前名列神仙府，沒後魂歸彌勒龕[2]。

1 僕一生交誼，以夢華與君為最篤。
2 佛誕前一日怛化。

馮叟九原如可作，殘棋應向橘中談[3]。
接武蓬山世德求，識荊憶共柳庄遊。
功名我未圖麟閣，才望君推造鳳樓。
滄海橫流空擊楫，黄河遠上快同舟。
年交寅好兼婚媾，彈指光陰五十秋。
頻年北雁逐南鴻，載酒題襟處處同[4]。
天目看雲鐘梵外，匡廬觀瀑雨聲中。
謫仙樓上撈明月，西子湖邊唱曉風。
愁對宋梅迎望久，超山煙樹大空濛[5]。
幾時翦燭共論文，一霎人天袂竟分。
願著麻鞋追杜老，慚無寶劍贈徐君。
江東有客嗟遲暮，日下何人述舊聞？

3 往歲二老對弈，余每作旁觀。
4 成句。
5 超山探梅，旋返舊京，竟賦遊仙。

就菊重陽虛後約，薤歌先唱鮑家墳[6]。

陳衍挽詩：

街西曾作對門居[7]，彈指年光六十餘。
看著荷衣能隱重，笑擰紅頰一軒渠。
馬周命相經推算[8]，籍福稱呼自督書[9]。
不道七年癡長者，詡令北望幾欷歔。
自許平生食肉飛，吾衰猶共沈家脾。
方憂面減團團樣[10]，尚喜詩無格格詞[11]。

6 臨別尚有九月南來登高賞菊之約，而今已矣。
7 君幼自都歸里，在西門街，與余居對門。
8 君自精相法，而甲午年使余推八字，余決其廿年佳運，後果然。
9 君使余書屏對，要余稱以老弟。
10 去夏見君面頗有陵谷變遷之異，既而復原。
11 君詩歡娛能工。

鄂渚師門讓座位[12]，申江甥館便追隨[13]。
三庵宿草春明夢[14]，一念前塵一涕洟。
告君一事定欣然，名宦吳中續百年[15]。
力疾衡文南社老[16]，憂勞行水忍庵賢。
滄浪亭上添圖像，拙政園中缺簡編。
我是座間提議者，欲招魂魄此留連。

夏仁虎挽詩：

海內名公子，皤然一老身。書賢漢經術，元亮晉遺民。
晚福諸昆裕，行仙陸地春。論交在三世，歲暮獨相親。
頻歲看花約，今年願復乖。雪寒燕市酒，風落超山梅。

12 君提贛學過鄂，楊雪橋太守觴君黃鶴樓，請余作陪，雪橋余局提調而君房師也，讓余首座。
13 君至滬，住其女夫沈崑三處。
14 弢庵、忍庵、鮮庵，君戚友，皆余至好。
15 時吳中方議推廣舊祀五百名賢，延余提議，舉君尊人錫三年丈及王忍庵同年。
16 錫三年丈督學江蘇，扶病按臨松江，歿於考棚。

自識龍蛇識，終看鵬鳥來。陳朱凋謝後，又作寢門哀。

林氏別號放庵，希陸游也。得一扇，為改〔？〕琦畫「一樹梅花一放翁」，畫中放翁，恰與林神情宛肖，亦一佳話。紀昀《灤陽消夏錄》卷二有云：「海陽李漱六，名承芳，余丁卯同年也。余聽事掛《淵明採菊圖》，是藍田叔畫。董曲江云：『一何神似李漱六！』余審視信然。後漱六公車入都，乞此畫去，云生平所作小照都不及此。」兩事相類，可云無獨有偶，而林事尤為巧合。陳寶琛題詩云：

放庵閑放師放翁，得畫神貌適與同。
平生任天無宿物，不假戰勝顏常豐。
年時比舍聚姻婭，我甫踰冠君方童。
何期垂暮挈子侄，還與割宅居西東？
顧我負重瀕渤碣，君儘日飲看霜楓。
杞憂居問亦一哂，天縱不墮終夢夢。
昨來瞻覲退就我，寒雪璀璀繼以風。
圍爐話舊問〔間〕星相，壽夭一視無窮通。

家山烽火勿復問，藏醞開甕聯一中。
重遊鄧尉恐無分，且共酒面燈前紅。

此詩蓋民國十五六年間旅津作。陳林僚壻至交也。
余挽林聯云：「清望同昭，平生雅故陳聽水；高風宛在，曠世襟期陸放翁。」

（民國二十八年）

吳佩孚與郭緒棟

吳子玉（佩孚）遽作古人，蓋棺論定，自是一非常人，其性行尤多可稱，宜各方咸表悲惋。余因之思及其在洛陽時之秘書長郭梁丞（緒棟）事，覺頗可述，爰就所聞，志其概略。

吳之初從軍也，嘗隸段日升部下，未露頭角。時郭氏為段幕僚，會臥病久之，吳服侍極盡心。郭感其意，痊後與談，知為秀才。言於段，拔充司書。旋稔其有大志，為謀肄業武學，異日功名，實基於斯。故吳對郭深懷知遇之感，以師禮事之。郭識吳於微時，可謂巨眼也。吳氏既貴，郭恥有挾而求，未嘗通竿牘，有所干乞。吳在洛陽，值秘書長缺人，即敦邀郭氏赴洛，蘄其相助。郭由濟南商埠局局長兼市政公所總辦解職後，方在濟索居無俚，感於吳意之諄切，乃至洛而任秘書長。吳待之，致敬盡禮，不與他幕僚等視。吳惡鴉片，對幕僚中禁特嚴，而以郭多病難祛舊嗜，破格聽其自由吸食。將公牘隨時送閱，即在室內核定，不令到辦公廳辦公，俾可將養。且每親莅煙榻，商搉機要。雖曲法以相寬假，不可為訓，要見待遇之優厚。郭為吳謀甚忠，持議侃侃，吳恒降意相從，而服其擘畫之當於事情焉。民國十三年，郭卒於洛幕，吳傷悼不勝。挽以聯云：「國爾忘家，公爾忘私，遽拋老母孤兒，有我完全擔責任；義則為師，情則為友，此後軍謀邦政，無君誰與共艱難！」語極切摯，並厚恤其家。請於政府，贈以上將之階。其投分之深，可見一斑。而終始之際，尤見風誼之篤也。此聞諸柯燕舲君。

柯君先德鳳孫先生，為郭撰墓誌銘云：

君諱緒棟，字梁丞。山東膠縣人。少孤貧，然沈敏有大志，自力於學，不肯汩沒於帖括。嘗曰：「世變日亟，吾欲以文學自奮難矣。」是時張勤果公領軍，君聞張公善待士，乃至軍中求自效，為中營文案，張公大器之。張公卒，君去為天津巡警總局文案，陸軍第三四鎮書記官。

民國肇建，擢濟南商埠局局長兼市政公所總辦。君綜核精密，遇事持大體，聲名藉甚。兩湖巡閱使吳公，素知君，至是開府洛陽，請君為秘書長，倚之如左右手。君感國士之知，遇事有可否，駁難往返，必得其當而後已。吳公之知人，君之酬知，當世以為美談。民國十一年，簡授濟南道道尹，吳公留君幕府，不赴任。是時君佐吳公已六七年，因勞勩患喘嗽，又以太夫人春秋高，乞假歸，為太夫人八十壽，遂欲養親不出。而吳公調任直魯豫巡閱使，幕府事益劇。招君返洛陽，敦促再三，君不獲已而行。比至洛陽，病日增，彌留之際，神識湛然，處分公事如平日，惟以不能終事老母為憾。嗚呼！其可悲也已！吳公上君勛績於政府，贈陸軍上將，異數也。君生於同治十年九月八日，卒於民國十三年四月七日，年五十有四。配黃夫人，無出。戈夫人，生子二，愈焜、愈炳；孫一，盛堅。予與君葭莩之誼，君之葬也，愈焜兄弟來乞銘。銘曰：「齊桓用管仲而成一匡九合之勛，曠世相遭，豈無其人？君之才可以尊主而庇民，奄然沒世，不究所施，猶能垂不朽於貞珉。」

（民國廿八年）

不言識吳於微時情事者，或體其不欲以此相矜襮之意歟。

李汝謙

濟寧李汝謙，號一山。喜詼諧，玩世不恭，而優於文學，甚有藻思，與諧謔之性相濟，遂為滑稽之雄。

其文學之優，可以〈挽張之洞詩〉為代表作。詩云：

驚傳元老竟騎箕，海水吞聲日色微。
鄰國且然聞太息，學人尤甚失歸依。
攀髯自慰鼎湖痛，握髮難禁斧扆悲。
總是兩宮垂眷切，召隨天上贊綸扉。

天將時局故翻新，萬種艱危試一身。
有福方能生亂世，無疵轉不算完人。

直兼新舊將焉黨，最凜華夷卻善鄰。
甘苦要聽公自道，調停頭白范純仁[1]。

余事憐才意獨鍾，費辭總不盡形容。
寶山直發千年藏，學海能朝萬派宗。
蓮炬當時曾荷寵，谷圭奕世好酬庸。
不須守墓除多戶，定有門人為種松。

橫絕晴空有絳雲，今無論定後何聞？
易名恪靖慚同調，合傳江陵訖足云？
將相不關能殖產，孫曾難得盡從軍。
榮哀終始誰工誄，那更如公議禮文？

感恩知己今羞道，施者無方受者隆。

1 用公舊句。

魏野才能傳寇準，李綱原不識陳東。
黃花慘淡逢愁里，丹幡依稀見夢中。
到第九年公始慰，誓將私祭告元功。

沈摯精湛，實為傑構，文學造詣，可見梗概，固非徒以詼諧見長者。所引張氏舊句「調停頭白范純仁」，按原詩（題曰《新舊》云：「璇宮憂國動沾巾，朝士翻爭舊與新。門戶都忘薪膽事，調停頭白范純仁。」）為光緒季年在京所作，感慨頗深。其時朝局，可以略見。

「自成一家」，語非不佳，而李姓用之，則遙遙華胄，有上攀闖王之嫌。其傳為笑柄者，如吳妍人（沃堯）《妍廛筆記》有云：「書畫家例多作閑圖章，以為起首押腳之用。其圖章之文，或取古詩，或取成語，無一定也。畫士李某，請人作一閑章，文曰『自成一家』，見者譁然。細思之，實足發人狂噱也。」此畫士李某以「自成一家」語作印章，致貽笑柄：其事為無心之失。李汝謙亦有「自成一家」之小印，則係故意為之，以寄其玩世之態，尤足令人發噱也。又有印章曰「誅潛德於既死，發奸雄之幽光。」用韓愈文「誅奸諛於既死，發潛德之幽光」語而反之，且改「奸諛」為「奸雄」焉。（並好搜集號為奸臣者之書畫，聞所得頗不少，極加欣賞，每以誇耀於人。）所撰文稿，每蓋用「中虛得暴下」之印章，亦借韓語為詼諧。

李雖滑稽玩世，卻又為仕宦中人。民國元年嘗任山東泰安府知府（時山東尚未裁知府），故又有一印章曰「太山太守」，用漢郡名也。

張宗昌督魯時，李為黃縣知事，因事被名捕。其同鄉潘復方為國務總理，乃棄官逃至北京以投之。以潘之援，得為法制局參事，清末嘗留學東瀛習法政也。當其逃亡在途，冒姓為潘，攜有預印之名片，姓名為潘德，字為馨庵，惟籍貫仍山東濟寧。沿途自稱為潘復之兄，出名刺示人。言及潘復，即曰「舍弟」云云。人以其既係濟寧口音，名字又均與潘復排行，咸信其真是現任總揆之兄，故一路安然度過，且極受尊敬。其為人機變亦可見。潘復字馨航，「德」與「復（復）」同偏旁，尚無足奇。妙在有劉禹錫《陋室銘》之「惟吾德馨」成句（語本《左傳》），「馨」、「德」適相關合。

李之友人有萬其誼者，李為聯以謔之曰：「一十百千，尊姓應登流水賬；鄉寅年戚，大名常見報喪書！」萬意甚恚，而無如之何也。醒醉生（汪康年）《莊諧選錄》卷三云：「蜀李芋仙，有才名，工詩詞，集成句對，不煩思索，脫口而出。嘗客遊河南，周翼廷太守方居祥符，因述在都時集句贈諸伶，皆暗藏其名。翼庭曰：『若吾號不易對。』李曰：『何難！』即舉〈長恨歌〉一語曰：『在天願作比翼鳥。』良久不言。客亟詢之，李以手拍其股曰：『尚有一句：隔江猶唱後庭花。』翼庭不悅。後李行時，所贈甚薄。李告人曰：『為一聯巧對，換我三百金也。』」一聯亦甚趣，可以並觀，所謂同工異曲耳。此李亦曾官知縣而以玩世不恭著稱者。

（民國三十一年）

柳敬亭

於上海《時事新報》〈青光〉欄，見胡懷琛君〈捧柳敬亭〉一文，舉《桃花扇》及吳偉業、周容、張岱諸人之為敬亭表彰，更引王士禛之說，而斷之曰：「平心而論，柳敬亭的說書的藝術，也有相當的可取之處。然當時的左派文人實未免捧之太過。王漁洋是文入習氣太重，不能了解民眾化的說書的藝術的好處，這也是事實。然他說當時的文人因左良玉討馬士英而看重左良玉，又因左良玉而看重柳敬亭，這話也在情理之中，我們不能否認。」所論頗允，而敬亭之為一時名流所稱揚，蓋亦藉以寓對故明之思。士禛為有清顯宦，其心理有不同耳。

諸家之言敬亭，除孔尚任《桃花扇》傳奇體裁有殊，合觀偉業等及黃宗羲所說，敬亭要當為藝入之傑出者。偉業〈柳敬亭傳〉云：

……或問生何師。生曰：「吾無師也。吾之師乃雲間莫君後光。」莫君之言曰：「夫演義雖小技，其以辨性情，考方俗，形容萬類，不與儒者異道。故取之欲其肆，中之欲其微，促而赴之欲其迅，舒而繹之欲其安，進而止之欲其留，整而歸之欲其潔，非天下至精者，其孰能與於斯矣？」柳生乃退就舍，養氣定詞，審音辨物，以為揣摩。期月而後詣莫君。莫君曰：「子之說未也。聞子之說者，危坐變色，是得子之易也。」又期月，曰：「子之說幾矣。聞子之說者，危坐變色，毛髮盡悚，舌橋然而不能下。」又期月，莫君望見驚起曰：「子得之矣！目之所視，手之所倚，足之所跂，言未發而哀樂具乎其前，此說之全矣。」於是聽者倘然若有所見焉。其意也，恤然若有忘焉。莫君曰：「雖以行天下，莫能難也！」……與人談，初不甚諧謔，徐舉一往事相酬答。澹辭雅對，一座傾靡。諸公以此重之，亦不盡以其技強也。……客有謂生者曰：「方海內無事，生所談皆豪猾大俠，草澤亡命。吾等聞之，笑謂必無是，乃公故善誕耳。孰圖今日不幸竟親見之乎！」生聞其語，慨然。屬與吳人張燕筑、沈公憲俱，張沈以歌，生以談。三人者，酒酣，悲吟擊節，意悽愴傷懷。凡北人流離在南者聞之無不流涕。未幾而有左兵之事。左兵者。寧南伯良玉軍譟而南，尋奉詔守楚，駐皖待發。守皖者杜將軍宏域，于生為故人。寧南嘗奏酒，思得一異客，杜既已洩之矣。會兩人用軍事不相中，念非生莫可解者，乃檄生，進之。左以為此天下士辯士，欲以觀其能。帳下用長刀遮客，引就席，坐客咸震慴失次。生拜訖，索酒，詼啁諧笑，旁若無人者。左大驚，自以為得生晚也。居數日，左沈吟不樂。熟視生曰：「生揣我何念？」生曰：「得毋以亡卒入皖而杜將軍不法治之乎？」左曰然。生曰：「此非有君侯令，杜將軍不敢專也。生請銜命矣。」馳一騎入杜將軍軍中，斬數人，乃定。左幕府多儒生，所為文檄，不甚中窾會。生故不知書，口畫便宜輒合。左起卒伍，少孤貧，與丹相失，請貤封不能得其姓，淚承睫不止。生曰：「君侯不聞天子賜姓事？此吾說書中故實也。」大喜，立具奏。左武人，即以為知古今識大體矣。……其善用權譎為人排患解紛率類此。……逮江上之變，生所攜及留軍中者，亡散累千金，再貧困而意氣自如。或問之。曰：「……且有吾技在，寧渠憂貧乎？」乃復來吳中，每被酒，嘗為人說故寧南時事，則欷歔灑泣。既在軍中久，其所談益習。而無聊不平之氣無所用，益發之於書。故晚節尤進云。舊史氏曰：予從金陵識柳生。同時有揚生季蘅，故醫也。亦客於左，奏攝武昌守，拜為真。左因強柳生以官，笑弗就也。……

言之頗詳。宗羲〈柳敬亭傳〉云：

……雲間有儒生莫後光，見之曰：「此子機變，可使以其技鳴。」於是謂之曰：「說書雖小技，然必辨性情，習方俗。如優孟搖頭而歌，而後可以得志。」敬亭退而凝神定氣。簡練揣摩，期月而詣莫生。生曰：「子之說能使人歡咍嗢噱矣。」又期月，生曰：「子之說能使人慷慨涕泣矣。」又期月，生喟然曰：「子言未發而哀樂具乎其前，使人之性情不能自主，蓋進乎技矣。」由是之揚、之杭、之金陵，其名達於縉紳間。華堂旅會，閑亭獨坐，爭延致之，使奏其技，無不當於心稱善也。……寧南以為相見之晚，使參機密。軍中亦不敢以說書目敬亭。寧南不知書，所有文檄，幕下儒生，設意修詞，援古證今，極力為之，寧南皆不悅。而敬亭耳剽口熟，從委巷活套中來者，無不與寧南意合。嘗奉命至金陵，是時朝中皆畏寧南，聞其使人來，莫不傾動加禮。宰執以下，俱使之南面上坐，稱柳將軍，敬亭亦無所不安也。其市井小人昔與敬亭爾汝者，從道旁私語：「此故吾儕同說書者也，今富貴若此！」亡何，國變，寧南死。敬亭喪失其資略盡，貧困如故時。始復上街頭，理其故業。敬亭既在軍中久，其豪猾大俠，殺人亡命，流離遇合，破家失國之事，無不身親見之。且五方土音，鄉俗好尚，習見習聞。每發一聲，使人聞之，或如刀劍鐵騎，颯然浮空，或如風號雨泣，鳥悲獸駭，亡國之恨頓生，檀板之聲無色，有非莫生之言可盡者矣。馬帥鎮松時，敬亭亦出入其門下，然不過以倡優遇之。錢牧齋嘗謂人曰：「柳敬亭何所優長？」人曰：「說書。」牧齋曰：「非也。其長在尺牘耳！」蓋敬亭極喜寫書調文，別字滿紙，故牧齋以此諧之。嗟乎！寧南身為大將，而以倡優為腹心，其所授攝官，皆市井若已者，不亡何待乎！

自跋云：「偶見《梅邨集》中張南垣、柳敬亭二傳，張言其藝而合於道，柳言其參寧南軍事比之魯仲連之排難解紛。此等處皆失輕重，亦如弇州志刻工章文，與伯虎比擬不倫，皆是倒卻文章架子。余因改二傳。其人本瑣瑣不足道，使後生知文章體式耳。」宗羲雖極輕其人，而亦未嘗不重其技。寫技之優，有勝於偉業處。

周容《雜憶七傳》傳敬亭云：

……以滑稽說古人事，往來縉紳間五十年，無不愛柳敬亭者。兒童見柳髯至，皆喜。其技傳之華亭莫生。生之言曰：「口技雖小道，在坐忘，忘己事，忘己貌，忘坐有貴要，忘身在今日，並忘己何姓名。於是我即成古，笑啼皆一。所恨楚莊未見叔敖不能證優孟，然史遷、班固下逮貫中、實甫筆墨為證，如已見之。」予每歎近世人才衰颯，私疑往史多誣，未必有如某某其人。癸巳值敬亭於虞山，聽其說數日，見漢壯繆，見唐李、郭，見宋鄂、蘄二王，劍棘刀槊，鉦鼓起伏，髑髏模糊。跳躑繞座，四壁陰風旋不已。予發肅然指，幾欲下拜，不見敬亭。

推崇蓋至。余懷《板橋雜記》云：

柳敬亭……善說書……蓋優孟東方曼倩之流也。後入左寧南幕府，出入兵間，寧南敗亡，又遊松江馬提督軍中，鬱鬱不得志，年已八十餘矣。間遇余僑寓宜睡軒，猶說秦叔寶見姑娘也。

則言其暮年之侘傺。錢謙益〈為柳敬亭募葬地疏〉[1]云：

……柳生敬亭，今之優孟也。長身疏髯，談笑風生。舌齒牙，樹頤頰，奮袂以登王侯卿相之座。往往於刀山血路骨撐肉薄之時，一言導窾，片語解頤，為人排難解紛，生死肉骨。今老且耄矣，猶然掉三寸舌糊口四方。負薪之子溘死逆旅。旅櫬蕭然，不能返葬，傷哉貧也！優孟之後更無優孟，敬亭之後寧有敬亭！此吾所以深為天下士大夫愧也。三山居士，吳門之異人也。獨引為己責，謀卜地以葬其子，並為敬亭營兆域焉。延陵羸博之義，伯鸞高俠之風，庶幾兼之。余謂梁氏生賃伯通之廡，死傍要離之墓，今謀其死而不謀其生可乎！平陵七尺，玉川數間，故當并營，不應偏舉。敬亭曰：「此非三山隻手所能辦也。士大夫之賢者，吾侍焉、遊焉；章甫韎韋之有聞者，吾交焉、友焉；閭蒼之輕俠，裘馬之少年，輕死重義，骨騰肉飛者，吾兄事焉，吾弟畜焉。生數椽而死一壞，終不令敬亭烏鵲無依而烏鳶得食也。某不願開口向人，惟明公以一言先之。」余笑曰：「大史公記孟嘗君客雞鳴狗盜，信陵君從屠狗賣漿博徒遊。」生之所稱引者，治遊則六博蹴鞠之流，豪放則椎埋臂鷹之侶，富厚則駔驗洗削

1 據《牧齋有學集》卷四十一校。

之類。其人多重然諾，好施與，豈齷齪闒茸兩手據一錢惟恐失者。要離專諸，春秋時吳門市兒也，豈可與裒衣博帶大冠如箕者比長而較短哉！予姑以吾舌號於吳市。吳市之人有能投袂奮臂感慨而相命者，吾知其人可以愧天下士大夫者也。予當次第記之，他日吾將按籍而稽焉。

亦述其暮年情事，而寫其交遊以寓感慨。

狀其技之工最為有聲有色者，當推岱《陶庵夢憶》[2]。其說云：

南京柳麻子，黧黑，滿面疤癗，……善說書。一日說書一回，定價一兩。十日前先送書帕下定，常不得空。……余聽其說景陽岡武松打虎白文，與本傳大異。其描寫刻畫，微入毫髮。然又找截乾淨，並不嘮叨。……說至筋節處，叱咤叫喊，洶洶崩屋。武松到店沽酒，店內無人。驀地一吼，店中空缸空甓，皆甕甕作聲。閑中著色，細微至此。主人必屏息靜坐傾耳聽之，彼方掉舌。稍見下人呫啜耳語，聽者欠伸有倦色，輒不言，故不得強。每至丙夜，拭桌翦燈，素瓷靜遞，款款言之。其疾徐輕重，吞吐抑揚，入情入理，入筋入骨，摘世上說書之耳而使之諦聽，不怕其齰舌死也！……

2 據《陶庵夢憶》卷五校。

至士禛《分甘餘話》[3]，則云：

左良玉自武昌稱兵東下，破九江、安慶諸屬邑，殺掠甚於流賊。東林諸公快其以討馬阮為名，而並諱其作賊。左幕下有柳敬亭、蘇崑生者，一善說評話，一善度曲。良玉死，二人流寓江南。一二名卿遺老左袒良玉者，賦詩張之，且為作傳。余曾識柳於金陵，試其技與市井之輩無異，而所至逢迎恐後，預為設几焚香，瀹岕片，置壺一杯一。比至，徑踞右席說評話，才一段而止，人亦不復強之也。愛及屋上之烏，憎及儲胥。噫，亦愚矣！

或亦不免因不滿良玉而貶及敬亭乎。

（民國廿二年）

3 據《分甘餘話》卷下校。

萬壽祺

《中和月刊》登載萬年少書畫，其人明末遺老而以風操文采著者也。顧寧人詩有〈贈萬舉人壽祺〉云：

白龍化為魚，一入豫且網。愕眙不敢殺，縱之遂長往。
萬子當代才，深情特高爽。時危見縶維，忠義性無枉。
翻然一辭去，割髮變容像。卜築清江西，賦詩有遐想。
楚州南北中，日夜馳輪鞅。何人詗北方，處士才無兩。
回首見彭城，古是霸王壤。更有雲氣無，山川但坱莽。
一來登金陵，九州大如掌。還車息淮東，浩歌閉書幌。
尚念吳市卒，空中吊魍魎。南方不可托，吾亦久飄蕩。
崎嶇千里間，曠然得心賞。會待淮水平，清秋發吳榜。

其身世暨才調襟期，可於此略睹，並見同時名輩之推許焉。

茲考譜傳等略敘其事迹。萬氏名壽祺，字介若，一字若（一字字），一字內景，一字年少。原籍南昌，自其曾祖家於徐州。父崇德，字惺新，萬曆甲辰進士，由浙江臨海縣知縣入為雲南道監察御史。歷巡北城按河東鹽法提督遼餉，轉福建道監察御史，以魏忠賢用事托疾去，出為山東按察司副使。年少生於萬曆三十一年癸卯。天啟元年辛酉入泮。三年癸亥，山東盜起，避難淮安。

崇禎元年戊辰，以選貢入京試於廷，遂入國子監。三年庚午，南京鄉試，中第五十九名舉人。五年壬申，遊沙室。六年癸酉，在京師，始刻詩集。七年甲戌，返里，就宅東舊屋葺治為五室，壘石於庭，名之曰清泥院，為文記之，以讀書養志於其中。八年乙亥，遭母項孺人喪。是年集十年所積之文為《二兩齋文選》，並為之序。

九年丙子，與同志開文社於南京，數為大會，與會者沈眉生、冒辟疆、劉伯宗、陳則梁，張公亮、呂霖生、劉魚仲、張芑山、顧子方、侯雍瞻、方密之、孫克咸、沈昆銅、麻孟璇、梅惠連、劉湘客、周勒卣、李舒章、顧偉南、徐闇公、宋子建、陳百史、陸子元等。復與同郡李孝乾、王先仲、雷汝遜、曹澹如、馬空同、畢一士及門人王子克為文社，月三聚，以丸為的。四時仲九日文七篇，餘日文三篇。又令門人杜仁夫、杜子愚、王子穆、畢山令、黃子道、萬子臣為小聚，隨文多少。年少作文的，以立德立言相敦勉。十年丁丑，卜居吳門。

十一年戊寅，卜築淮陰之西湖。十二年己卯，至南京。十三年庚辰，流賊陷徐州。十四年辛巳，寓吳中。十五年壬午，返里門。書籍散佚，新舊本皆亡失。十六年癸未，寓居京口。集庚辛以來避亂奔走四方與同志唱和之作。得樂府五七言古詩、五七言律詩、七言絕句凡六十九首，為《內景堂詩》，序而刊之。未幾復移寓雲間。

十七年甲申，移家吳郡。三月京師陷，賦《甲申詩》二章以志哀。五月南都建，賦《五月詩》以志喜。（是歲即為清順治元年。）清順治二年乙酉（明南都弘光元年），五月南都破，江以南郡縣皆不守。年少起義兵，其友沈君晦、錢開少、戴務公起兵陳湖，沈雲升、陳臥子、黃如千起兵於泖，吳日生起兵笠澤，皆與之會師。八月兵潰，沈、黃等死之，年少被執不屈。督師重其人，得不死，勸之仕，堅辭，乃縱之。兵燹之後，數世之蓄都盡，瀕死者十餘次，伶仃北還，八口待食，乃賣書畫以療饑。

三年丙戌，祝髮為僧，名曰慧壽，自號明志道人，又稱壽道人。五年戊子，遊廣陵，仲冬徙宅於浦西，去淮陰城三十五里，西近洪澤，南曰徐湖，北則河淮合流，東入於海，四區皆隰。築其原為隰西草堂，賦詩以志之。六年己丑，暫返里門。旋由隰西出遊，歷邳沛滕蕭碭等處，拜義士之墓，作烈女之碑，恤忠臣之孤。此行得詩五十九首，名之曰《己丑詩》，為之序。是年買圃於草堂之陽，取靖節詩語，名之曰南村。引泉樹蔬之處曰平疇，疇北折有廊曰韻步，上有館曰遠遊，其側有榭曰春陰，作〈南村記〉。

八年辛卯，遊姑孰。九年壬辰，遊吳郡。返隰西後未幾卒，年五十。（喬子卓有〈哭萬年少詩〉

云：「史筆千秋在，傷心萬事非。途窮天地窄，世亂死生微。卅旗翻前驛，元鳥送落暉，蕭條徐泗遠，白馬故人稀。」）子睿（字渠客，能讀父書，為名諸生。作字亦肖父，年少詩有「父子堅孤節」之句，蓋能承父志者）堂侄穆（字遐客）扶　返葬於徐州之鳳凰山。其事迹之可考者粗具於斯。所著有文稿數十篇，《隰西草堂詩》五卷，《印譜》一卷，《遁渚詞》一卷，《墨論》一卷，《印說》數十則，《隰西禁方》一卷，《算天文法》、《占周易》各一卷，餘稿散佚。

年少與同時勝流，多相接納，右惟敘丙子南京文社事，以略見一時人文之盛，餘不備記。明亡以後，托迹浮屠，而飲酒食肉如故。其服則幅巾衲衣（或云儒衣僧帽），嘗被市人謗為異服。蓋祝髮示逃禪於新朝，固與真為僧徒者有間。友朋款接，文字酬答，所不廢也。上文所引顧寧人詩，為辛卯過淮上至草堂賦贈，翌年年少即逝世矣。年少遭國變，所為詩多寓悲感。如〈偶成〉云：

白楊黃棣滿天涯，大陸晴風展玉沙。
北闕關心馳萬里，南冠遺淚灑千家。
銅駝舊闕花仍發，金碗諸陵日易斜。
聞到雲中新牧馬，龍驤百隊向京華。

〈隰西草堂〉云：

豈曰無家賦考槃，幽居坦坦採芳蘭。
雲山不盡關河急，哀樂無端風雨酸。
五夜麗譙歸北地，十年滄海憶長安。
人間咫尺夔州道，虎豹當關行路難。

浦上老漁秋水明，小窗翦燭酌同傾。
不知今世為秦漢，莫向當途辨濁清。
豐草長林從此遠，白衣蒼狗太無情。
高原回首聞南雁，帶到衡陽第幾聲。

可見一斑。羅叔言為撰年譜，序謂「先生一明季孝廉耳。非有一民尺土之寄，而懷抱忠憤，起兵草澤，天命已移。身遭囚縶，顛沛隱遁，垂死而志不衰。千載以後，尚論之士，有餘慕焉。即其餘藝流傳，亦足千古。每披覽手迹，芳懿孤回，如見其人。輒自恨生晚，不及執鞭。」足彰其人也。（當明季海內亂兆隱伏未形，江南又佳麗地，年少與諸名士文宴縱橫，酒旗歌扇間，跌宕自喜，見孫繡田所為傳。其庚午舉於鄉也，名噪一時。好狹斜遊，又甚工寫麗人，坐上妓以此索之，輒為吮豪，諸妓之有聲者，皆昵就之，風流豪邁，傾動一時，同輩謝弗及。滄桑後乃盡遣所買諸歌妓。見周櫟園《印人傳》。明季士大夫多縱情聲色，亦一時風氣。）

年少學富才贍，文采斐蔚，詩文書畫，旁及諸藝，皆為人所稱道。孫綉田〈明孝廉萬先生傳〉云：「凡經史諸子百家之書無不讀，禮樂兵農天文地理之奧無不究。且旁涉虛憓星卜書畫之理，雞牌雀篆繆篆之文。下筆成章，往往驚其坐人。……平生無藝不精，古文清回拔俗，詩擅大歷十子之長，書由王內史入，後參用顏平原法，而胎息終在晉人。畫法倪高士，兼工白描，佛像仕女，矜貴不妄作，片楮寸縑，獲者寶逾拱璧。」羅叔言〈萬年少先生年譜〉云：「先生於詩文書畫外，凡琴棋劍器醫藥刻印鑒賞，下及刺繡女紅之事，無不通曉。所為印說，謂印法根於書法，書法亡而印法亦亡。痛詆世俗所謂章法刀法，及文字杜撰補綴增減之弊，一洗前人之陋。周櫟園謂其頫頹視文何，非虛譽也。」又云：「范石夫朋舊尺牘識語：萬年少兄，詩文字畫，著筆便雋，其易經制舉藝，尤精於譚理，不落蹊徑。是先生又工於經藝，而尤精於易義也。」閣用卿題萬年少書冊云：「萬年少書法從天分中得來，往往於遒秀處作新姿。體氣高妍，款行勻潔，譬美人初起，著輕素單襦，縠紋疏映，肌澤晶然，余嘗推為本朝第一。吳門顧雲美集其往來小帖數十幅為一冊，皆行書也。嗟乎！萬子捐館十年矣。……嗟乎！六書輟講，八法失傳，讀籀史之殘碑，猜疑石鼓，發蘭亭之真本，惋惜峻陵。古琴音稀，高山弦碎。釵腳鈎銀，風閣之青氈已敝。刀鋩切玉，鶴銘之綠字難搜。對此遺箋，潸然出涕。嗟乎！萬子江北人也，銅章畫粉，多藝多材，繡虎雕龍，不衫不履，可謂極才人之致，攝名士之長者。」觀以上所述，年少之工書畫、通諸藝，實有非常人所可企及者。其人其藝，均極可稱。書畫流傳，洵如孫氏所謂「片楮寸縑，獲者實逾拱璧」焉。

張勺圃君甲戌（民國二十三年）春，得萬年少松石幅子於銅山余氏，有詩云：「昔從無巳齋中見，四十三年念未忘。（在老友陳璞完齋中見此，雲假之餘麗生明經者。璞完與董柚岑校刊《隰西草堂集》去秋因病南歸。）內景老仙遺迹少，來禽新館有緣藏。故人臥病今經歲，掛壁精圖猶幾張。買畫傾囊更嫁女，營營兩事一春忙。」畫幅中秋裝成再題云：「集序刊成畫本來，故人驚說已寒灰。（柚岑屬予為《隰西集》刊就而璞完不得見矣。）展觀蜀素圖三尺，猛憶君平繪八開。（羅叔言語予，內景贈徐君平書畫冊在開封，因屬崔海帆內侄物色得之，往歲竟以易米棄去。）合者竟離誰得主，貧猶未死不須哀。伴予燕北來禽館，暫別城南戲馬臺。（余氏所居在戲馬臺前。）」「崔泉山足接榆莊，我是鄰村田舍郎。（內景崔泉山莊，去敝居約五里）詩品人稱如靖節，筆精今更見河陽。躬耕郭北猶遺族（內景詩云：子孫不受北朝官。終清之世，其裔無仕宦者。所居在城北之萬家寨），避地隰西何處堂？（隰西草堂在清江淮城之間，曾偕張慰西訪遺址不得。）珍重一縑三百載，守貧敢與古賢方？（章一山同年贈詩，以萬孝廉為比，非所敢當也。）」《中和月刊》二卷七期所登即此幀，並行書墨迹一幅，亦由張君假以製版。

（民國卅年）

邵子湘等書札

偶得一抄本，不知出誰氏手，係選抄名家書牘。內有二十餘通，抄者弁言云：「家藏尺牘手卷，自邵青門以下，凡十人二十七札，皆與商邱宋牧仲者，備錄於此，以便覽觀。」宋牧仲（犖）於康熙間揚歷中外，晚由開府而長六卿。雖起家任子，不由科第。而詩文負時望，以名卿享大年（壽八十），主持風雅，宏獎士類。（夙友王阮亭，當時名亦相亞，並以耆宿居高位，士林奉為辭宗。）此二十餘通，為清初勝流筆札，足供瀏覽，因移錄於下，用廣其傳。標題及次比。悉仍之。鄙見所及，則綴識篇末。

武進邵子湘（長蘅）六首：

受業門人邵衡謹稟老夫子老大人函丈：即日驕陽苦旱，殘暑猶蒸，伏惟老夫子老大人鈞履興居萬福。辱示新詩，敬識數語歸案。蒙續發諸子詩，一併閱竟納上。大抵大江以北，宮李標勝；吳會之間，徐顧擅場；餘子亦各一時之傑，自足行遠。老夫子會城旋旆，亟宜成此勝舉，豈第蘇門增重，於本朝詩運，所關尤非小小。門衡欣然作壁上觀，亦大愉快也。未審老夫子以為然乎否。天水駁蘇注一條，便間〔閤〕乞查示。世上不少蚍蜉，方成大樹，群兒嘵嘵，知不滿大方一捧腹也。所懇想蒙記憶，伏冀老夫子賜之終始栽培。感且次骨，懇禱懇禱。因困暑偶患末疾，故遣力遲遲。至今委頓中，強自捉筆，幸賜宥涵，臨稟可勝瞻跂悚惶之至。七月朔日，門衡再百拜具稟。

受業門人長蘅謹稟老夫子老大人函丈：昨奉到誨帖，夜漏下人定矣。亟起篝燈啟椷，恭諗老夫子老大人點勘十四子詩竟，且於門蘅拙評曲加獎籍，雒誦至三，以欣以愧。諸子故是駿材，而伯樂一顧，長價十倍，翻籍秦晁，方之殆庶，洵本朝藝林盛事，非廑廑鄉邦之光也。何快如之！《古香集》暫留，擬於人日耑力報命。門蘅老饕不慎，偶患河魚，即辰體中小極，後敘之諉，尚望展期。然名山大業，不敢過遲，大約在孟陬月內也。晨起率復，搦管手顫，攲斜不能成字。幸惟老夫子格外宥原。臨稟可任屏營。嘉平小除夕，門蘅再百拜稟。

憲治沐恩受業門人邵衡謹稟老夫子老大人函丈：衡杪冬摳謁蕪城，獲親色笑，溫文優禮，銘刻五中。匆匆奉別臺顏，放擢寒江，轉增縈戀耳。獻歲發春，恭諗老夫子鈞祉駢蕃，端揆伊邇。開篆以來，日引領麾旆南還，而望又不至。二十二日小力郡歸，始傳聞憲騶尚小駐淮上，心旌搖曳，跂望為勞。恭遇老夫子岳誕昌期，未能躬祝。虔修寸稟，遣叩崇階。微物二種，真是野人芹獻。敝邦貧薄，舍此更無土物可將意也。仰冀老夫子恕其輶褻，賜之瀧存，幸甚感甚。臺衮渡江河時，乞明以示我，容星趨謁候鈴，大慰調饑也。賤體托庇，幸未即踐妖夢，春間可望復元，然亦大得服參之力矣。並此鳴謝。顧赤方白茆堂詩，閱竟上套先呈。椒峰史論序，望教甚切，後月可得脫稿不？遞中有便，渴跂嗣音。臨稟可勝瞻馳結戀之至。門衡再百拜具稟。

門衡敬稟老夫子老大人函丈：前月衡肅寸稟，附使者虔候興居，計已塵臺覽。江介緒風，秋涼較早，恭審老夫子以君民倚毗之躬，當髦倪畏壘之祝。自爾三辰集祉，想惟鈞候動定清佳。蘇詩校讐畢役，門衡寂無一事，兼之喘疾作輟頻頻，頃商之八世兄，以八月三日暫歸草堂。專擅之愆，仰祈臺宥。屈指老夫子武闈竣事，麾旆還吳之時，門衡兒女俗累，亦可粗了。大約中冬上浣，准得趨侍絳帳，晨夕誨言也。《白茅堂集》攜歸草堂卒業。未既願言，統希崇照。臨稟可勝瞻馳結戀之至。八月朔後一日，門衡再百拜具稟。

已繕稟矣。忽奉到《九老圖》大作，朗咏再過，不覺驚喜叫絕，必傳高倡也。率爾點筆，聊識嚮往。附稟商者，七人五百七十歲，此香山句也。益以方外二人，須得二百四十六歲，方合大作八百十六之數，恐難得此高年，得確查注明出處尤妙。稟請臺裁。衡再拜稟。

門衡敬稟老夫子大人函丈：昨晤八世兄，略得倡捐梗概，便極相欽歎，以謂能為今人所不肯為。即日奉讀大疏，仰窺老夫子軫恤之悃，擘畫之精詳，不覺俛首下拜。可見宇宙雖大，實心任事者原少。一有其人，則天下無不可濟之事，無不可集之功。此是聖賢真實學問，真實經濟，當代所絕無而僅覯者。今幸得於老夫子見之，私心踴躍，誠喜誠忭。恭審寵轅所駐，群力畢趨。加之老夫子至誠感人，人樂為用，轉瞚舳艫相銜，庾積充溢。但令分賑得員，俾顆粒皆充饑腹。淮陽百萬戶，旦晚出沮洳而熙春臺，鯫生惟有合十膜拜，頌大菩薩功德無量而已。辱委校蘇詩，將續交三本詳加訂讎修補訖呈上。其不必從者，仍留原候覽。門衡得失寸心，自問頗無遺憾，似不須更寄耳目，徒亂人懷。大抵庸碌者既無足取，而矜奇者又未免多事。如封翁徐賓尚未是好奇，已有改刊擬陶之請，將來一二振奇之士，勇於自信，好譏彈前人，保無請改刊施注者乎？多歧之亡，三年之築，未必非良規也。徐翁語詳別報，並塵清覽。門衡愚直，久在老夫子臺鑒中，故敢率臆罄吐狂談，干冒清嚴。仰祈老夫子格外宥原，幸甚幸甚。山老一札附呈。門衡於閏月十二喘疾復發，今幸小癒，夙蒙垂注諄切，並此奉聞。臨稟可勝馳戀之至，門衡再拜稟。

寧都魏和公（禮）一首：

旌節駐白下，遂歷三載矣。西江之人，頌戴益騰，殊倍萬於臨莅之日，此乃足以徵實德實思也。禮羸疾糾纏，學植荒落。兩目眵昏，幾如雀瞽，一宵輾轉，有似嘖鳴。往者復冒茲土，賤子雖不敢廁迹梐枑之間，而尺一時被圭華之舍。今超遙三千里外，江流浩蕩，聲問修遼，自致無由，筋駑肉緩，仰懷俯念，蓋不勝其蘊結耳。茲五月十八日承張鎮臺遞至示札，捧誦數四，欣感交深。且為先叔兄曲賜表彰，俾蓬累之子，頓上碧霄。草茅之言，一經清滌，奚啻皇甫之序，幸登昭明之樓，子弟激戴，淪肌浹髓，莫有窮紀。向緣先父臨終戒諸子不得以行狀請志傳，故兩先兄之沒，皆未敢行。茲謹次先叔兄行略，以應明命，太史公即貨殖日者亦成絕世文章，先兄得附以不朽矣。恭率兄子世侃頓顙遙謝，即當匍匐椉軑之下。因世侃歲試在秋冬間，詰歲定圖走叩臺階也。剞劂若成，得早賜一本下示，以為世世之寶。附上細裔二瓶，先兄左傳半部，統祈臺鑒。閏五月初四日，禮九頓首。

華陰王山史（弘撰）一首：

老年臺先生以文章伯為社稷臣，海內學者有泰山北斗之仰。弘撰本生考與先相國老年伯同登天啟乙丑榜進士，則雖不才之人，與先生忝為世誼。亡弟弘輝，昔在楚中，曾奉教左右，歸以語弘撰。又讀《壯悔堂集》，見所稱詡，益切向往。亟思一侍函丈，就正所學，而草澤偃蹇，未遂所願。鉛槧之暇，每以為恨。比於竹西晤涇陽劉子，述接對之頃蒙詢及，知賤子姓名為記室所不遺，不揣愚陋，輒敢以妄所梓稿具呈尊覽。又兩年來作《周易筮述》凡八卷，同里員氏慨付剞劂。茲謹以小序與目例並呈，祈為政之餘賜一序弁首。雖非大沖〈三都〉，實欲借士安以傳，倘與其進，不勝幸甚。山川無改，日月時遷，不審竟能一識荊州否也。弟弘撰再頓首。

石門吳孟舉（之振）八首：

東塗西抹，春蚓秋蛇，作正書竟不成點畫。今奉尊諭，不敢藏拙，望弗以草率不恭見督也。借此博得老先生手書，裝潢交遊冊中，寸幅同於拱璧矣。二章二扇，月初報命，使還率復未既。之振再頓首。

雙丸牽駛，不可把捉，忽忽已逼歲除。語溪去金閶一衣帶水，經年止得一候棨戟。友朋良晤之艱如此，可歎也。遠辱注存，並惠珍果，舉家飽德矣。謝謝。買得白紙扇柄，塗抹請二正。犀章亦製就，並前二扇完上。一芹非云報瑤，引意而已。惟笑存之。春王摳賀新社，以悉種種也。草復未既。之振再頓首。

昨擾庖廚，並聆教益，醉酒飽德，感難言喻。適舍下寄到便面二冊，計四十幅，足供老先生賞鑒者，擇取不恡也。內董容臺贈別景雍二幅，較平日筆墨更精妙。文衡山寫樹點平皋絕句一幅，亦咄咄逼子昂，十州人騎恐係摹本，幸一一教示之。外蜀道難圖卷，祝京兆書稿，附覽。俗事尚未了，放船之日當走謝種種也。妙墨不減方程，錦囊八丸，足辦一生矣。並此附謝不既。晚名另肅。外朱漸畫本頗精細，宣和御書及郝御史跋皆偽造無疑。朱漸係北宋畫苑侍史耶？《圖繪寶鑒》有其人否？

奉別抵舍，村莊叢桂正開，而兒女輩疾病相纏，日親藥裹。中秋日得句云：「時傍藥爐煨半夏，久拋酒盞負中秋。」意緒可知矣。桂花開時，老先生曾杖策一遊山中否？承委題《西陂魚麥圖》，謹錄稿呈政，乞老先生斧削論定，淨寫上卷。老先生文章勳業，流傳後世，拙句恐反為此卷之玷也。第二句「東匯隋渠」，東字亦慮未當，並祈示知。至行數太多，春蚓秋蛇，便苦敧側，懇署中友一畫烏絲，須算字之多少，略寬一二行為妙。平陽天嶽和尚為心壁上人本師，今持缽吳趨，寓閶關外積善庵。方外詩文，近當推為第一。渠欲奉謁棨戟，握晤時定有箭鋒函蓋之合也。松圓詩老扇圖冊一，項孔彰山水冊一，附供清玩。孔彰用筆細入，為董華亭賞撥，畫苑中備人數可耳。餘續候，未既。晚名另肅。

村莊叢桂，尚有餘芬，把卷支門，忽聞剝啄。捧接芳函，兼讀新句，頓挫沈鬱，味之不盡。如遊名勝之區，山川雲物之狀，玄覽鴻廓，犇軼句下。久不見石谷筆墨，老年定益高妙。惜未及展閱此卷，為恨事也。屬和章，當澡雪氛垢，手捃拾枯澀，以應臺命。構就先錄一通呈教，明春摳謁棨戟時寫上卷子可也。使去匆匆，未竟縷縷。晚名另肅。

天氣晴和，梅花盡放，侍高齋茶香酒冽，舟行傲兀之餘，味之不盡也。卓氏《唐詩類苑》，又購得一冊，奉供清覽。想刷印無幾，故流傳不多耳。至張氏玄超，原在較訂之列，後添補十之二三，竟刪去明卿，同郭象之汪莊，可歎也。漢上題襟集，若靳二府處借來，千萬轉假一抄，蚶餅一盒附貢，統乞照存。餘再候，未既。晚名另肅。

老先生光膺異數，峻長六卿，出胸中之冰鑒，權衡百司。從此內外得人，海宇蒙福。晚亦得與怦懞，菰蘆中人不禁欣幸而色喜也。憶旄鉞鎮東吳時，晚緣文字得托末契於節下，獨蒙物外之賞，兵衛晝戟之森嚴，時容跅弛狂生掉臂出入其間。此段佳話，今不可再得矣。

客冬看除目，即擬絕江過維揚，一瞻芝宇，用慰離思。傳聞京口作堰，天塹難渡，致旌節啟行，不獲一至河干拜送，深用悵然。日來履茲春和，遙想老先生臺候萬順。過家上冢事畢，計應已踐宅揆之席。慰彤庭之渴饑，得耆壽之在服，誠千載一時也。綸扉鈐閣，計日望之。小兒寶林候補入都，特遣肅謁階下，諸凡惟垂慈提挈。小兒素叨庇蔭，以通家子姪相畜，諒無煩晚之諄瀆也。敬奉芹私，補申賀悃。文休承山水一幅，汪海雲花鳥一幅，附供清玩，統希鑒存。良晤未期，唯冀為國為蒼生珍愛。臨楮瞻戀，無任依依。晚名另肅。

客冬接臺教後，又及一年矣。前小兒在都時，種種拜德，感何可言。茲復荷注存，兼示筠廊二筆及郊館詩，開函志喜，古云千里神交，今則真如面語矣。履長居節，轉盼春回，伏惟臺候萬安為慰。札中惓惓欲賦遂初，足徵老先生曠懷遠致，然黃髮元臣，休容大度，明農擇筮，尚須俟之他年也。晚鍵戶邨居，白日課兒輩讀書外，都無一事，但時時翹首京洛企想清光耳。郊居詩謹次韻奉政，借使祗候臺履。家綿四觔，毫筆二帖，惟照存之。浙省諸當事，懇祈老先生便中以賤名見屬，道義關切，諒必能鑒此鄙衷也。臨池瞻溯，不盡欲言。晚名另肅。

寧都曾君友（先慎）三首：

癸酉之秋，七月望日丁巳，寧都治民曾先慎謹再拜上書大中丞大君子宋公閣下：慎聞古之君子，實至而名歸，雖欲逃之，有所不得也。爰及中古，實至而名歸者有之，實未至而名歸與實既至而名不歸者亦有之。後世之名，求則得之，不求則弗得也。其間非無實至名歸之君子，而容悅飾行闇然媚世之徒，類多雞鳴而起，孳孳以修名為先務之急。夫志不能兩有所務，是故外有餘者中恒不足，實之遂者其收名也小，故夫稱名之大小不足為君子重輕，而自重之君子或不願知於人。然不願知於人，亦賢者過之之事，非中正之行。若慎者所謂志於學而未能者也。惟其志於學，則必竭致其力求之。求之而未能，故其精神才力恒不能以他及。非能無求於名，徒以其才之不足。是以退然伏處，不敢出而與四方盛名之下相為馳驅。大人先生或有式盧而下問者，非其情之所專，惟相與一晝往來之禮。過此以往，即一書之問，不敢徹於其隸人之聽。雖其疑於容悅佞世者之所為，亦其力有所不及。惟昔年閣下出榷贛關，不以慎之困窮無當當世，禮遇之隆，恭下之誠，倍出尋常。竊以為閣下知人之鑒，本於睿知，由其於聖人之道自得之深，故卓然獨能知人所不能知，與世俗徒採聲聞附和要譽以為豪舉者迥異。知己之感，比於復載，到今未能一日忘。嘗為文二篇，獻之左右，蓋不敢以後世之君子望閣下，而以古大君子忘勢好善仁義道德以為己任者深望之於閣下也。其後閣下秉憲通永，伏蒙貶損手教，遠念不遺。念雖草野，禮無不答。於是齊宿修函，因前贛都督姚公之子昌平參將諱尚倫者上之左右。前年閣下秉節建牙，開府豫章。郡縣父老，與西江庶士，同沐天地生成之德，靡有底極。所以不敢同於當世之士一進拜手階下，又不敢同於當世之士拜進一函於隸人之側，誠以知遇之感，逾於罔極。苛禮不足報盛德，空言不能輸欲報之實。念惟有守身執禮，篤志肆力於道德學問之途，以求無負於閣下禮下之意知人之明，如此而已。不圖閣下於榮晉之日，遽然頒錫縞紵，重以鴻文家刻之賜。拜賜之日，感怍橫集。雖天地不責其謝生，即草木敢忘於雨露，日月不窮，勤企之心，報德之誠正未有量也。慎之為文，所欲博其傳以就正天下有道者，其說在慎文劉百荷壽序言之甚詳。家貧不能盡刻，謹獻近友生所為慎代刻文六篇詩六十八章，通前所舊刻為一冊，上之左右。文雖不工，然亦可即此以觀其志之所在，學力之所及，而教誨之。羅山民來謁，齋沐拜書，謹屬呈進。盛德之感，勤企之心，思報之誠，非言所及，伏維原察。瀆冒威尊，惶恐無已。慎再拜。

趨候數次，皆不得值，悵然而返。昨冊頭奉贈詩，不韻不工，惟先生幸有以教我。尊事料理完否？歲前果必返豫章否？十七日弟即攜豚兒入三巘山完娶，此時山妻未來，百事須弟親為之經理。先生若歲前啟行，即不及趨候江干送先生矣，奈何！入會城當謁宋君，得便煩為弟一致企勤之意。所不造謁者，正欲以古人之道望大君子，然知己之感，固未能一息忘也。先生二十餘年方得一歸父母之邦，何妨遲遲其行。若能少留過歲，正月弟亦載媳入郡，吾兩人方舟而行，不亦可乎？惟先生其裁之。前札求山水真迹，曾已慨然面許。即此數日間得便貽贈，更感高義。使豚兒完娶宴賓客時得懸之草堂，真如對名賢。若遲遲則必須或留或寄，便恐有浮沈矣。昔倪高士作畫，惟以贈賢者貧士，若勢利之夫，雖持千金求之累年，終不可得，人到於今稱之。以先生高發，詎出倪雲林下，正不欲弟陋巷中獨無先生得意真迹耳。惟先生留意。廿二或尚在縣，有間希為邀二三知友入巘山來。此間多怪石危峰，懸崖絕壁，巍然遠望，長川如帶，雲樹縹緲，種種奇觀，頗足澆人胸中塊磊，與知己相把臂作二三日飲，亦韻事也。跂予望之。飯牛先生有道。教小弟曾先慎拜。

過真州晤宋貞翁先生，幸為我叱名道意。遠念不遺，慎何足以當之。感佩之誠，非言所及。此時多事，卒卒未遑裁答，返郡日當寄敝宗鼎臣翁處，必得郵致也。再啟。

歙縣汪于鼎（洪度）一首：

恭惟老夫子閣下儲精嵩嶽，孕秀睢陽，岩嶢賢相之門，文正有忠宣之子，赫奕真儒之里，子瞻以明允為師。仗鉞洪都，聿著蕩平之績；建牙吳郡，彌恢底定之猷。甫下車而迅掃鯨鯢，戶無警柝；一蒞境而奠安衽席，人飲醇醪。惟南疆屢著神明，故北闕頻隆眷顧。凡夫望歸身潔，忠結主知，無非以聖人之清，任天下之重。固已旗常著績，詎能筆舌揚徽。惟是秀韻餐霞，清標映玉，生能賦雪，早傳絕調於梁園；氣已凌雲，更探奇書於禹穴。一麾楚澤，因吞雲夢胸中；奉使處州，盡攬蕙蘭腕底。化波瀾為筋骨，蘊馥郁成煙雲。竊窺漢魏以還，以迄元明而止，代多山鬥，世有鳳麟。要之亮節高風，首推彭澤；清詞麗藻，獨讓蘇州；久稱亙古孤行，何幸得公鼎足。潯陽盧阜，重聞採花籬下之謠；林屋洞庭，載和宴客雨中之韻。並杜蘇之雅健，兼韓陸之沉雄，斷集大成，豈阿私好。乃單門寒畯，悉荷甄陶；縫掖素流，皆蒙培植。所以楷模在望，咸思戀元禮之舟；奇字盈床，群願入子雲之室也。洪度菰蘆下士，樗櫟庸材，藝林恥事蟲雕，學海終同蠡測。十上不遇，風侵蘇氏之裘；一飽無時，塵滿範生之甑。小園一畝，破屋三間，窗迎松葉夕陽，樓號杏花春雨。擬囊螢而繼晷，廿學蠹以窮年。然而背負青雲，時仰垂天之翼；口吟白雪，仍躭刻羽之音，生逢名世代興，更以作人己任。聞風能立，睹海思歸。況復魯析聞郲，吳雲入越。身依棠蔭，從四民賡蔽芾之歌；居近杏壇，借多士沐菁莪之化，敢借司成介紹，一通下走悃忱。或者明鏡高懸，妍媸普照，洪鐘待叩，大小咸鳴。懇從退食之餘，慨錫驚人之句。瑤天笙鶴，豈同山水之音，碧海雲霞，永煥林泉之色。洪度自得大集，日誦鴻篇。見有西陂之吟，知多郢中之和，因之技癢，輒妄效顰。自愧潘鬢將凋，江花就落，壁草蟲之吟雨壁，真布鼓之過雷門。伏冀老夫子大賜鉗錘，不遺葑菲；排沙簡石，點鐵為金。得一字之指南，即終身之面北。草思雨化，惟憑一瓣香通；葵向日傾，停冀三臺過江之霽照。肅瞻風采，冒瀆霜威。臨稟無任悚息待命之至。

上虞尹山書（廧）一首：

間闊三載，寤寐懷思，北企燕雲，迢迢喬嶽。晚歸抱肺病，卻埽杜門。且家居鄉僻，鮮羽絕少。坐此遂成疏節・歉仄良深。唯遙聞聖眷益隆，明良一德，即日黃扉懋績，霖雨蒼生。三不朽盛事，山澤之夫，引領屬望。恐西陂魚麥，再遲十年耳。龍父母抵任，忽接瑤華，不啻天墮雲錦，盥披未竟，感極涕零。何老先生忘雲泥之分，而篤故舊之情若此其至耶。讀便面新什，純乎唐音。少陵云，晚節漸於詩律細，洵親歷境界語也。並筠廊二筆，敬列案頭，日誦一過，如奉光範於几杖之側，快何如之。晚承龍父母推愛垂青，一晤遂成文字知己。非荷九鼎，曷克有此。然不敢以片紙隻字溷瀆也。茲有徐孝廉超，其尊人為晚受業師，乘渠需次入都，敬泐寸椷，上候元公鈞履萬福。粗箋病餘腕弱愧不成字。李卷亦非佳品，聊將野人微意，幸勿訝其鄙褻，晚與徐孝廉情關世誼，萬祈老先生於自公之暇，進而教之，仰荷榮光無既矣。余懷覼縷，隃縻莫罄，臨池可勝依馳之至。二先生、八先生、十先生，暨諸位令孫世兄，吳荊山先生，因便羽促迫，不遑遍札申候，惟深惓念。晚名另肅。

南昌羅山人（牧）一首：

山人羅牧再拜頓首敬叩大師相閣下萬安：竊牧窮壑朽株，厚蒙育植，數十年間，飲膏澤至深遠矣。每辱鼎芬，存注殷切。顧茲遲暮，安得更仰親道履，一吐感衷。惟早晚默祝，長佐聖天子，願萬年有道之章已爾。近年衰拙益甚，多病不靈。偶事筆耕，多因饑迫。今春避靜湖齋，水明花麗，作小幅山水，頗能稱意。念閣下高倚層霄，無由馳獻。茲有至戚鄧君駝遠入都之便，附呈尺幅，特請鈞誨。鄧君為建武舊家，文章世德，久重鄉評。獨恨身被恩光，未遂瞻仰，常頌至此，如有所失。敢冀公餘賜以一見，進而教之。門牆自是高峻，知閣下必不以葑菲見遺。山野微言，妄希崇照。臨稟可勝悚注。牧再拜。六月十五日稟。

盤山拙庵禪師（智朴）三首：

山深陽緩，遲平原春色倍旬日。樸每坐山厓，看紅杏百千樹，疏密橫斜，累累欲綻，竟不知人間世為何如耳。即日履茲清和，臺候萬福。竊想人世百年，如石火電光，瞥然便過。回思從前，總屬夢境。伏願先生清政之暇，詩賦之餘，宴坐華屋，屏其所有，看是什麼，更是什麼。辱愛之深，敢言及此。他人見之，將謂者老禿頭腐面觔氣未除也。呵呵。野蔬持納，聊以鑒意。會晤有期，惟冀若時珍育，弗備。衲名另具。外山刻呈覽。

還山心重，遊與索然，恐修途炎蒸，舟行濡滯也。擬於詰朝就滄浪亭與先生話別，後會難期，言之惋嘆。惟冀及時頤養，以慰眾望。昨承竹垞作八分書卷子，並集唐句見貽，敢請先生跋一言，攜之北上，留鎮山門，倘不吝，即示下也。佇俟回音。牧翁老先生教下。方外弟智樸頓首。

承賜御書手卷，拜首展閱，希有難逢，奉之北上，永鎮山門，何幸如之！屢蒙嘉惠種種，銘刻銘刻。霖雨沮泥，不能行動，十六日准擬發舟。玄德漸遠，道契情親，無時放下。每想先生官至如此，壽至如此，德業才華，亦復如此，可謂足矣。然於本命元辰，必期討個落處。從上諸大老於莫年間究心此事者居多，如蘇黃楊李皆可作榜樣也。古所謂生死事大，無常迅速，真切之言，絕無裝飾，先生是必見信也。後會有期，珍重珍重，外有念頭十六顆，留以作別，幸存之是望。智樸再頓首。

按：原鈔曾君文第二札，詞氣殊不類致牧仲者。細按之，蓋致羅飯牛（牧）書耳。羅氏亦寧都人，僑寓南昌，故書中有「二十餘年方得一歸父母之邦」之語。其人工畫山水，筆意空靈，在黃董之間，江淮間祖之者謂之江西派。曾氏殷殷求作山水，於情事正合。牧仲於繪事雖自負精鑒（《筠廊偶筆》卷上云：「合肥許太史（孫荃）家藏畫鶉一軸。陳章侯題曰：此北宋人筆也，不知出誰氏手。余覽之，定為崔白畫。坐間有竊笑者，以余姑妄言之耳。少頃，持畫向日中曝，於背面一角映出圖章，文曰子西，子西即白號，眾始歎服。後此事傳至黃州，司理王俟齋（綵）猶未深信。一日宴客，聽事懸一畫，余從門外輿上辨為林良畫。迨下輿視之，果然。即俟齋亦為心折。」其自道如此），卻非畫家也。書中稱曰飯牛先生，自係羅氏無疑。山人達官，境狀有異。書中之語，固亦合於羅而不合於宋耳。藏者或未審飯牛為羅字（題羅致宋札，不著其字，惟就自稱山人而山人之），因之誤收誤題。若牧仲，則余不憶有謂其別字飯牛者也。至書中所謂「入會城當謁宋君」云云，此宋君當即指牧仲，語可與曾氏第一札合看。意者致羅一札，羅嘗轉示牧仲。即存牧仲所。後與諸札一併流出，遂被誤認亦致宋者歟。（曾氏第三札似亦未必為致宋者。）

又邵子湘六札，除第二札外，余長蘅均作衡，未詳所以。或以衡可通蘅（杜蘅亦作杜衡），因遂通用，而逕書邵衡。若單名者，當更有說。六札語氣，即固屬一律也。子湘與牧仲之關係，諸家記載，大抵言略分而為平交。（如李次青（元度）《國朝先正事略》名臣中傳宋，謂：「吳中邵長蘅與公為布衣交，客公所最久，以文史相切劘。」文苑中傳邵，謂：「客宋牧仲中丞所最久，談道論文，敦布衣昆弟之好。」又如《清史列傳》邵傳（文苑）謂：「蘇撫宋犖，禮致幕中，講藝論文，敦布衣之好。長蘅亦斛斛持古義，無所貶損。時論賢之。」）而觀此數札，則作師在稱謂，似子湘實嘗執贄宋門矣。（或以牧仲年輩較高之故。）當更考之。

又羅山人一札，稱以師相，宋未入閣，不應有相稱，或以其官吏部尚書，由冢宰之稱而待以宰輔之體耶。師則似以其加太子少師之故。（考宋氏康熙四十七年於吏部尚書任以衰老乞罷獲允。五十三年春入京祝嘏，詔加太子少師。九月卒於里，羅札殆致於是年宋在京時乎。）管見略如右，姑附綴之，以質當世，尚望通人匡其未逮也。

（民國卅一年）

李審言文札

一、遺札

興化李審言（詳），文壇老宿，去歲逝世（壽七十有三）。張次溪君藏其前歲所與報書數通，談論文事，評騭諸家，均直抒所見，足供研討李氏學術者之考鏡。

第一函有云：

晉卿王先生，以儒者之學，能為經術文字，絕非桐城薪火所繫。走久知有晉卿，在叔節之外，重其善讀書，兼工於修詞。余子翩翩相競，與走平日所持議論不合，雖重其名，不敢與之通聲氣也。今賢父子既禮耆老，復師南海，為再傳弟子。南海昔與接談數次，蓋傳龔魏之派，而倡狂妄行，變而加厲。龔魏之學，受之劉禮部逢祿。走觀禮部之集，不如是也。因此虛與委蛇，戛然中止。范伯子亦故人也，其文思極深湛，而規模少狹，不免為濂亭摯父所囿，大都有義法二字函於胸中，固結不解，似尚不如叔節出之從容且具兀傲之氣。往時坊肆有近代十家文抄之選，走常以為不倫，聽其自為風氣而已。走文從甬東全庶常入手，而衍為杭大宗道古之餘緒，實皆出錢受之黃梨洲，詞繁義縟，而汰去其排偶及明季八股俗調。考據詞章，又未嘗不寓其內。常與石遺言，共為子部雜家之學，亦即為子部雜家之文。以故好逞己說，間有謗及桐城外，為眾所不喜。

第二函有云：

貴師王晉卿先生，北方老宿。經訓小學，史家別裁，曾經研究，故其為文成有根柢。見姚叔節之文，推重晉卿，又於他處見晉卿文，不覺歎服。足下所刻百篇，尚未見也。既許贈我，尤為欽企。北江先生，向所未習，既為吳冀州子，宜有勝者。亦曾見其文數首，似批點家能手。弟素不好批點之學，歸方之評，心常厭之，而所重者在考據一途。既論文章，宜究典實。如〈赤壁賦〉徘徊斗牛之間，業已不碻；誦明月之詩，為孟德詩之月明星稀；歌竊窕之章，此出何詩；客有吹洞簫者，客為何人，皆不審究。而自謂古文家，謬種流傳。一枝一葉，點綴排比。起伏鈎勒，指為神秘。不肯輕語他人，必待執贄門下，始露微旨，弟實羞

竟日。通伯為文字交。晉卿先生，素致敬慕，前書已稍言之。傳言宿儒師事，兼及下走，惶駭無似。詳為子部雜家之學，詩文亦如之。嘗笑今之為文者多不讀書，且揭某派為幟，徒侶附和，妄自尊大，觀所為文，特一變相之八股耳，叩其中枵然也。晉卿先生，妙涉韓境，意其從摯父濂亭上溯湘鄉，與通伯叔節不同，信為讀書探道之君子。叔節與詳同為嘉興沈子培方伯所聘，從事安慶存古學堂，歷一學期，各罷去。伯子讀書少，文為義法所限，不及叔節有雅人深致。細讀管君之狀，足下篤於師友，表章學術，意氣感激，言行奇骸，無一不具。彷彿追摹成容若龔定庵一輩人，不意世間有此。老夫因之傾倒，欲納足下於不朽，而有所白於後。詳年過七十，小小著述，亦自可觀。昔時在位通人，處逸大儒，無不知有詳之姓氏。而寫定鄙集，殺青未竟，唯待刊刻。京師剞劂之工，為董授經所訓練，南方絕無此手，亦有佳者，則江寧姜文卿，可附昔之劉穆二姓。而在近校讎亦便，雖欲慕晉卿先生，托於足下，有所不能。別有敝縣先輩，由明以來未經復刻者，一為《宗子相集》，一為《陸西星南華副墨》，二書俱著錄四庫。子相集為當時福建刻本，最劣，傳世亦稀。陸書數十年前里人募刻，為省費起見，將標點凡例，一例削去。又取宋人議論，如〈盜跖〉、〈讓王〉、〈漁夫〉、〈說劍〉四篇，綴不附入。驢非驢，馬非馬，此為《南華副墨選》，不得謂之全書。《副墨》舊為寒家先世萬曆時刻本，僅有存者，若不重刻，世遂不見原本。今之黠賈，取新本裝飾，陋儒復棄而張之，以為在是，皆不知本末者。詳之文集約十二卷駢文在內，《愧生叢錄》八卷，《藥裹慵談》八卷，《世說箋》兩卷，《李杜集》、《姑溪集校記》各一卷，《選學拾瀋》二卷，庚子山《哀江南賦集注》一卷，《汪容甫文箋》一卷，《杜詩證選》、《韓詩證選》各一卷，雜著四卷，合之宗陸兩書，約二千五百元，刷印具備。見有貴省主席陳真如君助貲五百，足下再能假二千元，則諸書可舉，而詳之願畢矣。古云非常之事必待非常之人。昔晉郗嘉賓好聞人棲遁，為造精舍，比之官府。此出入〔人〕意表行事，眼前躡革履，駕高車，戴晶鏡，吸巴菰，問太史公為何科，詰鄴都無王粲之黃吻年少，若道以此事，適資其罵死。揣君必大異於人，微管君言，吾猶將以飛鉗捭門之術撼之。今幸直其時，故以說進。足下觀吾之言，其如阿難涕淚悲泣而受莂邪？抑謂暫立無義以救饑，遂負如來邪？

第四函有云：

前書以足下粤俠明月東莞精稱者，乃欲撼之借刊私著及鄉先輩著述，不意足下有所推託，處以世俗遊移之說。僕早知有此一舉，而深悔輕相天下士也。趙堯生先生，定交四五年，所詒詩札至數十通。渠損一目，諸郎不能承其文學，意常鬱鬱。今年有詩寄訊，數月未得一復，意有不諱事，入之夢寐。若果有變則「蜀雄」（二字出韓詩）喪矣。石遺往來書札最夥，渠《福建通志》粗就，僕以三十元購讀。摘其佳處，且多商榷。自謂為王勝之，石遺亦謂舍我無第二人。即以論詩一道，石遺亦云唯有堯生與僕也。文章為天下之公器，師弟居在三之一。足下無效流俗故習，輕相結納，由燕都津門流寓諸賢，推及吳會淮南一七十老公，俾受之有愧也。今為足下計，如能為僕刻書，以畢素願。察其誠信無欺，足為奔奏先後之選。然後再修弟子之分，暖暖姝姝，奉命唯謹，僕始可以詩文真訣授之。如泛泛以聲氣自通，廣援當代知名，掛名驥尾，僕誠不願與數子並。請語管君，毋遽揭僕姓氏於通伯諸人中，而足下所可傳者自在也。

又云：

鶴亭子部雜家之學，與石遺等，信謬藝風沈乙庵後一人，獨與僕昵形諸讚歎，不以布衣白望見蔑，廁諸先朝文學老輩，掖之使上，此十餘年來極可感事。

李氏學術交遊，略見於此。其不滿桐城派處，可與所作〈論桐城派〉一文參看。張君重其宿學，雖刻書之請，以力有未逮，未能遽應，而意極惓惓。於其卒，深致惋悼。

（民國廿一年）

二、遺文

孫思昉君由安慶來書，謂：「費潤生《當代名人小傳》語多違實，竊思有所彈正。如謂李審言（詳）以樊詩得名，實屬子虛。李有〈書樊雲門方伯事〉，足資辨誣。以有關掌故，倘亦先生所樂聞歟。」承示李文，甚有致，因移錄於次：

樊雲門方伯官寧藩，甫視事。繆藝風先生勸余謁之，曰「子老且病，須賴人吹噓。盍以駢文稿示我，當為先容。」後月餘，余往謁之。問鄉試幾次，對九次。曰：「沈屈矣。」又問受知係何學使，余曰：「入學為瑞安黃侍郎，補廩為長沙王祭酒。」曰：「俱是名師。」又云：「前見大作，駢文甚古；譚世兄尚在我署內。」蓋見余駢文前有譚復堂先生序也。又曰：「江北有顧清谷先生善駢文，見過否？」余曰：「方宧詶世丈見過。」又曰：「顧耳山先生是兄弟薦於鹿芝軒中丞者。」余起謝云：「顧為姻親。渠奉母諱留陝，不得歸。當時只知陝西主考泰州同鄉黃君葆年所薦，不知為方伯也。」又曰：「此時不尚風雅，但知阿比西地字母耳。」余因進曰：「江寧藩司自許仙屏先生升任去，尚未有講求文字者，方伯可以提倡提倡。」樊唯唯。

余出告友人王君宗炎。曰：「子稱謂太抗，當稱大人。」余笑曰：「渠大人，我小人耶？」後友告：「樊方伯好收門生，不見某君齒遜樊二年，新經拜門，委辦南洋官報局，歲可得數千元。」余曰：「繆藝風先生可謂知己，余尚未執贄門下，何況樊山？」某君既辦官報，果獲數千，存儲實善源，摺閱泰半。余告友人：「若如君言，得錢亦不可保，門生名湔洗不去矣。」

余見樊後，樊有詩寄藝風，末句「可有康成膩恰無」，蓋用《世說輕詆篇》「著膩顏恰，逐康成車後」。戲藝風即以戲余；遂薄之不往，而索回文稿甚亟。樊棄之，不可得。藝風一再函問，不復。藝風復余書云：「前日方伯談次，尋大作未獲，雜入文書中矣。昨又函催，亦未復也。」余復作書求之，亦未答。因知樊忌前害勝，善效王恭帖箋故事。且復仿吾家昌谷中表投溷之舉，益大息，謂有夙憾。

改革後，樊遁上海，余復館滬。徐積餘觀察謁樊出，問何往，云將候李審言，樊似有眷眷意。徐勸余往見，余不可。藝風又告：「雲門知君在此，曰李是行家，稱之者再，君可趨樊一談。」余又不可。後沈乙庵語余：「雲門約我及散原打詩鐘，君可同往。」余以事辭。樊名滿天下，後生小子唯樊為趨嚮。友人官京師，鈔示樊山近詩，有「新知喜得潘蘭史，舊學當推李審言」語，以是為重。數年後，上海有《當代名人小傳》出。其文人一門，有李審言、潘飛聲同傳，云往樊某有詩，潘蘭史、李審言上各空方□四字，即京師友人鈔示二語也。下云「二人因得名」。余之得名非由樊始，海內先達，可以共證。然亦見世上擁樊者多，若以余一窮秀才，樊由庶常吉士官至藩司，一言之譽，足為定評。豈知余素不嗛於樊耶！樊今年八十有五，余今年七十有二，各有以自立，亦各不相妨。恐讀《當代名人小傳》者不知余與樊山本末，故備書之。亦以見江寧藩司自許仙屏先生去後，馴至亡國，無一人可繼也。庚午四月。

沃丘仲子（費行簡）所撰《當代名人小傳》等書，不乏中肯之記載，文筆尤犀利可觀，而亦時有失實之處。至李氏所敘文稿入不復出一節，讀之益令人念及增祥待去其師李慈銘日記最後數年者，使永不得見，為可憾也。（增祥卒後，知交為理後事時，遍覓卒不可得，殆毀之矣。）

續承孫君鈔示所存李氏最後遺文〈蒯禮卿觀察金粟齋遺集書後〉一篇，足資閱覽，更錄如下：

禮卿觀察既沒之後，余友合肥般君孟樵搜其遺者，奇零瑣屑，不足成集。其學博而識精，識論奇偉。在同治光緒初元，名都會勝流所集，君多預其列，成一談士之魁，而名特聞。詩文為其緒餘。余館君家五年，自言有筆記數十冊，可名《三十年野獲編》。余請觀之，則言語多時忌，不敢遽出。君沒已二十年，又值易世，無所為諱。君之夫人李氏，頗知重君手澤。今君從子壽樞字若木者，列其詩文，大都不外般君集錄之本，而未向其叔母求君筆記刻之，是失其所重輕也。集中文王受命改元考為與梁星海辨難之作，亦本經生舊說而立一為干，餘皆政治家言。

君好談詩，自為詩乃不越昌谷、義山家數，且不多作。但有一事可紀。昔在光緒甲辰，張文襄奉朝命與江督魏午莊會勘灣沚工程，留江寧月餘，遍遊名勝園林，得詩數十首。門生故吏爭寫其稿，張子虞太守錄副，遣一幹送君處屬和。君請館師山陽段笏林及余和之。段謙不敢任。余為和其金陵雜詩十六首。君自儀棧回揚州，揖余曰：「承和張宮保詩，音調遒亮，部居秩然，足為鄙人生色。」會補淮陽海兵備道，與江北提督劉永慶不合，欲投劾歸。繆藝風先生聞之，遺余書云：「可憐跋扈楦宣武，強迫興公賦遂初，禮卿詩也，恐竟成讖。」此余代和文襄絕句中語。余意指袁世凱癸卯設計錮文襄不令回鄂督任事。此詩余集載之，《國粹學報》、《文藝雜誌》並載之。余詩與君詩體絕不相似；盤拿勁折，挈與輕倩婉麗者比，一望而知為異。今乃定為君作，誤甚；且係十六首，而刪去五首，不知何意。余之末一首云：「詩吟佳麗謝玄暉，臨水登山更送歸。收拾六朝金粉氣，庾公清興〔新〕在南畿。」此結束語，所以尊文襄，今乃無此，有識者固知其未竟也。

余為禮翁代作，亦可附渠集中，唯讀若木君跋語有云：「叔父所撰文字詩詞，隨手散遺。此編所錄，寥寥無幾。而搜輯則極慎，然非親筆不敢錄，親筆而非確知其為自作仍不敢錄。有得諸戚友老，非確知其非代作亦不敢錄。」今當質於若木，余此和詩果得之禮翁親筆邪？抑親筆確知為禮翁自作耶？抑得諸親友確知其非代作邪？

又余所撰〈禮翁別傳〉及〈禮翁行狀〉，致於繆藝風，乞送之史館者，乃不足登邪？抑或為審定編次之程先甲挾愛憎之見有所去取邪？夫審定當審定其誤，如集中詩：「籬剎狡謀猶未已，繩沖遺事極難忘。」籬剎抑即羅剎，沖繩應作繩沖邪？余不敢遽信也。抑聞之，古人編定師友文集，不欲錄其譽己之作，恐涉標榜。今程君編次之本，載有禮翁致渠書，稱其駢文，有：「雖令屈原、宋玉、司馬相如、楊子雲、鄒、枚、伯喈諸子執筆為之，亦不過如此。真可上抗周秦，奚止漢魏，更何有於六朝諸作本朝八家邪？」又云：「自合肥與鄙人書一首，昔嘗歎為建安神境。」又云：「自來駢文家罕臻極則，賢竟登峰造峻，連奪前人之席。」云云。余友禮翁五年，與論並世詩文，未嘗有此屹然裂斷不顧嘲弄之語。若果有此，恐為禮翁一時風動（唐人謂鄭畋語），或值病囈，失其常度。而余終不信者，往與禮翁評論同輩詩文，稍適如其分而止，或有過量之處，余必規之，如論俞禮初、吳摯甫皆是。今乃徇一門生如俗所謂灌米湯者，使據為許子將月旦之定評。又或謝大傅作狡獪語，為人遽傳，而禮翁因之不免有失聽妄歎之玷，此余為故府主爭此得失，不禁憤懣而長歎也。此等和詩，因若木君確字一說，乃謀收回。而禮翁於程溢美之言，又當執簡而爭。禮翁有知，宜陵雲一笑，以余言為老賓客所當干涉。讀此集竟，為悲詫者久之。（辛未年稿）

【附李氏致孫君書】昨承復書，知隨使節反揚在前。菊坪寄視尊著《逍遙遊釋》虛實並踐，此支道林鑽味所未及者，通敏之材以餘事治他書無不造入深際，真可歎服。弟一聞含光之言，重以菊坪所薦，亟思入郡趨晤臺教。奈疾痛縈嬈，先後踵起，扶杖槃散，艱於登陟，綠楊城郭付公賞之。近文一首略同白話，眼前豈有屈宋鄒枚楊馬其人耶！倫人假師說自鳴枕膝之偽，不可不為亡友辨也。作答附此，亦欲公諸海內碩流助我張目耳。

李氏卒於民國二十年（辛未）五月，斯蓋其絕筆也。所述蒯光典自言擬名《三十年野獲編》文筆記數十冊，李氏亦未得睹。果有之，自較其詩文為重要。其從子壽樞未刊，或以有所顧忌耳。此書倘得與世人相見，當為討究晚清史實掌故之大好參考資料耳。

（民國廿四年）

血歷史226　PC1059

新銳文創
INDEPENDENT & UNIQUE

徐一士說掌故

——《一士譚薈》

原　　著　徐一士
主　　編　蔡登山
責任編輯　夏天安
圖文排版　蔡忠翰
封面設計　劉肇昇

出版策劃　新銳文創
發 行 人　宋政坤
法律顧問　毛國樑　律師
製作發行　秀威資訊科技股份有限公司
114 台北市內湖區瑞光路76巷65號1樓
電話：+886-2-2796-3638　傳真：+886-2-2796-1377
服務信箱：service@showwe.com.tw
http://www.showwe.com.tw
郵政劃撥　19563868　戶名：秀威資訊科技股份有限公司
展售門市　國家書店【松江門市】
104 台北市中山區松江路209號1樓
電話：+886-2-2518-0207　傳真：+886-2-2518-0778
網路訂購　秀威網路書店：https://www.bodbooks.com.tw
國家網路書店：https://www.govbooks.com.tw

出版日期　2022年8月　BOD一版
定　　價　420元

讀者回函卡

Printed in Taiwan

國家圖書館出版品預行編目

徐一士說掌故：一士譚薈 / 徐一士原著；
蔡登山主編. -- 一版. -- 臺北市：新銳
文創, 2022.08
面；　公分. -- (血歷史；226)
BOD版
ISBN 978-626-7128-24-4(平裝)

857.1　　　　111008393